Editora Appris Ltda.
1.ª Edição - Copyright© 2023 dos autores
Direitos de Edição Reservados à Editora Appris Ltda.

Nenhuma parte desta obra poderá ser utilizada indevidamente, sem estar de acordo com a Lei nº 9.610/98. Se incorreções forem encontradas, serão de exclusiva responsabilidade de seus organizadores. Foi realizado o Depósito Legal na Fundação Biblioteca Nacional, de acordo com as Leis nºs 10.994, de 14/12/2004, e 12.192, de 14/01/2010.

Catalogação na Fonte
Elaborado por: Josefina A. S. Guedes
Bibliotecária CRB 9/870

S749a 2023	Sperling, Ronald 　　Amor em escarlate / Ronald Sperling. – 1. ed. – Curitiba : Appris, 2023. 　　　　250 p. ; 23 cm. 　　ISBN 978-65-250-4864-2 　　1. Ficção brasileira. 2. Amor platônico. 3. Identidade. I. Título. 　　　　　　　　　　　　　　　　　　　　　CDD –B869.3

Livro de acordo com a normalização técnica da ABNT

Editora e Livraria Appris Ltda.
Av. Manoel Ribas, 2265 – Mercês
Curitiba/PR – CEP: 80810-002
Tel. (41) 3156 - 4731
www.editoraappris.com.br

Printed in Brazil
Impresso no Brasil

Ronald Sperling

FICHA TÉCNICA

EDITORIAL: Augusto V. de A. Coelho
Sara C. de Andrade Coelho

COMITÊ EDITORIAL: Marli Caetano
Andréa Barbosa Gouveia (UFPR)
Jacques de Lima Ferreira (UP)
Marilda Aparecida Behrens (PUCPR)
Ana El Achkar (UNIVERSO/RJ)
Conrado Moreira Mendes (PUC-MG)
Eliete Correia dos Santos (UEPB)
Fabiano Santos (UERJ/IESP)
Francinete Fernandes de Sousa (UEPB)
Francisco Carlos Duarte (PUCPR)
Francisco de Assis (Fiam-Faam, SP, Brasil)
Juliana Reichert Assunção Tonelli (UEL)
Maria Aparecida Barbosa (USP)
Maria Helena Zamora (PUC-Rio)
Maria Margarida de Andrade (Umack)
Roque Ismael da Costa Güllich (UFFS)
Toni Reis (UFPR)
Valdomiro de Oliveira (UFPR)
Valério Brusamolin (IFPR)

SUPERVISOR DA PRODUÇÃO: Renata Cristina Lopes Miccelli

ASSESSORIA EDITORIAL: William Rodrigues

REVISÃO: Débora Sauaf

PRODUÇÃO EDITORIAL: William Rodrigues

DIAGRAMAÇÃO: Yaidiris Torres

CAPA: Lívia Weyl

REVISÃO DE PROVA: William Rodrigues

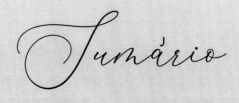

O LIVRO..7
O JANTAR..35
A DESCOBERTA 53
CORRESPONDÊNCIA...101
O ROMANCE 121
A VISÃO 141
DESCOBRINDO 167
IDEIAS...193
O ANIVERSÁRIO DE CASAMENTO 227
CARTAS 237

O Livro

Ao caminhar pela praia, é possível se ver do outro lado da avenida, mansões com as mais variadas formas arquitetônicas, em imponentes presenças de frente para o mar. É uma verdadeira mostra de arte habitável. Uma das mansões, porém, chama a atenção por suas linhas que lhe conferem pitoresca imagem. Ela é um exemplo ímpar de desenho modernista, com uma construção de sublime inspiração, onde linhas retas e curvas contrastam e se harmonizam, fazendo até mesmo o olhar mais distraído perambular deslumbrado pelas suas formas. Formas que para muitos podem bem terem sido inspiradas pelas moradas dos Deuses no Olimpo. Com impecável gramado, do mais puro verde, pontilhado de flores multicores e multiformes faz sobressair a elegância da construção. As flores no jardim, embaladas pela suave brisa que sopra do mar, trazem à memória figuras de peixes em cardumes brilhando ao nadarem rente à superfície, refletindo a luz do sol em cores do arco-íris. Ao avistá-la, tem-se a impressão de estar vendo um transatlântico surgir no horizonte das águas de um imenso oceano. A majestade de um grande *flamboyant* espalha sombras que desenham sobre o lado sul da construção figuras que lembram crianças brincando em um parque. Sete palmeiras de sublime grandeza, representando cada um dos filhos do ancestral senhor da família, elegante em suas esguias alturas, se revestem com notáveis ares de gigantes mitológicos, alinhando-se em frente à mansão como que a protegê-la.

Desta forma, as imaginativas, não menos apaixonantes e caprichosas concepções do vir a ser sugeridas pela visão da mansão, se dão, ora simplistas, ora extravagantes. Mesmo o mais simples vivente, tendo suas retinas sensibilizadas por tal cenário, permite-se a liberdade de abrir as asas de sua imaginação e alçar voos por entre fantasias. Pode-se afirmar que, em tal contemplação, os sentidos perdem o poder de perceberem o tempo passar.

Dois pavimentos.

No térreo, um terraço acompanha a frente da mansão e seu piso encontra-se com o gramado sem desnível. Não passa, em nenhum momento, monotonia, mas sim a impressão dos movimentos de notas musicais em uma sinfonia. Sobre o terraço, há um balcão. Grandes portas-balcão permitem a passagem do interior dos quartos para a vista que se tem da praia. Tomar o café da manhã, degustar o chá da tarde comodamente sentado à mesa de ferro e vidro, ou simplesmente relaxar e admirar o porvir da noite, é sentir-se no paraíso.

Janelas circulares, advindas de sucatas de navios em ferros velhos, incrustadas nas paredes, transmitem a impressão de navio que é passada pela mansão. Elas fazem a ligação do interior da casa com a paisagem poética formada pelo jardim e pela vista do mar. Voltada para os portões de entrada que beiram a avenida, em um nicho na parede do terraço, chama a atenção a porta principal de dupla folha e pé direito duplo, entalhada, retratando a saga da família. A mansão, como em hipnótica magia exaltada, leva a todos que a apreciam a vê-la como parte de uma das maravilhas do mundo moderno.

A flutuar no meio do espaço, o grande astro-rei, em sua luminosidade e calor, maravilha os sentidos. Não há quem não se admire ao contemplar os efeitos irradiantes dos raios de sol ao serem refletidos pela superfície salgada e agitada do mar. A realidade, para quem está na praia, reveste-se da mais intensa gama de cores, e os sons das ondas quebrando na areia branca da praia dão o compasso às divagações que emergem dos mais profundos vales da alma.

É o início de uma tarde ensolarada.

A grande porta da frente se abre, e a atmosfera de quietude do átrio é quebrada pela intempestiva entrada de esguia figura, rosto emoldurado por longos cabelos negros que esvoaçam e com brilho de diamantes no olhar. Do alto de seus quinze anos, uma inspirada menina adentra saltitante o átrio banhado por cálidos raios de sol que, sem cerimônia, a iluminam, envolvendo sua silhueta na mais dourada luz. A imagem digna de uma obra de Michelangelo Buonarroti excita a imaginação e o que se acredita estar vendo é um anjo recém-chegado à terra.

Seu nome, Mariana.

Mais um dia de aulas se passou e Mariana está de volta.

Ela atravessa o átrio, e chegando na sala de visitas, não saltita mais. Se lançando por cima da mesinha de centro, faz uma pirueta e cai em pé sobre o tapete que adorna o ambiente em uma pose como se estivesse finalizado uma apresentação de balé de vanguarda. Tapete que em seus tempos de criança, ela moldava, enrugava e dobrava, dando o aspecto de mar sem fim, por onde, ela, em pé na mesa de centro virada de pernas para cima, em sua imaginação se via singrando a bordo de sua escuna, ligeira como um peixe voador, batizada de "Senhora Labareda". Navegar pelas infestadas águas, onde monstros devoradores de navios, piratas sem alma, sereias e tritões sedutores faziam gelar a alma dos mais intrépidos marujos. Era para ela uma peripécia, não havia história, relato, lenda ou vento frio que fizesse o sangue da valente pirata procurar esconderijo nas suas mais profundas veias. Nada existia nas águas dos sete mares que fizesse a intrépida Capitã Victória, como ela gostava de ser chamada, sentir um arrepio frio em sua espinha ou um tremor em suas pernas. A história que Mariana mais gostava e pedia sempre para seu pai contar era a de Hendrick Van Der Decken, *o Holandês Voador*. Ela se imaginava içando sua Jollie Roger cor de rosa, sim, a bandeira negra com a caveira e as tíbias cruzadas era para os piratas; para ela, uma dama, a bandeira não podia ser comum, e assim o negro da bandeira cedia lugar à cor rosa. Ela desenhou uma especial: além da caveira e as tíbias cruzadas, tinha também o desenho de uma imponente coroa. Mergulhada na brincadeira, bradava a plenos pulmões as falas atribuídas ao holandês das histórias que ouvia de seu pai, *"Eu nunca pedi uma viajem tranquila, nunca pedi nada, então seus diabos da tempestade, caiam fora ou vou fazê-los andar na prancha"*. Balançando o corpo como se estivesse em um navio que zarpa deixando o porto, entremeava as ordens que dava para seus tripulantes imaginários, gritando *"vamos seus cães do mar, vamos atrás do tesouro"*. O tesouro tão cobiçado era um baú em forma de carneiro, cheio de moedas de chocolate. Em sua brincadeira, ela imaginava desde piratas até bucaneiros e tripulações de navios mercantes das frotas oficiais de países com relação próxima ao mar. Estes, tremendo de medo e se entregando sem opor resistência quando viam sua Jollie Roger rosa ser içada em sua escuna. A admiração pelo Holandês Voador e suas histórias não eram gratuitas, em suas combinações de ideias, ela sempre contava que quando criança, tinha amigos que eram de ancestrais índios que outrora habitaram a praia da Caverna da Caveira dos Mil Chifres, onde seus pais tinham uma casa. Só ela os via e conseguia se comunicar com eles. Todos achavam graça nos seus relatos de ser acolhida por fantasmas. Fantasmas sim, da tribo Aranuaque, que teve seus dias de glória em tempos que se perdem no passado e, que nesse nosso tempo estava extinta. Eles viveram na costa brasileira anos antes do descobrimento. Se tornou conhecida depois de descoberta por paleontólogos. Mas, qual a ligação entre os Aranuaques e o Holandês Voador? Podem perguntar. A resposta é simples: o Pay, ancião, da tribo, em sua forma etérea de fantasma, contava lendas e histórias para a menina Mariana. Em uma dessas histórias, era contado que certa vez apareceu uma grande canoa cujo Cacique era um índio gigante de cabelos e barba vermelha, e que atacava e amedrontava a todos que se aventurassem no alto mar. Daí, como conhecia a história do Holandês Voador, ela, em sua fantástica imaginação de menina, logo viu sua presença, mesmo anos e anos antes dele existir.

O tempo passou, Mariana cresceu e a Jollie Roger rosa não mais é vista içada, porém, as lembranças de uma divertida brincadeira, por vezes, voltam com um toque no tapete ou um olhar para seu desenho. E, quando se avivam as recordações na memória, a menina sorri com leve saudade que se deixa ser vista no brilho de seu olhar.

Ó criança crescida!

Os cadernos e livros que a acompanharam na escola, ficam largados ao acaso no chão ao lado do sofá.

— Mãe, vóóó... — chama a menina avisando que chegara.

Sem resposta.

Mariana, então, vai até a cozinha onde encontra Sonia, a governanta, com a mesa pronta para o almoço. O cardápio é o trivial, arroz, feijão tropeiro, mandioca frita e bife de japona, como Mariana chama o bife à milanesa por causa da aparência de casaco de frio que a farinha, quando envolve o bife, lhe dá após a fritura. Estranhando estar sozinha na mesa, pergunta:

— Soo... onde estão minha mãe e minha avó?

A governanta respondendo diz que sua mãe estava no cabelereiro tendo um dia de noiva e sua avó foi fazer compras para o jantar especial que irá acontecer logo mais à noite, para a comemoração do aniversário de casamento de seus pais, Carlos e Rose.

Sonia olha ternamente para a menina sentada à mesa, almoçando sozinha e se lembra dela recém-nascida.

Assim que souberam que Rose estava grávida de Mariana, Katia Maria e Humberto, pais do marido de Rose, começaram a pensar em contratar uma ama para auxiliá-la no cuidado com a filha assim que ela viesse à luz. Dentre as moças e senhoras que se apresentaram, Sonia foi a que mais empatia teve com os avós e pais da criança que estava por vir. Desde então, contratada, ela passou a dividir com os pais da menina a tarefa de cuidar e ajudar nos cuidados e na sua educação. Sonia é estrangeira, nascida em um país de além mar. Pouco depois de desembarcar em nosso país, completou vinte e três anos. Seu primeiro aniversário longe de sua terra natal. Ela sempre a todos encantou com seu sorriso, cultura, amabilidade, e com um português carregado com o sotaque de sua língua nativa. Embora não consanguínea, sua dedicação, seu senso de responsabilidade, sua amizade e seu amor por Mariana fizeram com que ela se tornasse afetuosamente considerada pela família como uma aparentada, uma pessoa do coração.

Desde pequena, Mariana e Sonia se afeiçoaram uma com a outra pelo carinho compartilhado. As duas são unidas pelos laços de uma amizade que ultrapassa as fronteiras entre senhora e serva. Em momentos quando especiais acontecimentos trazem inquietude ao coração de Mariana, a menina sabe que pode confiar seus sentires e que vai ser sempre acolhida pelas palavras suaves e pelos sábios conselhos da ama.

Sonia sempre contava para Mariana menina, histórias da terra de além-mar onde tinha nascido. Lendas folclóricas, danças típicas, usos e costumes dos ancestrais de Sonia sempre prenderam a atenção da menina que, com brilho alegre e curioso no olhar, não desviava a atenção dos relatos nem por um pequeno segundo que fosse. Até os dias de hoje, Sonia narra contos que trazem o mesmo intenso colorido da infância na imaginação de Mariana. Observar as duas nessas ocasiões nos faz pensar em Branca de Neve e sua aia.

Mariana fala, emoldurando as palavras por um sorriso matreiro, que é chegado o dia que ela esperava há muito tempo, mas que não vai contar o que esteve matutando em segredo. É uma surpresa para todos. Terminado o almoço, e tendo a cozinha voltado à sua apresentação trivial, tem a menina ainda sentada à mesa, como se fosse a rainha de Sabá em confortável trono. Ela em pose de enfado, apoia um cotovelo na beira da mesa e sustenta a cabeça com a mão. Com a outra mão, brinca displicentemente com as frutas de diversos tipos, cores e sabores que estão em uma fruteira à sua frente. Como se estivesse participando de uma partida de um jogo surreal, ela vai mudando de lugar as frutas e fazendo da bandeja coberta com a mais engomada toalha de renda onde descansavam alguns copos, que postos de lado, apenas observam a bandeja se tornar o campo de ação para encontros, que se poderia dizer amorosos, entre bananas e goiabas; mangas e laranjas, maçãs e.... tudo orquestrado pela menina. Tomando o suco de uva, fazendo parecer que está relaxada, quando na verdade está com o pensamento no jantar que acontecerá logo mais à noite. Não consegue dar outra direção ao seu pensamento que não a noite-surpresa que vem elucubrando há alguns meses. Tomada de astúcia e arrastando os pés lentamente um atrás do outro, vai para o seu quarto e se dirige para o guarda-roupas, abrindo-o, tira lá do fundo, onde estavam escondidas, algumas caixas. A menina estava indo pedir para Sonia ajudá-la a carregar as caixas para a sala de jantar quando, ao começar a descer a escada, o súbito barulho característico da porta de tela da cozinha sendo aberta se fez ouvir e o som de uma voz ecoa pelo ar chamando Sonia. Rapidamente e respirando fundo, Mariana com o coração aos pulos por quase ter sido flagrada, corre para o quarto e, fechando a porta, tranca-a. O segredo deve permanecer para somente ser revelado no momento exato.

O som da voz que ela ouvira era bem conhecida, a avó estava de volta. De pronto ela vai ao encontro dela que chegava das compras e estava às voltas com as sacolas cheias de mantimentos e especiarias para, em uma alquimia culinária, serem transformados em verdadeiros manjares dignos dos deuses. O jantar, com tamanha distinção, não podia ser nada menos que de sonho das mil e uma noites.

— Vovó Kátia Maria, o que você tem de tão especial nestas sacolas? — Pergunta Mariana, como se não soubesse e, sem perder tempo, vai ajudando a tirar os gêneros das sacolas e os vai colocando sobre o balcão da cozinha: arroz, mandioquinha, tomate, alface, palmito... abacaxi, alcachofra... gengibre, coentro... — O que vovó está pensando aprontar com tudo isso?

— Estou pensando em um jantar deveras especial, com muitas surpresas para os noivos. Você não quer ajudar? — Falou a avó.

— E a mãe quando ver tudo isso não vai desconfiar?

— Eu já tomei as providências para isso não acontecer. Os ingredientes para o prato principal estão bem guardados e enquanto sua mãe está se embonecando para festa, faremos o prato principal. — Fala Katia Maria. — Até já combinei com as moças do salão de beleza para só deixarem ela vir quando avisarmos que tudo está pronto. — E sorri...

— Quer dizer que ela só vai ficar sabendo na hora do jantar? — Pisca a menina para a avó e com um sorriso sapeca, coloca o avental.

O cardápio do jantar, elaborado cuidadosamente entre muitas ideias e receitas, é mantido no maior sigilo para os aniversariantes. É um caminho de suave percorrer para o olhar do mais refinado *gourmet*. Listados em fino folhetim, nomes não menos exóticos e com descrição beirando o transcendental, exaltando e combinando sabores e aromas, os pratos a serem servidos no jantar são irrecusáveis convites para uma turnê por deleitável paraíso gastronômico que se anuncia.

Terminando a leitura do cardápio, Mariana pensa, "isso é que é um jantar chique!". E começa a ajudar na preparação dos víveres para sua transformação nas iguarias listadas no secreto cardápio.

Os vapores que emanam das panelas onde estão sendo preparados os diversos pratos, carregam aromas que trazem água na boca de qualquer pessoa. Uma atmosfera de prazer e satisfação envolve as três, Katia Maria, Mariana e Sonia, que não se cansam de imaginar e vislumbrar os rostos e sorrisos de Carlos e Rose, bem como dos convidados ao saborearem um jantar tão zelosamente elaborado. Além de alimentos, temperos, panelas e facas, um tema não menos importante à beira do fogão é o amor.

Mariana puxa o fio da meada:

— Vó, a senhora com certeza foi uma moça muito bonita, podemos ver nas fotos. — E sorrindo com uma ponta de malícia juvenil, pergunta — Teve muitos namorados?

A avó com um sorriso responde que não. Ao que replica a menina:

— Como assim? Uma moça bonita não teve uma fila de pretendentes?

— É, seu bisavô era muito austero e bravo, eu só podia namorar se o rapaz fosse aprovado depois de uma entrevista com ele.

— Entrevista? Era para ser namorado ou empregado? O que o biso perguntava? Que coisa mais antiga, não acha Sonia?

— De onde eu venho, há ainda algumas famílias, bem poucas na verdade, que tem esse costume. Atualmente, ele praticamente não existe mais, é um comportamento considerado folclórico.

— Estudos, idade, família, intenções principalmente. Essas coisas... os encontros só podiam ser na nossa casa, na sala e no máximo no jardim, à vista de sua bisavó ou acompanhados de seu tio Adolfo ou de sua tia Silvana. Seu avô e sua avó observavam de perto meu encontro com o namorado e não podíamos, nem em pensamento, estar juntos longe da vista deles. Só era permitido segurar na mão um do outro. Namorar? Apenas duas vezes por semana. Uma na quarta e outra no domingo à tarde.

Como se estivesse escutando a história pela primeira vez, a menina franze as sobrancelhas, faz uma cara séria e pergunta:

— E sair, como era?

— Sair? Apenas uma vez por mês, no domingo à tarde e ainda tinha que levar meu irmão pequeno junto, então íamos ao cinema nas matinês assistir desenhos animados. Seu avô comprava balas para meu irmão e enquanto ele se divertia com os desenhos e as balas, nós trocávamos beijinhos.

— Não acredito, vó. — Diz Mariana. — Agora me diga que rapaz, por mais apaixonado que estivesse, suportaria essa situação... era estar de volta ao século dezenove... ou dezoito...

Sonia entra na conversa e, sorrindo com o olhar, comenta:

— A paixão que nasceu no coração do Seu Humberto pela senhora é digna de um conto romanesco, não? Viver uma história de amor nos moldes do século passado... que tipo de homem, nos tempos do século atual, suportaria tal provação? Só conheço um: seu Humberto! Chego a pensar que todos os santos deviam, ao olhar para ele, ficar torcendo as pontas de seus hábitos, sentindo uma pontinha de inveja, não? Santo homem!

— Ah...! — Suspira vovó Katia Maria.

E antes que a vovó continuasse, Mariana, com vivacidade, indaga:

— E os pretendentes antes do vovô, houve algum que foi mais querido? E os pretendidos, seu coração suspirou por muitos garotos?

Katia Maria, como se Mariana não soubesse a história de cor, mais uma vez satisfaz a neta e vai contando sua história de amores vividos:

— É, os pretendentes não foram muitos. Por causa de seu bisavô, os rapazes ao olhar para ele e ver o seu semblante sério e inquisidor, não ficavam muito tempo a me cortejar. Os que se aproximaram me oferecendo o coração e fazendo o meu bater mais forte, não eram valentes o suficiente para defender a paixão que diziam ter por mim, e logo depois de algum tempo eu os via partindo, um a um, com a paixão recolhida em seu coração partido. Foram tempos em que chorei rios de lágrimas...

— A senhora não falou dos pretendidos... — Intervém Mariana, em um ato de espontânea meninice.

— Você gosta das histórias que sua avó conta, não? — Pergunta Sonia.

— Sim, sempre. Não me canso de escutá-las. Vovó conta de um modo divertido e gostoso suas experiências e, o que é bem interessante também, é que elas mostram o quanto os costumes mudaram com o tempo. Tenho sorte de ter nascido agora... e ter pais de mentalidade bem mais aberta...

— Minha neta, cada época tem seus encantos. Vivi minha adolescência em uma época onde tudo era efervescência e borbulhar. Sabe, embora eu tenha vivido minha adolescência em um momento de importantes mudanças de paradigmas quanto aos costumes, não pude fazer parte dos movimentos históricos que aconteceram como gostaria... usar roupas floridas com imensas margaridas, por exemplo, e camisetas com desenhos e escritas criticando os costumes estabelecidos, considerados pela nova geração como antiquados e embolorados. A nova era de aquário que se aproximava, era exaltada por visionários e gurus, que apregoavam suas previsões onde o cosmos traria consigo a grande mudança social para os tempos de então, seria a era das artes. Ela tinha as bases filosóficas nas propostas que preconizavam uma sociedade realizável, menos afeita ao lucro e ao dinheiro. As ideias, basicamente, eram ancoradas nos parâmetros pensados por Thoreu em seu Walden e por Skinner em seu ensaio Walden II, onde ambos viam um viver possível, em um clima social de confiança e bem-estar. Verdadeiramente. Participar de protestos, levantar cartazes, nunca. Meu pai, muito rigoroso, trazia a gente em rédea curta, curtíssima para falar a verdade. Só me restava, então, como se diz, ficar na janela olhando as coisas acontecerem e suspirar... eu invejava, e muito, os amigos que podiam estar participando desse movimento de mudanças ativamente... Foi a época em que o movimento hippie floresceu, onde o amor deixou de ser algo preso a condutas para ser livre, onde o poder das flores era maior do que o das armas, onde o brado: *sexo, drogas e rock'n roll* era o estandarte de uma nova proposta de vida e de convivência em sociedade, confrontava o que era aceito como comportamento social até então: obediência cega aos mais velhos, autoridades e aos ditos bons costumes, comportamentos ditados por uma moral obscura; excesso de medos. Esses tempos eram de questionamento da cultura vigente. Uma fase onde a contracultura frutificou promovendo uma abertura significativa das mentes.

— Que pena, minha avozinha querida... mas, sexo, drogas e rock'n roll, não era um lema muito agressivo?

— O que rezava a antiga cartilha era: sexo só depois do casamento; drogas, eram aceitas apenas as lícitas, cigarro e álcool, e para as pessoas maiores de idade; rock era a música maldita. *"Sexo, drogas e rock'n roll"*, esse lema era flagrante oposição aos costumes vigentes. O rock era contestação. Falava de desobediência, especialmente à convocação dos rapazes pelo exército, o sujeito devia ser visto como indivíduo e dono de seu destino e não um peão no jogo da vida... as músicas brandas das big bands eram dirigidas para amenizar os horrores da grande guerra e não mais representavam a juventude. Minha neta, um momentinho, não fique triste pela sua avó. Saiba que eu nunca me interessei por drogas, mesmo as lícitas; sexo, você já deve saber o que os hormônios fazem com a gente e eu sempre pensei em me guardar para o homem que se tornasse meu marido, agora rock, a despeito do que falavam nossos pais, que não passava de uma barulheira que os doidos chamam de música, eu escutava escondido e, que garota não queria ser Janis Joplin? Até hoje curto rock, muito. E querem saber? Com tudo isso, Vivi!

— Minha netinha, acredito que cada pessoa vive no tempo que é melhor para ela colher os frutos certos para o seu amadurecimento pessoal. O melhor para a minha evolução como pessoa, foi aquele. O seu é agora, aproveite com responsabilidade.

— E os pretendidos? — Volta a insistir Mariana.

— Essa menina! Tive com certeza alguns pretendidos. Como todas as meninas da sua idade, olhava e cobiçava os meninos bonitinhos, com corpos bem feitos, com a musculatura definida e que praticavam esportes como o futebol ou basquete. Um rapaz, vou lhe falar, me atraiu de forma muito particular e intensa. Por muito tempo arrastei asas por ele. Ele fazia meu peito se desfazer em suspiros quando o via, e achava mesmo que havia encontrado meu cavaleiro de armadura dourada que viria me buscar em um cavalo branco para nos casarmos e sermos felizes para sempre e sempre.

— Conta, conta como ele era. — Pede Mariana, batendo palminhas...

— Bem, — começa Katia Maria — ele era jogador de tênis do quadro oficial do clube, tinha o porte de um lorde inglês, cabelos cor de mel, os olhos verdes e um sorriso de comercial de creme dental; pelo menos eu enxergava ele assim. Apesar de todos meus esforços, planos e investidas para conquistá-lo, não consegui nada. Ele era apaixonado por uma menina da equipe de natação. Cheguei a desenhar o nome dele em um coração, pintado com o mais vivo dos vermelhos, em uma folha de cartolina e que recortado, colei dentro da porta de meu guarda-roupa. Foi um tempo que nada me prendia a atenção. Por ele, praticamente parei de encontrar com as garotas e rapazes conhecidos como costumava fazer. Ficava ansiosa esperando encontrá-lo em todos os lugares que ia no clube. Só tinha ele em meu pensamento e, deitada em minha cama, passei noites e noites olhando o desenho e sonhando... foi meu conto da Carochinha.

— Certa manhã, acompanhada pelo meu primo maior que se responsabilizou por mim, cheguei em casa junto com o sol que nascia no horizonte. Eu tinha passado a noite em um luau. Subindo para meu quarto, a primeira coisa que fiz foi arrancar o desenho com o nome do menino da porta do guarda-roupa, rasgá-lo e jogá-lo fora. Foi meu ato de audácia, estava liberta. Não mais me importava um amor assim, sinceramente. Voltei ao mundo real.

— Mas, o destino está sempre tecendo as tramas pelas quais somos guiadas e, quis ele que eu me apaixonasse por um garoto muito diferente, um que eu nunca, para quem eu jamais olharia na escola ou no clube ou em qualquer outro lugar. Seu avô. Quando nossos caminhos se cruzaram, honestamente falando, nada vi de atrativo naquele garoto e ficava mesmo encabulada que me vissem junto com ele. No início cheguei mesmo a, muitas vezes, ignorá-lo e me negar a permitir que um vínculo de amizade, por menor que fosse, se formasse entre nós. Seu avô não era afeito aos esportes, era um garoto com um porte comum. Nada havia nele que despertasse maior interesse. Ele gostava de ler, conhecer lugares diferentes, ir ao cinema, enfim, era inteligente, culto, amável, cordial, possuidor de uma personalidade forte. Ao contrário de muitos garotos com quem eu convivia na escola, no clube ou na praia, seu avô nunca se envolveu com drogas ou teve comportamentos muito avançados para a época. Ele podia ser considerado até conservador. Ele aos poucos foi se aproximando, me cativando. Conheceu meu pai e minha mãe e pacientemente foi ganhando a simpatia deles. Acredito que foi por aí que ele conquistou a confiança de seu bisavô.

E assim a história de Katia Maria e Humberto chegou ao fim desejado e esperado, o casamento.

E, em um clima de festa, o barulho causado pelas palmas de Mariana e Sonia, ovacionando a vovó, ecoa pela cozinha.

Entretidas na conversa que agradavelmente precipitava o espírito à concepção das mais fantásticas imagens, por pouco não perdem a mão da arte de cozinhar. Não fosse por um singular cheiro de açafrão, ingrediente do molho que borbulhava, quase queimando na caçarola, sensibilizar o olfato das três mulheres, era bem certo que elas teriam deixado passar o ponto do mais delicado creme.

Visualizar a avó hippie, com uma saia até os pés, calçando chinelos de couro de bode e uma tiara feita com as flores de copos de leite na cabeça, curtindo e dançando em um festival como o de Woodstock ao som de Jimi Hendrix, para Mariana era, no mínimo dizer, surreal com todas as letras.

Visualizar a cena fez com que Mariana sentisse um calor percorrendo seu corpo e, corando, ela começou a sorrir... para disfarçar que estava rindo da figura da avó hippie, agilmente pegou uma lata de conserva, foi até a pia, onde pegou um abridor e começou a tirar a tampa da lata.

Vindo do fogão, pode-se escutar pelas tampas das panelas quentes que contém os finos e delicados pratos, o assobio que lembra uma ária de "Die Fledermaus", O Morcego, de Johann Strauss. Katia Maria pegando um ingrediente e vendo o semblante enrubescido da menina, dá uma piscadela para Sonia e diz:

— Mariana, sua danadinha, o que está se passando em sua cabecinha?

— Nada não vó, nada não. — Responde a jovem.

— Estou sabendo! Conheço você desde o outro carnaval. — Replica a avó.

— Já pensou, — fala a menina — você, vovó hippie? Era isso que eu estava pensando...

O riso toma conta do lugar...

Katia Maria então diz à surdina, com olhar matreiro:

— Já contei como aconteceu o encontro de seu pai com a sua mãe, e como se desenrolou o caso de amor entre eles?

— Já vó, já contou. — Disse Mariana. — Mas conta de novo... esse é meu conto de fadas preferido. Carlos e Rose, como na história da Bela Princesa e o Príncipe que fora encantado e transformado em sapo por uma bruxa má.

— Ora! Está querendo dizer que seu pai era um sapo verde e coaxante? Deixa ele ouvir isso... foi um caso, como qualquer outro de namoro e casamento... normal.

— Ora, vovó querida! Ora, se assim foi, normal, não há nada de mais em contar mais uma vez esse conto de fadas. Não há como não escutar sempre com prazer, pois cada vez que você conta, alguma cena surpreende, você sempre acrescenta detalhes novos. Nós sabemos, não é Sonia?

— Com todos os sorrisos e lágrimas quentes de alegria que estimulam dois adolescentes para os caminhos coloridos do amor. — Fala Sonia.

— Quem viveu tal novela não tem jamais como esquecer aqueles dias. — Sem deixar de lado o olhar astuto e aumentando o brilho dos olhos, Katia Maria pede silêncio. — Por favor senhoras, sejam todas ouvidos para a história que vou contar... — Ela começa. — Era uma vez... — E um acesso de riso toma conta dela...

Passada a crise, Katia Maria novamente começa:

— Pensando bem, acho que vou inventar uns detalhes bem picantes para me divertir um pouco com as caras que vocês farão quando eu contar. — Então, voltando a rir, começa. — Aqui está a história de amor de Carlos e Rose. Era uma vez... a família de Rose frequentava o mesmo clube que nós, o Todosjuntos. Ela na época tinha dezesseis anos, e o Carlos dezoito. Eu via sua mãe, Mariana, como uma garota muito bonitinha e um pouco bobinha.

— E o pai? — Pergunta a menina sorrindo.

— Seu pai? Ora, seu pai... seu pai era um garoto que não fazia muita questão de participar da família Todosjuntense, e quando ia ao clube, ficava na maioria das vezes à parte. Vocês sabem, como em qualquer clube, havia grupos de jovens, que acredito como acontece hoje, se reuniam por interesses comuns, os Atletas, aqueles que estavam sempre na academia de ginástica ou participando de algum esporte. Os rapazes, preferencialmente do futebol, e as meninas do vôlei; os Jacarés, aqueles que só ficavam na beira das piscinas aproveitando ao máximo os raios de sol em busca de um bronzeado perfeito; os Bocas-Moles, aqueles que ficavam sentados em torno das mesinhas do bar, sem se dedicar a outra atividade a não ser ficar bebendo cerveja e de conversa mole pra boi dormir; e o grupo mais estranho ao ambiente era o dos conhecidos como ETs, os extraterrestres, aqueles que não se relacionam muito, que dificilmente eram vistos em grupos e que quase sempre estavam sós. Passavam a maior parte do tempo longe do sol, se refugiando preferencialmente à sombra de alguma árvore, meditando, lendo ou conversando sobre assuntos não triviais para os outros sócios do clube, simples mortais. Para esses, ninguém dava muita atenção, o que não impedia que algum rapaz ou uma moça de outro grupo se interessasse por um dos ETs e vice-versa. Mas, com interesses bem diferentes, dificilmente o relacionamento progredia e chegava a bom termo.

— E meu pai, vó, de que grupo era? Dos atletas, com certeza, não? — Pergunta Mariana, escondendo a boca com a mão para não mostrar o riso zombeteiro.

Mariana estava acostumada a escutar a história contada pela mãe e pelo pai, sempre com muita brincadeira de um para com o outro, porém, a cada novo relato, sempre era acrescentada por Rose ou por Carlos uma pitada a mais, uma particularidade que emergia de suas memórias a respeito daqueles momentos de vida. Como costumavam falar, a memória sempre guarda detalhes...

Mariana sempre mostrava um interesse ímpar quando o assunto era o conto de amor entre seu pai e sua mãe. Nessas ocasiões, seu rosto mostrava um esplendor de atrevida brejeirice, ela parava o que estava fazendo, seus olhos brilhavam e seus ouvidos eram todos para a narrativa da mãe, do pai ou dos dois juntos.

— Ah, menina danada. — Fala Katia Maria e continua. — Primeiro precisamos fazer um retrato de como seu pai era, para depois enquadrá-lo em uma das categorias que existiam no clube. Fisicamente ele não era notável, bem maior que eu, magro, até para ser boazinha, quase bonito. Cabelo liso, loiro, e enquanto todos os rapazes tinham cabelos compridos, ele tinha a cabeça raspada como a de um reco, um soldado raso. Posso dizer que a moda atual do corte de cabelos para os rapazes o alcançou. Nesse ponto ele era completamente à margem da moda vigente na época. Ele era visto como 'o próprio' membro do grupo que era chamado de ETs. Então, vocês devem estar pensando: comenta vovó, o que aconteceu que Rose, tão bonitinha que era, foi se apaixonar por um ET? Não é, Sonia?

Como se fosse um sim, Sonia diz:

— Não! — E desviando o olhar para uma das panelas sobre o fogão, acha graça.

Fingindo que está brava, Katia Maria continua:

— Quer dizer que meu filho era feio? — Ela brinca e continua. — Pode achar engraçado, não precisa ficar incomodada Sonia, eu mesmo rio por dentro quando me lembro do Carlos nesse tempo. Acredito que nenhuma das meninas do clube se disporiam a namorar com um rapaz como Carlos. De fato, conservo ainda em minha memória a figura dele nos caminhos pelo clube. Ele era do tipo que andava quase sempre sozinho, pouco se relacionava com os outros membros do clube, mesmo outros ETs. Era um rapaz magro, como já falei, e de tão branco que era, eu costumava chamá-lo de bicho de goiaba. Não frequentava a piscina, era difícil vê-lo nas matinês dançantes e bailes que o clube promovia, e quando ele ia, ficava circulando, só apreciando.

— Quer dizer que ele não dançava, que ficava só olhando os casais e escutando músicas?

— Sim Mariana, ele não dançava. — Respondeu a vó. — Mas, deixe-me continuar, era perceptível que Rose não era afeita aos esportes, então ficava a maior parte do tempo à beira da piscina comentando com as amigas sobre os rapazes que gostavam de se exibir mostrando seus dotes físicos e suas habilidades dentro d'água. Uma vez ao sair da piscina, sua mãe deixou cair, sem perceber, a toalha de rosto que fazia par com a toalha de banho que usava para deitar. Carlos estava por perto e, timidamente, a pegou e a entregou a ela. Em um gesto de agradecimento, ele recebeu o convite para tomar um refrigerante. Aceitou. E eles foram até a lanchonete. Ele estava com um livro nas mãos e colocou-o na mesinha para beber seu refrigerante. Falou muito pouco, apenas algumas tímidas palavras e, desviando o olhar agradeceu e saiu. Rose ficou ali sentada pensando no comportamento do rapaz, e em uma coisa que chamou sua atenção: o título do livro que Carlos tinha nas mãos, *Na Deserta Catedral*. Questionou baixinho para ela mesma, "que tipo de leitura deve ser essa?". Como ela mesma nos contou depois que começou a namorar com seu pai, ela deu de ombros e esqueceu. Depois disso, eles não mais se encontraram. Ele voltou a ser apenas mais um garoto no clube para ela. O tempo foi passando e um dia, em um jogo de vôlei de nosso clube contra um clube da cidade vizinha, sem perceber, ela sentou-se ao lado de Carlos na arquibancada. O que chamou sua atenção foi o jeito de como ele torcia, um pouco diferente dos outros, para não dizer meio do avesso, enquanto todos gritavam e gesticulavam, ele se limitava a sorrir e a balançar a cabeça, aprovando ou reprovando uma jogada. Sua mãe, Mariana, sempre lembra desse episódio e rindo conta "típico de um ETonto", falei para mim mesma e poucos segundos depois eu já tinha voltado para a agitação da torcida pelo time de nosso clube. Pouco antes do fim do primeiro tempo, Carlos saiu e ao voltar trouxe um refrigerante para mim. Quando o jogo terminou, ele me acompanhou e saímos do ginásio de esportes juntos. Ele andava ao meu lado calado, mas perto do portão de saída do clube, para minha surpresa, ele acanhadamente começou a falar: "Gosto de assistir a jogos assim, fazem minha imaginação divagar, olhe, quer ver? Vou lhe contar. Primeiro imagine os jogadores como planetas se movendo no espaço sideral; a rede como sendo a fronteira entre dois universos paralelos e a bola, uma astronave que se desloca entre os dois universos, tendo como força de propulsão os toques dos jogadores, algo como ricochetear.....".

— Naquele momento, a explanação foi interrompida por um grupo que veio de encontro a nós, comemorando e festejando a vitória do Todos-juntos sobre o rival. Passado o grupo, Carlos olhando sempre para a frente e não para mim, continuou: "Como os engenheiros espaciais fazem para enviar as sondas para o mais longe possível...".

— Como assim? — Eu disse. — É muito abstrato para meu cérebro! E quando Carlos ia retomar a explanação, chegamos na saída e cada um seguiu seu caminho.

— Carlos é meu filho. — Apartou Katia Maria. — Mas vou dizer para vocês, ninguém que eu tenha conhecido, conheça ou venha a conhecer, dificilmente acreditaria nessa história que acabei de contar. Só seu pai mesmo para ter ideias como essas...

— E daí aí? — Pergunta Mariana.

— De volta ao clube, no fim de semana seguinte, as amigas de sua mãe vieram logo querendo saber e começaram o interrogatório, ela foi coberta por uma enxurrada de perguntas, todas questionando sobre seu encontro com Carlos ET no jogo de vôlei. Elas queriam saber tudo, sem pular uma parte sequer. Você sabe bem como é isso, não é Senhorita Mariana?

— Ah, vó! É só curiosidade, normal.

— Nós sabemos, hein Sonia?

— Pegando alguns refrigerantes e sentando no terraço, Rose começou a contar tudo para as amigas. Logo, lá estavam ao redor de uma mesa, os diversos pares de olhos e ouvidos esperando pela narrativa. A ansiedade em saber o que as palavras trariam era indisfarçável. Cada palavra que saía da boca de Rose era seguida de risos e gritinhos ruidosos e alegres. Ao contar para elas da visão de jogo que Carlos tinha e da sua interpretação, uma das meninas falou: "Não é todo dia que se vê essas coisas". A risada tomou conta da conversa. E o conselho: "Você tem que tomar a maior distância possível desse menino e não deixar ele se aproximar mais de você de jeito algum. Ele só pode ser doido! Fuja dele".

Katia Maria ri e fala:

— Esse era meu filho, Carlinhos... ah! Carlinhos...! Ele sempre foi diferenciado dos outros meninos de sua idade, nunca foi de ter muitos amigos, preferia brincar sozinho. Quando era pequenino, dizia ter amigos que quase todas as noites, logo após papai e mamãe dormirem, vinham brincar com ele e seus brinquedos. Humberto e eu nos divertíamos com a imaginação de Carlos. Começamos a nos preocupar quando compramos uma geladeira nova e Carlos nos pediu para não jogar a caixa fora e dar para ele brincar Ele tinha quase nove anos. Pensávamos "que mal pode ter em um guri brincar com uma caixa de papelão?". Mas, quando vimos como ele brincava começamos a ter uma ponta de preocupação, como já disse... ele se fechava dentro da caixa e passava horas lá dentro. Quando questionamos que tipo de brincadeira era aquela, ele explicou: "Estou pilotando um avião". Quando indagávamos: "No escuro?". Ele respondia: "é de noite". Na escola era terrível, até que uma professora, no terceiro ano, o domesticou, por assim dizer. Quando percebeu que ele gostava de desenhar, passou a pedir para ele desenhar na lousa os pontos de geografia e isso fez com que ele ficasse menos aéreo e mais focado nos estudos. Dona Celina Fornea, sábia professora. A partir de então, Humberto e eu ficamos tranquilos. Carlos só voltou a nos fazer pensar ao chegar aos treze ou quatorze anos. O modo como Carlos pensava e via o mundo era peculiar. A distância entre a realidade em que vivemos e a realidade em que ele se achava envolvido era grande. Não queria saber de ir à praia ou jogar bola como a maioria dos rapazes de sua idade. Vivia em um tempo e um espaço muito diverso, marcado pelos escritores, músicos e cineastas que em suas obras de ficção retratam tempos de um viver fantástico. Os autores que não exploram o mistério, o lado fantástico ou sobrenatural do viver e que se detém em simplesmente retratar o cotidiano neste planeta não despertavam seu interesse. E penso que até hoje eles estão longe dos seus autores de cabeceira.

— Certíssimo, cara vovó, ele não gosta mesmo de romances de histórias baseadas em fatos reais e como ele diz, que ocorreram de verdade; para falar mesmo ele gosta de umas histórias e filmes extraordinários e extravagantes...

Katia Maria fala para a neta que seu pai demorou para falar de Rose para ela.

— Ainda lembro nitidamente da voz de Carlos a me chamar naquela tarde de domingo. Quando o ouvi, disse que estava no sofá da sala, esticando as pernas, ele veio e sentou-se no chão ao meu lado. Começamos a conversar e ele em rodeios foi falando de sua mãe, Mariana. Falou que estava achando uma menina do clube legal, mas que achava que ela não ligava para ele. Por que, perguntei, o que o faz pensar assim? "Outro dia ela estava com as amigas a caminho da academia de ginástica, e eu a chamei. Elas começaram a apertar o passo, e escutei: olha o ETonto! Ela fingia que não estava me vendo. As outras riam e nem faziam questão de disfarçar e eu só escutava: corre Julieta que o Romeu está vindo, olha só as pernas de passarinho... vamos Rose... vamos Rose... mantendo o ritmo, elas continuavam a repetir entre risadas: nem olhem para trás, pernas de passarinho está vindo em nossa direção... ele está chegando, ele vai beijar a Rose... ele vai beijar a Rose.... Puxa mãe, parei e desisti de falar com a garota, foi muito vexame...".

— Essa foi a primeira vez que Carlos falou para mim de Rose.

— Coitado do menino, não Mariana? — Pergunta Sonia, olhando para a menina e continua. — Seu Carlos é tão bonzinho e não é feio, e está bem longe de ser um ET. Ninguém merece passar por um momento desses.

— E vocês duas, querem saber o que Rose me contou desse dia? "Eu e as meninas continuamos nosso caminho sem olhar para trás, mas não sei por que voltei o olhar e vi o Carlos indo embora, cabisbaixo e chutando o chão. Camiseta branca, bermuda xadrez abaixo dos joelhos, meias sociais pretas e tênis branco, era o próprio cavaleiro da triste figura. Aquela cena me tocou e pensei que quando o encontrasse, a primeira coisa que faria seria pedir desculpas...".

Cortando Katia Maria, a campainha do forno toca avisando que em seu interior, um dos pratos que compõe o menu de comemoração está pronto.

Todas voltam a atenção para a abertura da porta do forno, falta apenas o tapete vermelho. Sonia, com todo cuidado, vai retirando a assadeira que, com ar de misterioso acontecimento, vai revelando seu conteúdo: uma iguaria digna de um lorde inglês. Seu aroma se espalha e toma conta de todos os cantos da cozinha, estimulando os sentidos mais delicados das três mulheres, que a um só tempo suspiram enquanto suas glândulas salivares em excitação produzem torrentes de fluidos impalpáveis, enchendo suas bocas. Com sentimento de reverência, Mariana após um longo suspiro, como se acordasse de um bom sonho, fala sobre o seu sentir ao ser envolvida pelo aroma:

— Delícia, não vejo a hora deste jantar acontecer e eu poder me deleitar com esse prato...

Ao que as outras cozinheiras complementam:

— Nós também...

A interrupção da história de Carlos e Rose pela campainha do forno faz o assunto tomar outras direções: temperos, guarnições, complementos...

Mariana não se dá por vencida.

— Vó. — Ela pede. — Continue a história do pai e da mãe. Eu não me canso de ouvi-la, é mais divertida do que ficar falando de temperos e outras coisas de cozinha...

— Menina, se só ficar contando essa história, não acabaremos a tempo os pratos para o jantar... então, vou contar só mais um pouquinho, está bem?

Antes de continuar a história do romance vivido por Carlos e Rose, Katia Maria senta-se, toma um pouco de laranjada, limpa a garganta e continua:

— Como mamãe Rose contou, "depois daquele dia, não vi mais o Carlos. Cheguei mesmo a pensar que por causa do que aconteceu no nosso último encontro, ele não achava mais motivação para ir ao clube. Me sentia mal toda vez que pensava nele e naquele dia. Uma tarde, no clube, eu estava fazendo como uma integrante do grupo dos extraterrestres: sentada à sombra de uma árvore, me distraindo lendo um livro cheio de romantismo, quando de repente: Com licença. Me assustei, e antes que eu pudesse esboçar reação, senta-se ao meu lado Carlos. Olhando para mim como se eu fosse a única garota no mundo e falou: Faz tempo que não encontro você. Passo sempre pela piscina, mas não a vi mais... Nesse momento, colocando o livro de lado, olhei para ele e pensei com meus botões: será que arrumei um admirador que além de ET, não é bonito, tem pernas de passarinho e se veste como um espantalho? Ele está totalmente maluco se acha que vou me interessar por um tipo como ele. O que posso fazer para encurtar esse conto de fadas de doido? Aí, balancei a cabeça para pôr as ideias no lugar e vi como estava sendo boba, de onde eu tinha tirado que ele queria namorar comigo? Então, pedi desculpas pela indelicadeza com que o tratei da outra vez, ele me desculpou e ficamos conversando. Certo momento, Carlos esticou o pescoço e colocando os olhos sobre o livro ao meu lado, perguntou: o que está lendo? Quando lhe falei, ele me lançou um olhar meio arrevesado no qual se podia ler: pobrezinha, tão bonitinha... e foi falando: como você pode perder tempo com isso, essa literatura de telenovela açucarada, changuana na mais pura expressão? Aquele olhar e aquele modo de falar com superioridade me fizeram ficar irritada. Quem era ele para criticar daquela forma o que eu gosto ou deixo de gostar? Por um momento me passou pelo pensamento olhar bem sério para ele e falar o que me vinha à cabeça, sem censura. Ele percebeu e rápido, se desculpou pela falta de tato com que me tratara. Ainda assim, fervendo por dentro, peguei meu livro, levantei-me e fui embora pensando com meus botões, bobo... deve gostar de passar seu tempo lendo folhetos de cartomantes, encartes de supermercados e bulas de remédios... bobo... O acontecido, com o tempo, foi se abrandando e um dia vi Carlos perambulando pelo clube e me aproximei dele. Quando o cumprimentei, ele ficou encabulado e com a voz quase inaudível, novamente, me pediu desculpas e perguntou se eu ainda estava brava com ele.

Continuamos andando ao léu e lhe perguntei: que tipo de literatura você gosta? Gibi, terror ou o quê? Já vi que não gosta de romance...

Com muito gosto Carlos responde: gibi sim, e especialmente... *"o quê"*?. Contos fantásticos, ficção científica, mitologia... agora, para falar a verdade, esses romances que nos obrigam a ler na escola e que as meninas adoram, não me comovem, acho eles muito chatos, as histórias são infantis, os acontecimentos de uma trivialidade ímpar e os desfechos são muito previsíveis desde o primeiro capítulo. Não excitam a imaginação. Não são nada além de uma leitura para passar o tempo do modo mais chato. Prefiro dormir e sonhar. Desculpe-me, continua Carlos. Eu sei que minha opinião pode chocar seu pensar e até me fazer parecer presunçoso, mas vou lhe contar um segredo e talvez você veja que o que estou falando é sério e não apenas uma fala vazia para brincar com você. Aqui entre nós, eis a minha verdade: sabe quem faz os resumos dos livros que os professores nos obrigam a ler e depois entregá-los para ganhar nota? Minha mãe!

Eu, continuando Rose a narrar, quis responder sarcasticamente, dando aquela cutucada para fazer ele perder o rumo, mas pensei melhor e fiquei com meus pensamentos: "Não acredito no que acabei de ouvir. A mãe faz a lição para você, nenenzinho atrevido e convencido. Suas notas nas provas de literatura devem ser uma lástima. Esse era um comentário que queria ter feito, mas temia que se o fizesse em voz alta, Carlos encontraria motivos para continuar a me procurar, apenas para me dar uma resposta... esse cara é um chato! ETonto de primeira, argh... sabem como é, em boca fechada não entra mosca, pois bem...

Continuou falando Carlos e ao mesmo tempo atropelando meus pensamentos, você, senhorita Rose, se lesse um só conto de mistério, uma história de ficção ao invés de ficar dedicando seu tempo a esses autores de novelas de folhetim, muito provavelmente encontraria um mundo novo e veria com outros olhos a literatura com que hoje divide os seus sonhos".

Tão atentas estavam Mariana e Sonia para os detalhes nunca antes ouvidos da história que a vovó mais uma vez contava, que o tempo em sua caminhada não as entendia como simples seres humanos. Por momentos, ignoravam o passar do tempo. Instantes onde elas esqueciam as panelas no fogo. A romanesca aventura de Carlos e Rose só era interrompida por risos ou áhs e óhs.

Estalando, uma das caçarolas lançou no ar uma coluna de fumaça quase impenetrável fazendo todas retornarem ao mundo da culinária. O molho que não se preocupava com histórias de humanos, passou do ponto e se transformou em crostas do mais negro carvão.

O sol se põe a caminho para levar sua luz e seu calor para outros recantos do planeta.

A tarde finda.

— Vou arrumar a mesa e prepará-la para o jantar. — Mariana diz, e acrescenta — Vó, outra hora a senhora termina a história, um conto de fadas que só a nós pertence. — E tomando um último gole de suco, complementa — fadas de corações espirituosos e arcoíricos.

A menina tira o avental e deixa a cozinha.

Que o mais curioso e impar cômodo da casa é a sala de jantar, todos sabem e, ninguém que já se sentou à mesa do mais puro carvalho duvida disso. A localização da sala de jantar na planta baixa da construção situa-se no centro da mansão. De paredes imaculadamente brancas, tem no centro sobre um renaissence, que contrasta com o geométrico formado pela posição das tábuas de peroba no piso, uma grande mesa retangular de pernas delgadas rodeada por doze cadeiras de assento e espaldar em veludo bordeau com pernas tão elegantes quanto as da mesa. Bem mais alta do que um homem de boa estatura, uma cristaleira art noveau ocupa o centro da parede a esquerda de quem entra. Através dos vidros bisotados e filigranados de suas laterais e portas, pode-se ver sobre as prateleiras transparentes taças do mais puro cristal e garrafas finamente cinzeladas contendo os mais diversos, coloridos e deleitosos licores. Duas janelas do teto ao chão ladeiam a cristaleira. Por elas, o encanto de um jardim entra. Em primorosa composição, arbustos, flores e bonsais convivem à semelhança de uma pintura. Uma visão pitoresca. Na parede oposta das janelas e da cristaleira, há um buffet encimado por uma grande tela, pintada por Fáiska Penna, renomado artista do século XIX, na qual se pode admirar a casa da fazenda da família e a paisagem de seus arredores. No centro do buffet, repousa um majestoso arranjo floral ladeado por notáveis castiçais de esmerada feitura em mármore de Carrara e filetados a ouro. Ostentam velas em parte derretidas. A cera escorrida pelos seus corpos, evoca a imagem do bisavô de Mariana, José Inácio, que não permitia que os castiçais fossem limpos. Dizia que eles ficariam soando como falsos. A cadeira na ponta da mesa, com vista para a grande porta de entrada, é o lugar do patriarca. Guardando suas costas, na parede há um alto relevo de refinado gosto, esculpido em alvo Carrara, retratando nobremente os ancestrais membros da família. Do centro do teto pende um grande lustre que causa rara admiração pela bela aparência. Formado por dezenas de pingentes de cristal suspensos em uma armação de metal trabalhada a filigranas, remete a visão de tempos artnoveau. A luz com que as lâmpadas iluminam o ambiente, ao atravessar os cristais, projeta nas paredes, de forma suave, pequeninos arco-íris.

Esta é a sala onde a família costuma se reunir para o prazer de jantar ao cair da noite, bem como para comemorar datas especiais como as bodas de porcelana que nessa noite serão comemoradas. Vinte anos de comunhão de Rose e Carlos.

Quem ao conhecer a casa e seus aposentos não deixa de soltar uma exclamação, mesmo que breve, pela grande surpresa quando adentra à sala de jantar? Com efeito, o ar díspar da singular sala de jantar e sua suntuosa decoração não nos deixa evitar de pensar: qual seria a razão para aquele extraordinário aposento fazer parte de uma impecável construção modernista?

A história registra que entre os primeiros colonos, ao chegarem nas paragens onde se localiza a fazenda, foram os ancestrais da família de Mariana. A primeira casa da família, erigida pelos tataravôs, foi uma casa simples na fazenda. Com o tempo e com o crescente sucesso nos negócios, uma casa foi construída na cidade. A nova casa era maior do que a primeira na fazenda e se localizava próxima ao centro da cidade que nascera no entroncamento de algumas fazendas. A casa era testemunha e guardiã da tradição que se historiava nas gerações que se sucediam. Os tempos mudavam e a atração de novos horizontes fazia com que os mais novos tomassem rumos diferentes daqueles que conduziam aos cuidados com a fazenda. Assim sendo, a casa grande, como era chamada, foi sendo tomada por um sentimento de desamparo e profunda desolação que a acometeu. Outrora, grandiosa e radiante, tornou-se triste e taciturna. Os últimos descendentes a habitar a mansão foram justamente os bisavôs de Katia Maria.

Com as dificuldades próprias da idade e a energia da juventude evanescendo, os ancestrais decidiram vender a propriedade e construir uma casa mais adequada e confortável para a caminhada em direção ao fim que aguarda todo ser vivo, desde seu nascimento. Quando os avós de Katia Maria pensaram em construir a nova casa, decidiram que ela seria à beira mar e que ela deveria ser nos moldes da antiga mansão como homenagem àqueles que os precederam e, também, para deixar um marco para as futuras gerações que viriam. A atmosfera da época atual era de novos movimentos artísticos. Na arquitetura, neoconceitos ditavam formas arrojadas em detrimento das antigas ideias de concepção construtora. Especialmente as ideias propagadas pelo movimento futurista do italiano Marinetti, exerciam enorme fascinação no imaginário do avô de Katia Maria. Mente aberta, com despertado interesse pelas mudanças que anunciavam novos tempos, ele se encontrava dividido. Seu sentir palpitava com seu coração que desejava as formas da antiga mansão; sua razão efervescia com o modernismo.

A família se reúne, em um grande almoço, para discutir os planos de construção da nova casa. O encontro lembrava os aniversários do vovô José Inácio ou da vovó Aparecida, duas ocasiões em que a casa ficava cheia de gente e transbordava de alegria.

Durante o almoço, entre um prato e outro, o assunto da construção da nova casa correu. Todos queriam saber como estavam os estudos e preparativos. Perguntas, expectativas. Vovô falava que dúvidas, quanto ao estilo clássico ou moderno, ainda faziam morada em sua cabeça e dividia seus pensamentos bem como os da vovó. Entusiástica discussão tomou conta dos convivas. Com as opiniões sendo divididas entre os que defendiam o clássico e os defensores do moderno, as crianças só pensavam na sobremesa: sorvete de morango.

A tarde foi amainando.

Todos de comum acordo foram para o jardim apreciar o pôr do sol. Acomodados em espreguiçadeiras, a conversa continuou a girar em torno de qual modelo estilístico adotar para a nova mansão. As crianças jogavam bola e com um chute desastrado, a pelota foi parar no meio dos adultos. A menina que tinha isolado a bola, foi buscá-la e, entrando na conversa dos mais velhos a respeito do que construir, perguntou:

— Por que vocês não misturam tudo como uma salada de frutas?

Era a resposta procurada que vinha na inocente visão de uma criança. Foi assim, então, que se decidiu que a sala de jantar seria localizada no centro da edificação, segundo os moldes da sala de jantar da antiga mansão. A cristaleira, o buffet, a mesa, as cadeiras, seriam réplicas das originais; os adornos também o seriam. O candelabro e o quadro com a pintura da fazenda seriam restaurados meticulosamente e trazidos ao seu esplendor de quando foram produzidos. Assim, o coração da antiga mansão poderia acordar de seu sonho hibernal em um novo corpo e novamente pulsar e luzir trazendo vida à nova habitação.

Assim dito e assim feito.

Hoje, a mansão à beira mar mais uma vez vai se revestir da mais engalanada alegria.

Mariana, chamando a atenção, fala séria:

— Vou preparar a sala de jantar com a surpresa que pensei para mamãe e papai. Por favor, não quero ninguém bisbilhotando para descobrir a surpresa antes do tempo em que foi pensada para acontecer e que estou preparando há um bom tempo, afinal, não é todo dia que se comemora bodas de porcelana. Ela para em frente da grande porta da sala de jantar e diz com ênfase: *"abre-te Sésamo"*. As duas grandes portas de correr com pé direito duplo que dão acesso ao interior da sala se fazem de surdas, e se tivessem olhos, olhariam Mariana de cima abaixo e dariam um riso de mofa, uma para a outra. Não se dando por vencida, a guria dirige-se a elas e com sua imaginação, continua a brincadeira:

— Tremei ó poderosas, eu, Sansã as abrirei com um simples toque de meus dedos... presto!

Silenciosa e com olhares de soslaio para certificar-se que não foi seguida, Mariana fecha atrás de si as portas da sala de jantar. Se debruça sobre as caixas, quatro ou cinco, que com a ajuda de Sonia as trouxera antes. Elas contêm objetos que farão a diferença no jantar desta noite. Encontrando-se só, vai retirando o conteúdo das caixas e os arrumando sobre o buffet, de modo a tornar sua tarefa mais prática em montar a mesa. Tem tal cuidado que se poderia dizer que a menina tem mãos de veludo.

Para começar, ela cobre a mesa com uma toalha de guipir, branca como as areias das praias do arquipélago de Fernando de Noronha. Tirando louças, talheres e taças das caixas, Mariana parece uma criança que brinca com estrelas. As peças se movem para fora das caixas em atos tão delicados que sugerem estar levitando, e ao serem pousados sobre a mesa, lembram a leveza com que as abelhas pousam nas flores para recolher o néctar.

Em companhia da liberdade, a menina começa a falar consigo mesma: "tudo precisa estar impecável hoje. Há quanto tempo estou preparando esse momento? Cinco, seis meses? Tenha cuidado!". Ela mesma se adverte: "não fale alto! Alguém pode escutar e…. adeus surpresa. Preste bem atenção, o segredo só deve ser revelado no momento apropriado, se tal acontecer antes ou depois, perde a magia". E continua: "tudo no mais profundo segredo!".

Enquanto manipula os objetos, ela vai se lembrando de onde cada um foi adquirido. Imagens das várias lojas de antiguidades visitadas vem à sua mente e a faz lembrar que durante a procura deles, viu tanta coisa bonita, interessante e inacreditável que a vontade era trazer todas elas para casa. "Ah! Essas visitas, chego mesmo a não duvidar que se somasse todo o tempo que passei procurando as peças que imaginei, daria pelo menos uns vinte ou vinte e cinco dias. Para fazer os olhos de meus pais sorrirem esta noite, nenhum esforço é pouco". Continuando em seus pensamentos, ela conversa baixinho com seus botões: "fala sério, ter que trazer peça por peça para casa de um jeito muito disfarçado para ninguém perguntar o que havia nos pacotes, e vir a desconfiar do que eu estava planejando e pretendia fazer, foi um trabalho de super-heroína. Fui escondendo pacote por pacote, peça por peça dentro de caixas e mais caixas que foram guardadas na parte de cima dos armários no closet em meu quarto".

A louça, talheres e taças vão aos poucos tomando seus lugares para o grande jantar. Notável como cada peça foi pensada e colocada em um espaço próprio na mesa. Conforme a estratégia de acolhimento elaborada pela menina, cada prato, garfo, faca, taça para vinho, para água e mesmo o guardanapo tem como destino fazer par com determinada e apropriada pessoa. A disposição dos lugares ao redor da mesa também seguem minucioso plano. É um jantar para ficar gravado na memória de todos e para sempre. Mariana pensa enquanto conclui e dá os últimos retoques no ambiente.

Finda a tarefa, Mariana sai da sala de jantar, pé ante pé, tão silencio-samente como entrou, fecha e tranca a porta levando consigo a chave. Quer, justamente, evitar que alguém não resista à curiosidade desperta e ceda à tentação de lançar uma olhadela, por menor que seja, para o interior da sala e descobrir o que espera a todos nesta noite de jantar especial.

Ela escuta a voz de seu pai conversando com sua avó na sala e, salti-tante, vai até lá. Encontra Katia Maria tentando convencê-lo que não entre na cozinha para que a surpresa do cardápio não se desfaça e a comemoração perca seu encanto. Mas, conhecendo a mãe e o gosto de Mariana por sur-presas, ele sabe que as duas estão preparando algo especial para logo mais à noite. Juntas, Mariana e avó se colocam face a face com Carlos e tecem mil argumentos para fazer com que ele deixe a ideia de ir até lá. Elas sabem que ele quer bisbilhotar. Conhecem Carlos tão bem quanto ele a elas. Sabendo que se for até lá vai fazer com que a curiosidade que todos têm contida se dissipe e a comemoração passe a ser em um clima morno. Mas, ele começa a brincar e finge que está tentando encontrar um meio de entrar na cozinha. Não há fala de Carlos que não tenha contrapartida por parte da filha ou de sua mãe. Como último argumento dos argumentos, ele diz que depois de tanta conversa, a sede que está fazendo sua garganta parecer um deserto só será aplacada com um bom copo d'água gelada. Dá dois ou três passos para pegar o copo d'água. As duas correm para cima dele e o abraçam impedindo que ele continue. Elas se mantêm impassíveis. Como última tentativa, ele apela para o coração de mãe de Katia Maria. Em vão...

Rindo, e muito, vencido e vitoriosas, como em toda boa brincadeira que chega ao fim, estavam todos entregues ao acolhimento dos braços do sofá e das poltronas na sala de visitas. Carlos se estica no sofá, Katia Maria e Mariana vão verificar se tudo está como manda o figurino para a noite.

Primeiro, os pratos do menu. Todos prontos em cima do buffet na cozinha esperando em ordem sua hora de entrar em cena. Na sala de jantar, Mariana acena com a cabeça sinalizando que ela está pronta e ansiosa esperando para fazer seu papel, a grande surpresa. Os copeiros impecáveis em seus uniformes, presentes.

Tudo pronto!

Os dois copeiros contratados para o evento eram conhecidos de Sonia, do restaurante na marina. Eram uma atração à parte. Formavam a mais interessante dupla que se pode conceber. Já eram senhores. O mais velho era muito alto e magro, e na orla dos barcos diziam os colegas e marujos, ele poderia, perfeitamente, com sua altura e magreza, substituir o mastro avariado de um veleiro. Seu semblante sisudo, embora parecesse revelar uma certa indiferença por todas as coisas e seu olhar estar sempre se dirigindo para algum lugar além da visão, ele nem por isso era menos sorridente e amável. O copeiro, que parecia ser o mais novo, não era de estatura que se poderia dizer, exatamente alta, e sua aparência exterior era um tanto rechonchuda. Olhos pequenos em um rosto arredondado e bochechas coradas lhe emprestavam um ar, à primeira vista, de bonachão. O que os dois, tão diferentes fisicamente, tinham em comum era o ar de cerimoniosa atenção.

O tempo marcado pelo carrilhão na sala de visitas se faz anunciar permeando o ambiente com seus sons graves e ditando que é chegado o tempo para os pais, avós, Mariana e Sonia, desaparecerem de cena e aparecerem em seus aposentos como em um passe de mágica para começarem a se preparar para a grande noite. Todos encontram sobre suas camas, em imaculada arrumação, tanto os trajes a serem envergados, como os adornos que embelezarão e avivarão a figura de cada um.

Mariana, saindo do banho de sais, onde ficou brincando com as bolhas, vê no espelho da penteadeira o reflexo do criado mudo ao lado de sua cama. Sobre ele, está o livro que tomara emprestado de sua amiga Brianda, colega de escola que considera a melhor amiga. Ela se enrola na toalha e vai até o criado mudo, pega o livro e senta-se na cama com ele entre as mãos. A primeira vez que o viu foi com a amiga que estava no pátio da escola sentada na grama à sombra de frondosa árvore, entretida em sua leitura. A imagem de capa, uma praia solitária, banhada pelo sol com coqueiros deitando suas sombras nas areias brancas e o título, *Amor em Escarlate*, chamaram de imediato sua atenção.

Voltando um pouco no tempo podemos ver, no pátio da escola, Mariana se aproximando da colega e olhando para o livro que ela tem nas mãos. Sentando-se ao lado dela, pergunta qual era a história daquele romance que ela estava lendo com tanto interesse, ao que a menina respondeu: "é um romance de amor de um sujeito que mesmo com passar dos anos ainda continua tão apaixonado pela guria por quem se apaixonou na adolescência. Cinquenta anos se passaram depois da última vez que ele a viu. Como a figura em um retrato muito antigo no qual apenas se pode ver fantasmas, a imagem dela está evanescida. Mas, os sentimentos que ele tem pela garota de longos cabelos negros e estrelas no olhar ainda mantêm o vigor que faz com que ela esteja sempre presente em seu coração. O destino caprichoso, em um momento de inspiração faz com que eles se reencontrem. Ele não a reconhece. Ela sabe quem ele é". E aí... "não vou contar o fim da história para não estragar a leitura e, se você ficou curiosa para saber o desfecho, posso lhe emprestar o livro". Não foi preciso falar duas vezes. Mariana combina com a colega que, assim que ela terminar de ler o romance, será a primeira da fila para quem Brianda emprestará o livro.

Mariana não podia se furtar a imaginar a história de tal romance. Mil e uma possibilidades corriam pelo seu cérebro, *Amor em Escarlate*, quão ardente seria o romance entre os amantes, principais personagens da trama dramática, criados pelo autor?

Em um dia incerto, tão aguardado, Brianda aproximou-se de Mariana e disse que tinha terminado de ler o livro e lhe entregou o esperado e desejado romance. Mariana colocando-o na mochila, sorrindo falou: "Não ouso pensar com o que você irá me encantar, quem sabe um frenético prazer?".

Mariana com o livro nas mãos, após o banho, sente aquela comichão que só a curiosidade em sua voracidade estimula as faculdades comuns ao pensamento e, em alguns minutos, como o passo furtivo de um tigre, não se demorou a seguir sua intuição para começar a ler a história de amor que vive nas linhas e entrelinhas que estão grafadas nas folhas de *Amor em Escarlate*. Mas, ao chamado de Sonia, ela volta para o figurino que vai usar na festa de comemoração daquela noite e o livro deixa suas mãos, indo para seu lugar encima do criado mudo. A menina, como se estivesse se dirigindo a uma pessoa, fala baixinho para o livro: "Depois do jantar conversaremos...".

E termina de se arrumar.

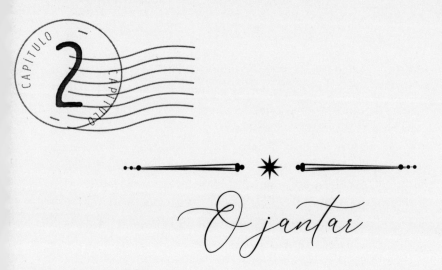

O jantar

Meia-luz.

Na sala de estar, a refrescante brisa marinha se faz presente.

Nesta noite de gala, ela, velha conhecida de todos, entra sem cerimônia pelas grandes janelas que, abertas deixam entrever a luz multicolorida das estrelas refletidas no mar.

Os convidados, para a grande noite de gala, estão acomodados na sala de estar aguardando a entrada do casal homenageado. Vovó Katia Maria e vovô Humberto estão acomodados em um sofá, Sonia em uma poltrona; Victor e Bruna, Guilherme e Karen, padrinhos de casamento, no sofá maior; os outros dois casais que também são padrinhos, estão ausentes, um está morando em Zurique e o outro, como dizem lá das grotas de Minas Gerais, "casou, mudou e foi para o sumidô". Adolfo, irmão de Kátia Maria e a esposa Ester, estão sentados cada um em uma berger, o filho do casal, Bernardo, mais conhecido como Caco Velho por causa das sardas que lhe valeram o apelido quando era criança e a namorada Bela, estão na varanda apreciando a lua, Emília se entretém conversando com Mariana e o assunto não poderia ser outro que não namoradinhos e paqueras.

Música no ar.

Lembranças dos anos de juventude de Rose e Carlos. Rainbow, Io che amo solo te, Superstar, O estranho homem do disco voador, Aqualung, Paint it black, Stones, Jethro, Sérgio Endrigo, Jovem Guarda... Anos de douradas efervescências... e de alegres memórias.

Pelo ar, como elementais em contos de fadas, memórias vem e vão. Pinçadas, uma aqui, outra ali, tornam o conversar alegre e divertido.

O Senhor da Alegria, à vontade, compartilhando a festa, diverte-se junto a seus súditos, e como se diz, tem ali o seu berço e seu júbilo.

Como por ordem real, a perspectiva para a celebração que se avizinhava era, com certeza, de brilho, lembranças e vida. Lembranças de momentos que compuseram a história de vida de Rose e Carlos. Vinte anos de amor, amizade e cumplicidade. Lembranças de um sem número de caminhos compartilhados, percorridos e entrelaçados. Memórias, temperos que dão à noite jovialidade.

Como levadas por mãos invisíveis, bandejas de apurado artesanato em madeira, no formato das folhas de costelas de Adão, flutuam entre os presentes oferecendo antepastos e aperitivos. Nas bandejas em que são oferecidas as bebidas, há em pequenas taças, água. Na decoração das outras bandejas, mini conchas sustentam pequenas velas e suas não menores chamas acrescentam um toque de fantasia ao ambiente.

Os copeiros, como etéreos personagens saídos do mais nobre romance, sempre em discreta aparição, nesta noite de enlevada comemoração, circulam entre os comensais oferecendo, após os aperitivos e canapés, gentilmente, a entrada: alcachofras gratinadas acompanhadas pelo devido aperitivo, previamente pensado.

Nove badaladas soam...

O carrilhão anuncia que este é o momento da entrada do casal homenageado. Todos se levantam, se dirigem para o átrio e ao verem Rei Carlos e Rainha Rose aparecendo no alto da escadaria, os aclamam com alegria e brilho no olhar.

O tempo do jantar é chegado.

Como um cortejo real, Mariana na posição de mestre de cerimonias guia Carlos e Rose à frente para a sala de jantar. Ela, em leve movimento de mãos, pede a todos que parem ante a porta fechada. A menina, em impecável vestido modelado de acordo com os mais elegantes figurinos dos anos mil novecentos e sessenta, se adianta e em garbosa envergadura, tira da pequena carteira de festa que traz, a chave da porta, que mandara folhear a ouro. A insere na fechadura e com meia volta destranca a porta. Pede, então, aos copeiros que deslizem cada uma das folhas, vagarosamente, até um ponto combinado, de modo que apenas uma pessoa de cada vez possa passar por ela. Ao adentrar a sala, a pessoa deve dirigir-se e postar-se em pé no lugar previamente marcado por ela. Conforme as portas vão sendo lentamente abertas, o escuro em que a sala está imersa vai sendo iluminada por réstias de luzes vindas do átrio. Seus raios furtivos são de uma delicadeza tal que não permitem, mesmo à vista mais aguçada, vislumbrar a surpresa prometida e decantada que aguarda absolutamente silenciosa.

A intenção de Mariana ao pensar e executar esse ritual foi o de criar uma expectativa de mágica curiosidade, semelhante a que é proporcionada para as crianças na época de Natal ao esperar o Papai Noel trazendo as maravilhas que se escondem dentro de cada caixa de presente enfeitada com o mais desvelado capricho.

Os participantes entram, passo antepasso, e ao assumirem seus lugares na sala, vão formando um semicírculo ao redor da mesa. As portas são fechadas. O ambiente está envolto pelo véu da penumbra. Penumbra que tem sua existência devida a chama bruxuleante de uma vela que colocada estrategicamente ao centro da mesa, impede que a escuridão envolva totalmente o ambiente com seus tentáculos. Apenas o que se consegue ver não revela nada além de uma mesa decorada sem maiores atrativos, uma mesa naturalmente elegante para a ocasião. O palpitar dos corações, em ansioso esperar, pode ser sentido como um efeito eletrostático que torna o ar carregado de um magnetismo transcendental...

Uma voz ecoa pela sala:

— Por favor, não se dirijam ainda para seus lugares à mesa.

O mistério que a menina faz é de propósito. Um toque de energia a mais na surpresa que preparou. E assim, quando o reluzir da curiosidade chega ao ápice, a menina, pomposa, brada: *Que seja feita a luz*. As luzes da sala, então, como em um passe de mágica vão se acendendo em um crescente, enquanto John Kay e Steppenwolf se fazem presentes com Magic Carpet Ride. Ao verem revelado o que estava encoberto por tão defendido segredo, não há quem não admire boquiaberto o ambiente em todas as suas cores. Cada convidado tem seu nome gravado em uma pequena placa marcando seu lugar à mesa. Para cada convidado, um jogo de louças, copos e taças únicos. Arranjo em imaculado padrão de apresentação que trazia à imaginação o chá oferecido pelo Chapeleiro Maluco de Alice no país das Maravilhas, obra literária de Lewis Carroll. Faiança de Portugal e Itália, porcelana chinesa, porcelana inglesa Paragon e Grindley, porcelana Limoge, louça da Baviera, cristal austríaco Riedel e da Bohemia tcheco, talheres de inox iridizados enfatizando efeitos óticos do arco-íris, e guardanapos de damasco e linho estampados com a foto de Rose e Carlos no dia do casamento deles, compartilham o espaço oferecido pela mesa inspirando surrealista alegria.

Carlos em seu lugar de honra, à cabeceira da mesa frente para a porta, Rose na cabeceira oposta. Do lado direito, ficam vovó Katia Maria e na sequência, Bernardo, Bela, Mariana, Sonia, Silvana e Ester. No lado esquerdo, vovô Humberto, Victor e Bruna, Guilherme e Karen, Emília e Adolfo.

O inesperado figurino da mesa faz com que nenhum dos comensais fique indiferente a tais arranjos, interjeições e comentários continuam e surgem espontaneamente. Passado o momento de admiração, Carlos pede a palavra e, dirigindo-se para Rose, diz:

— Olha só o que nossa filha preparou escondido de nós, uma surpresa e tanto, jamais imaginaria arranjos como estes! — E voltando o olhar para Mariana — Fantástica surpresa, muito obrigado filha, fez nossos corações, de sua mãe e o meu sentirem um calor inexprimível. E os talheres, o garfo e a faca marcando, sobre o prato de cada convidado, a hora em que casamos... só você mesmo, guria, para imaginar algo assim.

E tanto Rose quanto Carlos, com os olhos mareados, erguem as taças com fino néctar dos deuses e brindando à filha: De coração!

Ao que Rose replica, emocionada e com olhos ainda rasos em lágrimas e com a voz embargada diz:

— Sinto-me como se estivesse participando de um jantar em um filme de Fellini. Eu te amo filha! Muito! Feliz o dia em que você nasceu, de mim e de seu pai, que os anjos estejam sempre contigo.

Ao escutar as declarações de amor de seus pais e sendo aplaudida de pé, entre brados de *Brrravo! Brrravo!*, uma lágrima quente brota nos olhos de Mariana e desce pelo seu rosto indo encontrar-se com o sorriso de alegria que está acompanhado pelo rubor nas faces:

— Meu papai e minha mamãe, amo vocês mais que tudo, sou muito, muito feliz em ter nascido do amor de vocês e vou amar vocês para sempre e sempre.

O coração juvenil da menina estava explodindo de contentamento por ter propiciado esse momento de júbilo para seus pais.

A avó olha para ela e, sorrindo de modo terno, lhe dá uma piscadela.

Passado o momento, todos se sentam e Mariana toca a sineta avisando aos copeiros que o serviço pode ser iniciado.

Uma risada geral ecoa pelo ambiente quando Bernardo, primo de Mariana, se manifesta:

— Depois desse arranjo de mesa, estou a imaginar o cardápio da noite, eu e meu estomago não aguentamos mais, estamos impacientes, eu, para degustar, e ele, para receber as gostosuras que nos serão servidas...

Alguém comenta:

— Esse menino tem uma veia poética de dar inveja a Machado de Assis, já imaginaram se ele fosse um raper?

Bela, a namorada de Bernardo 'Caco Velho', responde de bate pronto:

— Já pensaram ele todo coberto de ouro fazendo rap? Muito bem, parabéns, nota cem... seria seu bordão... — Bernardo enlaça Bela com seus braços e lhe dá uma lambidinha e um beijo na bochecha.

Sauvignon Blanc nas taças.

O tilintar dos brindes ecoando pela sala em clara e sincera demonstração de afeto cruzam o ar e, assim como os galos de "Tecendo a Manhã", de João Cabral de Melo Neto, o tilintar tece um manto de bons augúrios sobre o casal que comemora as bodas de porcelana.

Novamente o toque peculiar da sineta agitada por Mariana monopoliza a atenção. Os olhares se dirigem para o biombo que impede a curiosidade de ver e conhecer antes da hora as iguarias que farão da noite algo digno das histórias de Sherazade no conto das mil e uma noites.

O copeiro rechonchudo de ar bonachão, compenetrado e solene, surge imponente saindo de trás do biombo, conduzindo um trólei no estilo Bauhaus, tendo sobre ele um vaso de cristal com arranjo de flores como as que faziam parte do buquê que Rose portava ao casar e uma salva de prata com a entrada do jantar. Entrada em um arranjo feito por um chef com um dom especial, especializado em culinária artística. A visão do que se dirige à mesa não deixa ninguém indiferente, palavras de assombro e desejo podem ser percebidas como ditas a meia voz em um sermão dominical. Salada mista. A apresentação das verduras e legumes, elementares em todas as saladas, remetem aos animais da fauna local em tão delicadas esculturas e arranjos que bem poderiam ter vindo de uma exposição de puros-sangues.

Posicionado pouco mais atrás e acompanhando os passos cadenciados do colega, vem em alvas luvas, Kurt, o copeiro que forma a dupla, portando os talheres para servir. Cerimoniosamente, como pede a ocasião, o primeiro oferece a salada e o outro vai, delicadamente, deitando em cada prato a figura esculpida em tomates, palmito, folhas, azeitonas, torradas...

Terminando esse primeiro serviço, os copeiros se retiram tão silenciosamente como entraram.

E, como manda a etiqueta, todos aguardam que os homenageados comecem a saborear o prato servido para, assim, terem a liberdade de começar igualmente a deliciarem-se.

O tinir das taças que se encontram brindando o casal que festeja, faz com que o vinho aos poucos vá afrouxando as amarras e a conversa vai, como dizem os marujos, tendo as velas enfunadas pela aragem soprada por Dionísio, Deus do Vinho, filho de Zeus. Não é uma ocasião propícia para trivialidades e logo o assunto predileto vem à tona: as divertidas trapalhadas em que Rose e Carlos foram protagonistas. A primeira a ser lembrada foi aquela de quando Carlos e Rose ainda namoravam e marcaram um encontro no espaço gourmet em um shopping. Ele, chegando ao lugar combinado viu uma garota de costas. Não era Rose. Apenas se parecia com ela. Ele se aproximou e a abraçou por trás. Rose estava sentada em uma mesa bem ali perto, e rindo, a tudo assistia. A primeira reação da garota foi dar um tapa em Carlos, que ficou com a lembrança dos cinco dedos dela em seu rosto. Como se não bastasse, o namorado dela pegou o maluco pela gola da camisa para tirar satisfações. Rose, que até então estava se divertindo, saiu correndo, interveio e quando o rapaz viu a semelhança entre sua namorada e Rose, meio a contragosto e olhando feio para Carlos, aceitou as desculpas.

Taças novamente se encontram e suas vozes tilinc-tincando, permeiam as risadas...

Pratos e talheres contendo lembranças da entrada, trocados.

Sutil névoa de prazer paira na atmosfera do ambiente.

Especial aguardar do momento supremo: o prato principal.

Majestosa travessa da mais pura prata entalhada com figuras mitológicas é trazida à mesa pelas quatro mãos dos copeiros. Sobre ela, resplandecente dôme cobre o grande segredo da noite.

Um gesto e... voilà!

A dôme da travessa sai de cena e é revelada a tão esperada iguaria: pato laqueado com purê de mandioquinha.

Carlos e Rose não se contêm e riem revivendo um momento do passado.

— Olha só — diz Carlos — e essa agora? Quantas surpresas mais nos aguardam essa noite?

Rose com um olhar apaixonado para Carlos, responde:

— Lembra-se de nossa lua de mel?

Ao que Carlos, prontamente fala:

— Como esquecer daqueles agradáveis momentos que duram até hoje? Como esquecer de nosso primeiro almoço depois de casados? Ainda guardo na memória... aquele restaurante caseiro na beira da estrada, perto do hotel fazenda onde ficamos, o Mamma Cris. Lá, almoçamos pela primeira vez depois de casados. Pato laqueado com purê de mandioquinha.

Humberto, pai de Carlos, levanta-se e erguendo a taça de Côte-Rôtie, brinda:

— Ilustres, como patriarca e monarca desta família, consagro os votos de mais exclusiva felicidade ao meu sereníssimo filho Carlos e sua sereníssima esposa Rose...

— Só mesmo meu marido para falar empolado assim! — Exclama Katia Maria.

Carlos, apartando, se levanta e agradece:

— Na qualidade de aniversariantes, pai, agradeço em meu nome e em nome de Rose, como também agradeço a todos aqui presentes pelo carinho demonstrado. É, para nós, imensa satisfação estarmos aqui reunidos esta noite para comemorar nossas bodas de porcelana e estarmos também *preparados para intensa pesquisa e acurada investigação, a examinar, analisar e determinar, indubitavelmente, o indefinível espírito, as incompreensíveis qualidades e natureza desses inestimáveis tesouros do paladar....*

— É o pai esculpido em carrara, não há como negar. — Pensa Katia Maria. — Agradecer recitando um parágrafo de Rei Peste, de Edgar Allan Poe. Herdou do pai a paixão pelos contos poenianos...

Adolfo, irmão de Katia Maria, seguindo a ordem, levanta-se:

— Um dia acreditamos nas juras de amor que alguém, baixinho ao pé de ouvido, nos fez em momentos ternos e acolhedores. Nesse dia, tivemos a certeza de termos encontrado um anjo do paraíso e entregamos, então, em uma bandeja filigranada de ouro, nosso coração. Parabéns querido casal...

Sonia levanta a taça:

— Parabéns querido casal, que o sol resplandeça sempre e para todo o sempre sobre vocês.

Ester, cunhada de Katia Maria, de taça em punho:

— Parabéns aos noivos vintage, esse amor vai continuar por mais e mais de vinte anos, com certeza, não tenho a menor dúvida.

O primo de Mariana, abraçando a namorada e a irmã, em trio, diz:

— Parabéns queridos tios, agradecemos de coração o exemplo que vocês dão de amor, alegria e compreensão. Que os anjos os tenham sob a sua luz.

Tranquilamente, Mariana ergue sua taça e cumprimenta os pais. Pede então aos copeiros que tragam o seu presente.

Kurt e Hugo trazem uma caixa, não menor que a de um vidro de perfume, nem maior que a de uma caixa de maçãs. Ela está envolta em papel de tonalidade carmesim, enlaçada por uma fita dourada com os nomes dos noivos gravados. Mariana se levanta para receber a caixa e antes de entrega-la aos pais, pede que juntos abram o presente.

Garfos param no ar, bocas entreabrem, olhares aguçam...

Os dois levantam e, deixando a cabeceira da mesa onde estava sentado, Carlos vai em direção à Rose e a encontrando no outro extremo da mesa, entrelaçam as mãos. Ao receberem o presente, um sorriso brilha nos rostos do casal. A fita dourada é tirada, o papel arrancado aos pedaços e, dentro da caixa, embrulhado no mais fino papel de seda, eis que surge no mais puro estilo ingênuo-infantil-cubista, pintado por Mariana, um quadro!

Um quadro...

Todos aplaudem, mas não conseguem disfarçar o riso que a imagem provoca. Novamente as taças são erguidas...

O quê???

Um jacaré magrelo, de cabelos loiros, usando tênis branco e meia preta abraçado a uma bailarina, de tutu rosa todo de franjinhas e sapatilha de salto, com a perna levantada fazendo delicada pose de modelo. Corações mil fazem o fundo do quadro.

Pensamentos cruzam as mentes, que por um momento paralisadas, esquecem-se de continuar apreciando o prato principal ou o vinho em suas taças. Redemoinhos de pensamentos atravessavam a imaginação de todos... o desenho não é mal, as cores estão até combinando, mas onde Mariana estava com a cabeça quando pintou esse presente? O que ela quer dizer com essa pintura?

Serão Carlos e Rose?

Será?

Silêncio...

Pares de olhos, indagativos, voltam-se para Mariana que, com jeito travesso, olhando para os pais, explica:

— Esse quadro pintei em homenagem ao tempo em que os dois se conheceram. Então, primeiro não é um jacaré, é uma lagartixa; é só olhar a boca, o jacaré tem um focinho enorme cheio de dentes, já a lagartixa... o apelido do meu pai, tanto no clube como na escola era Lagartixa Loira. Ora, é simples, nas aulas de educação física quando ele corria parecia uma lagartixa e era loiro... sempre usava tênis branco com meia social preta. Precisa dizer mais? Minha mamãe. Minha mãe era chamada de Rosinha Frufru. Rosinha, diminutivo de Rose, e Frufru porque enquanto as meninas sempre estavam ao natural, ela, discreta, estava sempre de batom, lápis nos olhos... saia e blusa impecáveis, sapato boneca... era uma boneca de porcelana... Até hoje... ouve-se cruzando o ar...

Assim era o casal!

— Retrato fiel! Quando Carlos trouxe pela primeira vez Rose aqui em casa, jamais poderia pensar ou mesmo imaginar que daquela amizade surgiria um namoro. — Falou o pai de Carlos, e continuando — eles eram muito diferentes ao olhar, mas com o tempo começamos, Katia Maria e eu, a perceber que havia mais interesses em comum e que eles eram mais parecidos do que supunha nossa vã filosofia.

— Verdade. — Complementou Ester, cunhada de Katia Maria. — Um quebra-cabeças, um jogo de letras embaralhadas, uma imagem real? Quando eles falaram que estavam namorando, como acreditar no que se escutava? Pensei, será que um dia vou entender essa relação? Hoje depois de tanto tempo, vejo meu questionamento confirmado mais uma vez, dois adolescentes apaixonados, independente dos modos de vida que levavam, não deixaram que inquietação nenhuma os impedisse de viver os sentimentos que nutriam, um pelo outro.

— Lembra-se meu querido marido, do dia em que começamos a namorar? Você como um menino, pulou o muro de uma casa, roubou uma rosa e todo prosa me ofertou? — Pergunta Rose.

— Sim, naquele momento, meu desejo era de pegar em sua mão, olhar em seus olhos sem medo e encostar meus lábios nos seus...

— Considerei a rosa como um pedido de namoro. Foi um momento feliz...

Nesta festa, vinte anos depois da rosa e de um beijo tímido, Carlos tira do bolso do colete uma folha de papel, amarelada pelo tempo, onde está escrito o poema que ele fez ao chegar em casa, naquele dia, flutuando como se estivesse montando uma nuvem. Palavras que nunca deixaram de ecoar no coração dele e de Rose.

Faz-se silêncio e Carlos declama:

O que fazer de mim, não saberia

Se não brilhasse a chama desse amor,

Mesmo que todos sorrissem

Para mim de nada valeria

Pois, como o pranto de meu olhar

Enxugaria

E para minha dor

Consolo eu encontraria

Se não brilhasse a chama desse amor

Que é toda minha inspiração.

O que fazer de mim

Não saberia.

Rose se emociona e as mulheres presentes ficam tocadas com a lembrança que Carlos trouxe. Palmas ecoam pelo ambiente e as taças são erguidas em mais um brinde.

Emília, filha menor do irmão de Katia Maria, vira-se para a namorada de seu irmão, sentada ao lado dela, e diz:

— Essa comida está de lamber o prato...

Quis a mão do destino interferir nesse momento e, foi justamente quando se fez silêncio, quando todas as bocas saboreavam o pato ao molho pardo ou sorviam mais um gole de vinho que o comentário da menina, mesmo tendo sido feito na surdina, pode ser escutado por todos. O gracejo fez aflorar em todos muito mais que um simples sorriso. Mesmo os copeiros, abandonando a austera posição, sorriam discretamente, com prazer em ver que a refeição era apreciada como a mais fina ambrosia, como um manjar dos Deuses do Olimpo. As bochechas da menina se tornaram vermelhas como que pintadas com o mais puro rouge. Ela encabulada em seus nove anos, riu um pouco sem jeito.

Como bom anfitrião, Carlos prontamente exclama:

— Você tem razão guria, essa comida está de lamber o prato! — E como manda a etiqueta, mostrou a língua e em seguida deu uma lambida no prato.

Foi seguido, aos risos, pelos convidados. As bochechas de Emília logo recuperaram o tom róseo de sua pele e em seus lábios, surgiu um sorriso alegre.

Descontração toma conta do lugar.

Os homens tiram os paletós e gravatas, as mulheres tiram os sapatos...

Com o sangue aquecido pelo vinho, Sonia pede:

— Seu Carlos e Dona Rose, vocês podem nos contar como aconteceu de os dois começarem a se interessar um pelo outro?

Rose e Carlos começaram a falar ao mesmo tempo. Entreolhando-se e rindo, os dois param ao mesmo tempo os comentários e, Rose pede a Carlos que conte sua versão.

Pensar que houve manifestação, um gesto ou até mesmo palavra de algum presente, nesse momento, engana-se. A paixão de Carlos contando essa passagem era de um entusiasmo tão grande que se podia sentir o amor por Rose saindo pelos seus poros. Arrebatou a todos. Não se ouvia sons de talheres portando iguarias em direção às bocas, taças tilintando ou ruídos por mais sutis que fossem. Também o tempo parecia ter parado para ouvir Carlos.

— A princípio meu interesse pela Rose foi apenas o de vencer um desafio que ela representava. Não passava pela minha cabeça namorar uma garota que era a imagem, o polo negativo, de tudo em que eu acreditava. Fazer aquela garota mimada ver outro mundo, enxergar para além do horizonte que sua visão e seu sentir conheciam, era um ponto de honra. Muita massa cinzenta gastei tentando descobrir uma porta por onde eu pudesse entrar naquela prodigiosa mente que, embora gostasse de ler, só se dedicava a leituras e escritores do Movimento Realista, especialmente Machado de

Assis, entre outros. Não que eu não reconheça o valor e a envergadura de seus escritos, eu só não curto esse tipo de literatura. Mas, que ele é um escritor de talento e ímpar, e sua obra legada ao mundo é monumental, isso é...

— Por um bom tempo procurei encontrar Rose no clube, para dar sequência ao meu plano para vencer o desafio a que me propus, mas era como se ela tivesse evaporado. Um dia estava tomando um refrigerante no bar do clube e conversando com um amigo a respeito de extraterrestres, defendendo a posição de que eles não são diferentes de nós, isso quer dizer que eles têm a mesma forma humana e são iguais a nós, por isso não podemos distingui-los quando estão entre nós. Meu amigo, Eroni, falava que eles estariam em nosso planeta, entre nós, realizando estudos antropológicos sobre a nossa raça e ajudando com seu conhecimento avançado na evolução tecnológica, tanto na parte das ciências exatas como na área da alimentação e da saúde... a fala dele foi subitamente sobreposta por uma voz feminina. Ao escutar não pude me conter, virei-me e o que meus olhos viram fez meu coração palpitar. Eu não ouvia mais nada que meu amigo falava, só tinha atenção para Rosinha Frufru que entrava toda vaporosa. Pedi licença para meu amigo e me dirigi em direção a ela. No meio do caminho, com as pernas tremendo, comecei a pensar na reação que meu coração teve ao vê-la. Se alguém falasse que isso era um sinal de que eu já estava começando a olhá-la de um modo diferente, que estava começando a gostar dela, eu brigaria, como se diz nos cafundós, até perder a roupa.

Carlos fez uma pequena pausa, e tomando um gole de vinho, fez um aceno de cabeça, passando a palavra para Rose.

Rose, dirigindo meigo olhar para Carlos, continuou a história:

— Ele, timidamente chegou perto de mim e falou que tinha sentido a minha falta e chegou até a pensar que eu tivesse parado de frequentar o clube por causa dele.

— Isso que é imaginação, Dona Rosinha. — Comenta Sonia.

— Pois bem, — continua Rose — ele falou que tinha um presente para mim e que o trazia sempre junto com ele. Não podia perder a oportunidade de, quando me encontrasse, entregá-lo. Ele abriu o embornal que sempre trazia a tiracolo e foi tirando de dentro canetas e lápis, uma caderneta, pedaços de papéis, guardanapos de lanchonete, todos com anotações, que segundo ele eram rascunhos de ideias uteis para seus estudos não formais e que não podia esquecê-las de jeito nenhum...

Carlos com um certo tom de brincadeira, interrompe:

— Falando assim, o que vão pensar de mim? Que eu era um maluco e a família não sabia?

Risadas preenchem o recinto... Lembranças...

Rose sem se abalar, continuou:

— Eis que depois de uma pequena montanha de papéis, surge um livro. Este era o presente. Recebi e enquanto admirava a capa, Carlos foi falando "pensei muito em um livro para lhe presentear, um livro que revelasse um outro universo literário para você. Espero que o leia, mas se ele não lhe despertar a curiosidade literária, peço um favor, faça dele um presente para alguém, não o deixe abandonado em um canto qualquer de uma prateleira juntando pó ou dentro de um armário com um monte de bugigangas... O nome do livro? *Contos de Terror, de Mistério e de Morte*, de Edgar Allan Poe."

— Tinha dedicatória ou foi apenas um presente que com o passar do tempo esquecemos quem nos deu? — Perguntou Roberto.

— Sim. — Disse Rose. — Imagine se Carlos deixaria de escrever uma dedicatória... era assim: *este livro não é um pedaço do queijo da lua, nem um dos anéis de Saturno, mas espero que seja uma nave que a leve a novas paragens e aventuras sem par, do amigo Carlos, ano de mil novecentos e...*

A priminha de Mariana, Marta, com brilho de seus onze anos no olhar, pergunta para Rose:

— Tia, você ainda tem esse livro?

— Claro que tenho, é uma relíquia que faz parte da minha história com seu tio... eu o guardo no meu cofre junto com as mais preciosas das relíquias que se possa imaginar. Ele representa o fim do ciclo da meninice em que eu vivia e o começo de uma vida mais adolescentemente amadurecida...

— O título dele me dá arrepios. — Fala Marta, com os olhos arregalados. — Outro dia assisti a um filme de terror, meio escondida atrás de uma almofada e com um olho só, e depois tive que ir dormir em um saco de dormir no chão do quarto dos meus pais. As histórias desse livro são muito assustadoras? Algum dia a senhora me empresta para eu ler? Prometo que vou me controlar e dormir no meu quarto, tá bom?

— Vamos combinar assim, você vem passar um fim de semana aqui em casa, vou comprar daquelas maçãzinhas verdes que você gosta e aí pode deitar na rede lá na varanda, e enquanto come as maçãs, lê o livro, certo?

— Pode ser na semana que vem? Purfa, purfa... — Fala a menina de mãos postas.

— Menina, o que é isso, é jeito de falar? Que purfa, purfa, é esse? O que quer dizer? Explique. — Repreende Pedro.

— Purfa, purfa, ora, quer dizer por favor...

— Pode, irei buscá-la na escola na sexta-feira e você fica todo o fim de semana, está bem?

— Bem, continuando, — fala Rose — primeiro passo, vencer minha desconfiança a respeito de um livro com aquele título e de um autor de quem eu nunca tinha ouvido falar; segundo, escolher dentre os contos do livro aquele com o título menos horripilante para começar a ler. Assim foi. Ainda hoje lembro, escolhi "Eleonora", a história de um amor inflamado por uma paixão que beira o pueril, mas com a força de mil raios e trovões. Conforme avançava na leitura, fui percebendo que os outros contos não eram sanguinárias como esperava, mas de um pavor voltado para o psicológico. Realmente, havia novas terras além do horizonte que eu vislumbrava no mundo em que vivia. Comecei a ter mais consideração por Carlos. O resto da história todos já sabem.

— Velhos bons e inocentes tempos. — Alguém diz.

Todos erguem as taças em novo brinde.

Mariana, em um relance do olhar, vê que todos estão satisfeitos com o prato principal e, em um gesto sutil, dá ciência aos copeiros que o momento era de preparar a mesa para servir a sobremesa. Os dois copeiros, em comportamento reverencial, começam a retirar os pratos até então utilizados e principiam o ritual de servir a sobremesa.

Silêncio paira sobre a mesa, todos os sentidos aguçados se dirigem para onde vem o som dos copeiros que se aproximam. Como preparada surpresa de Mariana, os pratos vêm cobertos por dômes de cristal lapidadas com motivo floral.

Abacaxi grelhado ao rum e açúcar mascavo; calda de manga e sorvete de coco...

Sobremesa apreciada, Mariana, cerimoniosamente, convida a todos para se dirigirem à sala de estar, onde para coroar a noite será servido licor de jenipapo.

As cadeiras começavam a serem afastadas cedendo espaço para as pessoas se movimentarem, quando se ouve, vindo da voz da prima de Katia Maria, Denise:

— Ninguém falou da entrada na igreja, coisa muito importante... — Sorrindo, pergunta — como foi a reação de tia Katia Maria e do tio Humberto ao ouvirem a marcha nupcial?

Quem respondeu foi Silvana:

— Eu era meninota, mas me lembro bem, não houve a tradicional marcha nupcial de Mendelson. A entrada de Rose se deu ao som de *Greensleeves*. Quando o pai de Rose deu a mão dela para Carlos na base dos sete degraus que levavam ao altar, começou a tocar *Magic Carpet Ride*, do Steppenwolf, e então foi uma surpresa geral. Ficou na história. Agora, por que escolheram essa música, em particular, para o momento?

Emília, prima de Carlos, cerrando as sobrancelhas diz:

— Verdade, acho que até hoje muita gente ainda está procurando entender. Provocou muita indignação, notadamente nos mais velhos.

Eduardo, marido de Lúcia, tomando um gole de vinho como que para limpar a garganta, pigarreia.

— Essa música é de um grupo que surgiu nos anos mil novecentos e sessenta, e em sessenta e oito gravou a música *Magic Carpet Ride*, bem, a letra é sobre um rapaz que propõe a uma moça que ela feche os olhos e volte-se para seu interior onde vive sua fantasia libertadora e encontre-se com ela. Ele então a convida para acompanhá-lo em uma viagem em um tapete mágico...

— Quer dizer que é isso? Pai, essa foi sua declaração de amor eterno pela mamãe? Em vez de sair da igreja para a nova vida em casamento a bordo de um carrão, o senhor e a mamãe saíram voando em um tapete mágico? Sim senhor, isso que é poesia.

— Sim, e é até hoje. Você, em noites de luar já não ouviu um assobio discreto e pensou que era apenas o vento passando entre as folhagens das palmeiras? Sua mãe e eu temos uma confissão a fazer, não é o vento, somos nós subindo às estrelas em nosso tapete voador.

Marta, Amanda e Mariana batem palmas, Carlos agradece com uma régia reverência.

Noite alta.

Na sala de estar, o jantar chega a seu fim marcado pelo servir do licor de jenipapo. O espírito da preguiça entra em cena e aos poucos vai cobrindo a todos com sua translúcida pelerine.

É chegada a hora e, nos portões da casa, os convidados se despedem e partem acompanhados pelas lembranças dos momentos que partilharam.

Orfeu aguarda a todos.

O grande final da noite.

Mariana pronta em sua mais confortável camisola, deita-se entre as cobertas, e recostada nos travesseiros, estica o braço e pega o livro de cima do criado-mudo, que tomara emprestado da colega e diz: "Agora sim, somos só você e eu, Senhor Livro".

Katia Maria acorda no meio da noite e percebe uma nesga de luz no corredor, levanta-se e vai até lá. Ao chegar, vê que a luz vem do abajur aceso no quarto de Mariana. A menina está adormecida, debruçada sobre o livro aberto. O cansaço de festejar e o efeito do vinho venceram a vontade da menina. Katia Maria vai até ela, tira o livro de suas mãos, fecha-o e o coloca sobre o criado-mudo. Arrumando a menina de forma confortável na cama, apaga o abajur e sai do quarto. Ao cruzar o batente da porta, olha para trás, e vendo o livro sobre o criado mudo, onde o deixara, curiosa volta e pega o livro, senta-se em uma poltrona no corredor, e sob a luz de um abajur, dá rápida folheada nele. Ao ler o resumo da história na orelha da capa, ela vê que não era o que ela pensava, não era um romance de tórrido e lascivo amor acontecendo em uma praia paradisíaca em um lugar ermo do mundo. Era a história de um amor juvenil que poderia ter acontecido se o destino com seus caprichos não tivesse interferido. Leitura de adolescente. Mas ... ao passar rápido as páginas, já pensando em fechar o livro e voltar para seu quarto e tornar a dormir, Katia Maria, de relance, notou desenhos dentre os escritos... ao deparar-se com os desenhos, ela sente a memória de um tempo passado voltar.

A princípio, ela pensa que o cansaço da festa a faz estar sonhando acordada. A força com que as lembranças se apresentam faz com que ela deixe cair o livro de suas mãos. Seus braços, por um breve momento, perdem o viço e ficam largados sobre suas pernas. Naquela noite não houve o que embalasse o sono de Katia Maria. Ela não encontrou posição para dormir e ainda estava com os olhos abertos quando os primeiros pássaros cantaram anunciando novo dia. Havia um passado distante nos pensamentos.

Ao se encontrarem para o café da manhã, Katia Maria contou que Mariana havia adormecido sobre o livro e que ela, depois de arrumá-la na cama, deu uma rápida folheada nele e ficou curiosa para ler a história. Não teceu nenhum comentário sobre as figuras que tinha visto. Pediu então para Mariana que não o devolvesse ainda para a colega.

Segunda-feira.

Casa vazia.

Katia Maria pega o livro e se dirige para a rede na varanda. Deitada, antes de mais nada, vai para as páginas com as ilustrações. Presta atenção nelas, fecha o livro, levanta-se e vai até seu quarto. Lá, abre o armário e do fundo de uma prateleira, no alto, tira uma caixa onde guarda recordações dos tempos de adolescente, fotos, entradas de cinema, papeis de balas, bilhetes de amigas, poemas feitos por pretendentes, bijuterias... de cada objeto uma lembrança. Separa dois envelopes, os coloca entre as folhas do livro e volta para a rede. Acomodada, abre o livro. De cada envelope, tira uma carta, as desdobra e compara os desenhos feitos nelas com os que estão no livro. Sem dúvida, os desenhos das cartas, embora amarelados pelo tempo, são os mesmos desenhos que o livro traz.

Katia Maria sente o coração bater mais rápido e sua respiração torna-se ofegante. Só há um pensamento em sua cabeça: será?

Embora já estivesse, de certa forma, esperando, foi surpreendida pela confirmação do que não acreditava. Seus sentidos, pouco a pouco vão diminuindo de intensidade, o toque de seu tato vai se tornando mais e mais imperceptível, silêncio vai tomando conta de sua audição, o entorno se esvai, seu olhar torna-se distante. Lisergia...

O tempo passa... minutos... talvez... horas? Voltando a si ela não sabe dizer. Ainda se sentindo um pouco atordoada, ela procura entender o que se passou. Não acredita que pode ter sido um breve desfalecer provocado pela emoção de finalmente saber quem era o autor daquelas cartas de conteúdo, que se pode dizer, tristemente hostis, se é que tal combinação possa existir, ambas sem assinatura. Katia Maria as recebera nos seus dezessete anos, em envelopes também sem identificação do remetente. Impossível.

Refeita, ela passa rápida vista d'olhos pelos escritos e tem quase certeza, o autor das cartas é o autor do livro.

A primeira coisa que Katia Maria faz ao ver sua neta voltando do colégio é contar-lhe sua descoberta. Como duas adolescentes que trocam segredos, elas se dão as mãos e riem à boca pequena. Mais tarde, com todos na sala de estar, a descoberta é partilhada. Os desenhos das cartas e os do livro são mostrados. Humberto é o primeiro a comentar:

— Quem diria, levou só cinquenta anos para você ficar sabendo quem é o misterioso e fantasmagórico admirador secreto. Na época você ficou maluca e passou um bom tempo tentando descobrir quem era, lembra-se?

— Verdade mãe? A senhora teve um admirador secreto, um Príncipe das Trevas? — Pergunta Carlos.

— Verdade. — Afirma Mariana. — E ele até escreveu esse livro contando toda a história. Vovó arrasa corações...

— Ah! Esse faço questão de ler, preciso muito saber de como era minha mãe para despertar essa paixão infernal. Mamãe, hein? Com essa cara de boazinha, água parada tem monstro em baixo... — Carlos ri.

Rose vem em socorro da sogra:

— Filho ingrato, depois de tudo que sua mãe faz por você, ainda tem coragem para falar assim dela? Olhem, falando baixinho, eu também estou curiosa para ler essa história de amor histriônico...

Mariana arregala os olhos e, histriônico?

— Mãe, o que que é isso? Que tipo de amor é esse, nunca ouvi falar, nem em sonho. Não dá nem para imaginar, por favor me explique.

— Sim, histriônico vem de histrião que tem por sinônimos nada mais do que comediante, cômico. Questão de cultura geral...

— Quer dizer, então, que eu sou personagem, a musa de uma comédia amorosa baseada em fatos reais, com um maluco apatetado qualquer? Vocês todos, tenham mais respeito comigo, senão... — Rindo, Katia Maria esbraveja.

— Senão, senão ... por uma semana nosso jantar vai ser pão e água, não é mesmo, dona mamãe? — Humberto completa a fala de sua esposa, que joga nele uma almofada.

Ele fica sério e diz para Katia Maria:

— Eu sei que você nunca deixou de ter, mesmo adormecido, o desejo de saber quem escreveu para você.

Touché.

— Agora que sabemos, o ponto final é colocado nessa história, não? — Katia Maria concorda.

O escritor fantasma, Ronaldo Horscha, havia sido descoberto e sua sombra não mais nutria a curiosidade de Katia Maria. Ela guarda novamente as cartas em sua caixa de recordações. Serenidade e sossego. Calma e tranquilidade começam a ser tomadas por questões que vão surgindo lentamente em sua mente e se fazendo cada vez mais presentes. Perguntas. Perguntas sim, e as respostas? "Que sentimentos foram despertados por mim no rapaz, motivando-o a escrever as cartas enigmáticas? Se ele estudava no mesmo colégio que eu, por que nunca se aproximou antes que saíssemos de férias? Como ele era?"

Curiosidade... com o tempo, ela foi perdendo a força e Katia Maria voltou à tranquilidade de sempre. Até que em um piquenique na praia com a família, Silvana, sua irmã, deitada ao lado dela, volta-se e diz:

— Querida, outro dia ao passar em uma livraria na rua Direita vi na vitrine um cartaz que mencionava uma palestra sobre literatura e criatividade e, adivinha quem é o palestrante, isso mesmo, o maluco apatetado, como você chamou o autor do romance que tem você como musa principal!

— O que? Ronaldo Horscha? — Pergunta intempestivamente Katia Maria, pega de surpresa que foi.

— Sim, na semana que vem em Demonista, cidade que fica a umas duas horas daqui...

— Ora, você está querendo me empurrar para ir assistir a palestra? É o que está parecendo... não me interessa, agora já sei mesmo quem me mandou aquelas cartas. — E falando assim, Katia Maria vira-se para tomar sol nas costas.

Mas, a curiosidade com seu toque sutil não deixa de alfinetar a orelha de Katia Maria como se fosse a mordida de uma pulga. A paz que reinava vai se tornando inquietante. Ela, então, conversa com Humberto a respeito de sua curiosidade em ver como é o sujeito que ainda tem por ela, após todos esses anos, uma paixão platônica. Pedindo sua opinião, pergunta-lhe o que ele pensa dela ir a tal palestra. Ele, a princípio, não acha interessante e diz que ela estar lá pode ser para Ronaldo como um sopro em uma brasa já quase apagada; que ela, depois de ler o livro, já sabe quem e quais foram as razões que o levaram a lhe mandar aqueles desenhos. Ele finaliza dizendo não ver nenhuma razão para ela ir a essa palestra.

Alguns dias depois, ela volta a tocar no assunto da palestra com Humberto. Ele volta a expor sua opinião, e desta vez dá sua palavra:

— Se é importante para você, não vou dizer não, mas por favor, lembre-se que ele é tão frágil quanto você, não faça nada do que possa se arrepender mais tarde.

Não se sentindo à vontade em ir sozinha assistir a palestra, a primeira pessoa que vem à mente de Katia Maria para acompanhá-la é Silvana, que trouxe a notícia, mas ela está partindo para o Egito em uma viagem de estudo. Assim ela pensa em convidar sua cunhada Ester, que é para ela como uma irmã, o que é reciproco.

Toca o telefone, a cunhada atende e reconhece a voz de Katia Maria, que depois dos cumprimentos habituais, a convida para acompanhá-la à palestra de seu admirador secreto.

— O que houve, você disse que já sabia quem era ele e não queria saber de mais nada a respeito.

— A vontade de saber mais, e se eu o ver, quem sabe me lembrarei dele do colégio. Sabe como é, a curiosidade...

— Ele deve estar bem mudado, pode nem lembrar nada do que aconteceu com clareza, já faz muito tempo. A curiosidade matou o gato, sabia, não?

— Sabia. É meu último desejo, depois vou colocar uma pedra em cima dessa história. Você não vai me negar um último desejo, vai?

— E Humberto sabe dessa sua decisão?

— Sim. Conversamos e ele deixou que eu fosse à palestra. Impôs algumas condições e disse esperar que essa situação será o ponto-final na história das cartas e depois não quer mais ouvir falar em apaixonado platônico ou qualquer outra menção desse assunto. Ora, vamos, será um passeio curto, vamos em um dia e voltamos no outro...

— Está bem, se é para o bem e felicidade da minha querida cunhadinha, eu vou, mas antes de lhe dar a resposta definitiva preciso falar com seu irmão.

Sentadas na plateia, Katia Maria, ansiosa, e a cunhada esperam pelo início do evento. Não interessa para elas o tema da palestra, o importante é conhecer o palestrante. Como duas adolescentes, elas especulam sobre o autor do livro: "Será que ele é bonito? Gordo? Magro? Careca? Cabeludo? Tem dentadura? Usa brinco?". E entre uma qualidade elencada a outra, as duas disfarçadamente riem cumprimentando as pessoas próximas para não serem olhadas como se estivessem ali apenas para passar o tempo gracejando.

A palestra cujo tema é: "Criatividade na Escrita", não tem o fascínio para as duas como o tem para as outras pessoas presentes. Oito horas da noite, é dada a hora, Ronaldo entra na sala, dá as boas-vindas, se apresenta e após breve momento de silencio, e de dirigir seu olhar para todos na plateia, inicia sua fala.

A partir daí, só a voz dele ecoa pelo espaço.

Uma hora depois, terminada a palestra, Ester, a cunhada, vira-se para Katia Maria e fala:

— Nada demais. O Humberto dá de dez a zero. Já a palestra teve pontos interessantes, ele tocou em pontos que nunca imaginei observar enquanto lia meus romances. Vamos jantar.

Durante o jantar, as duas trocam impressões sobre Ronaldo.

— Interessante o modo como ele conduziu a palestra, alternando momentos em que falava sério, até solene e momentos em que falava de um modo, que se pode dizer, cômico, assim manteve a atenção de todos e em nenhum momento tive sono. — Falou Ester.

Ao que respondeu Katia Maria:

— É, até foi interessante a técnica que ele usou. Eu esperava uma oratória que fosse como as daquelas aulas no colégio, em que falávamos que estávamos com conjuntivite e íamos de óculos escuros para poder dormir sem o professor perceber.

— Você fazia isso, dona Katita? Só você mesmo... eu nunca fiz... e o que achou dele? Não é gordo, não tem dentadura, não usa brinco, é mais alto que a maioria dos homens... também não é o que se pode dizer exatamente um modelo de beleza...

— Pensando bem — diz Katia Maria — eu não me lembro de ter visto ou conhecido um garoto assim no colégio. Quem sabe ele me viu na praia e se apaixonou... vai saber. — Brindando, as duas riram.

Ao terminarem o jantar, elas na saída cruzam com Ronaldo, que estava chegando com alguns amigos para comemorarem o feito da noite.

Katia Maria não se contém e vai até a mesa onde está Ronaldo, e elogiando a palestra, lhe pede um autógrafo no *Amor em Púrpura* que ela comprara ao final da palestra, afinal, esse romance tinha que ter a assinatura do autor e estar junto com as cartas na caixa de lembranças, fazia parte de sua história de vida. Gentilmente, ele toma o livro de suas mãos e pergunta o nome dela, faz uma dedicatória e autografa. Sua cunhada fica estupefata, não entende o porquê nem o que fez Katia Maria ter aquela atitude. Quando ela volta, pergunta-lhe: — O que deu em você? Foi pedir um autógrafo, ficou doida? Lembra-se do que Humberto lhe falou? Está querendo brincar com os sentimentos do homem? Me diga, quando ele perguntou seu nome para autografar o livro, e você se apresentando como Katia Maria, paixão da vida dele, como ficou???

Katia Maria, muito calmamente explica:

— Não, não fiz essa loucura, me apresentei com um pseudônimo e agora as cartas com os desenhos vão ter assinatura. E quer saber mais, ele me pareceu mais simpático e não tão sério quanto na palestra.

Voltando para casa, Katia Maria conta como foi seu encontro com o autor das cartas, mostrou o livro com a dedicatória e autógrafo. Carlos e Rose se entreolham como dizendo: "essa dona Katia Maria...". Humberto, franzindo o cenho em atitude de reprovação, pergunta:

— Que história é essa de Solange?

Justificando, ela diz que o impulso foi muito forte e que ela não conseguiu se conter e foi pedir o autógrafo. E para não reavivar velhas recordações se apresentou com o primeiro nome que lhe veio à cabeça, Solange. Mariana, defendendo a avó, fala metamorfoseando uma quadra de Baudelaire: *"quem pode resistir ao manusear dos fios da vontade pelo destino?"*.

Carlos admirado, deixa escapar uma exclamação:

— Mariana, filha, onde aprendeu a falar assim!?

— Pai, adivinha quem eu puxei. Quem é que não gosta de 'changuanas'? Quem sai aos seus não degenera, é ou não é?

Assim a conversa toma outros rumos. As duas cartas, o livro e o autógrafo e um pedaço da história de Katia Maria vão para a caixa de recordações que volta para seu lugar no fundo da alta prateleira no armário do quarto.

A tardinha cai.

Mariana e Katia Maria passeando pelo shopping Center depois de terem ido ao cinema assistir "Fantasia", dos estúdios Disney em três D, encontram Márcia Camila, amiga que não viam desde o réveillon. Ela também estava ao léu, passeando após sair do cinema. As três vão a uma cafeteria e tomando café com pão de queijo, conversam. Conversas a respeito do dia a dia, filhos, casa, e outros igualmente não tão relevantes que são, para Mariana, a causa de um tédio atroz.

Em dado momento, rompendo o tédio que os assuntos lhe causavam, a menina apruma-se e com ar travesso, olha para Marcia e pergunta:

— Você se lembra das cartas que minha mãe lhe mostrou, aquelas duas que ela recebeu quando estava na escola de um admirador secreto? — Márcia completou — Aquelas com desenhos tétricos de caveiras?

— Sim lembro, mas o que aconteceu para trazer essa correspondência para nosso café? Um passarinho verde canta baixinho em meu ouvido, que há novidades a respeito dessa história do fantasma escritor, ou melhor, desenhador, que as mandou. Verdade?

Os olhos brilhando denunciam Mariana e ela começa a falar, empolgada:

— Minha mãe descobriu quem foi o autor das cartas fantasmagóricas, quem foi o maluco apatetado, como ela o chama...

— Maluco apatetado? Já posso ver como ele é... só por essa definição de sua avó... vamos menina, não fique fazendo suspense, conte logo como foi que isso aconteceu. É o pó do século...

— Que pó é esse, ô, minha senhora? É....?

Katia Maria sorri assim como Marcia.

Então, Marcia Camila explica:

— Pó é uma gíria da época em que nós éramos adolescentes, sua avó e eu; significava que o assunto era importante. "Qual é o pó, é o maior pó, tá sabendo do pó?". E por aí vai...

— Entendi. Hoje, quando se fala em 'pó', o significado é outro...

— Os costumes mudam com o tempo, assim também é com as gírias. — Comenta a avó da menina.

— Marcia, nem te conto. — Fala Mariana com satisfação. — A vovó não só conheceu como ainda conseguiu um autógrafo dele.

Marcia, com os olhos arregalados, praticamente sem respirar, é toda ouvidos e não quer perder uma só palavra que venha de Mariana contando o mais importante pó dos últimos tempos.

— Veja como é o destino e como ele chega mesmo a ser maquiavélico; eu peguei emprestado um romance de uma amiga na escola, e certa noite, deitada em minha cama, eu o estava lendo e acabei pegando no sono. Minha avó passava pelo quarto e foi me ajeitar na cama. Tirou o livro de cima de mim. Curiosa, folheou ele, e viu entre os escritos os mesmos desenhos das cartas que recebera... presto, como em um toque de mágica, estava descoberto o fantasmagórico autor das cartas...

Márcia interrompe o movimento que fazia encaminhando o pão de queijo para mais uma mordida e boquiaberta diz:

— Estou escutando direito? Meus ouvidos não me enganam? Não acredito...

Mariana continua a história.

— E assim foi. — Pontua com um sorriso picante.

Márcia, com um brilho perspicaz no olhar, fala:

— Essa sua história, Katia Maria, daria um excelente estudo de caso em um curso de pós-graduação em psicologia.

— Você acha mesmo, ou está brincando conosco?

— É sério, essa sua experiência de vida é interessantíssima e estudar o rapaz, quanto a sua personalidade e seu comportamento em relação a tudo isso, é uma aula inestimável.

— Quer dizer que eu sou maluca como ele? — Pergunta com espanto Katia Maria. — Por que você fala isso?

A neta rindo, interrompe a avó:

— Acho que ela tem razão, vó, de vez em quando, quase sempre, você faz umas coisas que eu duvido que esteja vendo você. Por exemplo: conversar com os bichos quando os encontra pelas ruas, "olá cachorrinho, você é muito simpático, está passeando?". E o cachorro olha e pelo olhar dele, pode-se perceber o que ele está pensando: "quem será essa mulher? Ela é muito simpática, não resisto a abanar o rabo...".

— Depois eu que sou maluca, que fica lendo pensamentos dos animais. — Brinca Mariana.

As três riem e as conversas voltam ao trivial e tomam outros rumos. O tempo passou, um ou outro pão de queijo ficou na cestinha de vime, as xícaras de café vazias.

Antes de se despedirem, Marcia fala para as duas:

— Se vocês quiserem, podemos marcar um encontro em meu consultório para apreciar o material que você tem, Katia Maria, as cartas, o livro e as impressões que ficaram do seu admirador platônico depois de conhecê-lo ao vivo.

No caminho de volta para casa, Mariana comenta:

— Vó, sabe, até que seria legal ver o que a Marcia falaria sobre o Ronaldo. Ela é psicóloga, tem a mente mais aberta que a maioria de suas amigas, e no mínimo, quem sabe, pelo menos, não daríamos algumas boas risadas?

Katia Maria, escutando o que sua neta estava falando, em sua imaginação é assaltada por pensamentos bruxólicos que brilham como relâmpagos no horizonte de sua mente. Balançando, displicente, a cabeça de um lado para outro e com um pequenino ponto de diabólico no sorriso, diz para a menina que vai pensar...

Noite, céu estrelado, lua alta...

Deitada ao lado de Humberto na cama do casal, até o lençol de puro linho branco incomoda. Ela não consegue pregar os olhos, ao contrário do marido que dorme a sono solto. Katia Maria perde a conta dos carneirinhos que passaram... como dormir quando os pensamentos que tivera ao escutar a neta falar para conversarem com Marcia Camila a respeito de Ronaldo? Eles espantam qualquer carneiro que se aproxime trazendo o sono esperado. Por mais que reflita e se vire na cama, não consegue entender o porquê de ter pensado daquela forma a tarde. "Não sei o que deu em mim, me permitir pensar daquela forma como uma fria vamp que encontra o prazer em primeiro, jogar jogos de amor e brincar com os homens, e depois deixá-los à deriva enquanto caçadora sem coração sai em busca de outra vítima". Gelo. "Eu não sou assim". Essa foi a natural reflexão que Katia Maria lembra de ter tido antes de adormecer.

A casa acorda.

Outro dia, mais um como tantos outros já passados. Era a crença...

Depois do café, quando todos deixam a mesa e se dirigem para seus afazeres, a avó chama a neta e diz em surdina:

— Preciso conversar com você. Quando voltar da escola falamos...

Mariana sai em direção à garagem, onde espera o chofer com o carro. Vai pensando em voz alta "o que será que a vó quer falar comigo? Ela estava tão séria, será que eu fiz alguma coisa? Não me lembro de nada... será a respeito do livro? Bom Mariana, você só vai saber quando voltar, então não esquente a cabeça antes...". Ela fala para si mesma.

Voltando para casa após a escola, no carro com seu tio-avô, Adolfo, Mariana deixa transparecer um certo ar de nuvens cinzas pairando sobre ela.

Notando a menina pensativa, Adolfo pergunta:

— Mariana, não posso deixar de perceber que você está preocupada, posso ajudar em algo? Você está de namorado novo?

Ao que a menina responde:

— Não, não estou namorando ninguém. Vovó disse que queria conversar comigo quando voltasse para casa, estou ansiosa para saber do que se trata. É isso...

— Não fique assim, não deve ser nada demais, apenas um papo entre avó e neta, quem sabe não é para combinar alguma surpresa. Mariana em resposta apenas olha para Adolfo e dá de ombros.

Chegar em casa, ter uns momentos para relaxar e sentar-se para um suco é uma rotina que, neste dia, se passa sem maiores singularidades. O coração de Mariana bate em um ritmo diferente. Ela espera que a avó logo a chame para ter a tal conversa que, segundo seu pensar tanto segredo guarda, pois senão, por que teria a chamado em particular de manhã?

O tempo passa, a menina vai para seu quarto e tenta estudar, fazendo os exercícios que foram indicados pelos professores. Sem resultados. Tenta, então, ler *Amor em Escarlate*, não há concentração. E o tempo continua sua jornada...

Ao se aproximar da hora do jantar, Katia Maria chama a neta.

Mariana atende ao chamado da avó. Enquanto se dirige para a copa, ela sente sua energia correndo à flor da pele, tão forte como se tivesse enfiado os dedos em uma tomada elétrica. A menina puxa uma cadeira, senta-se e à mesa, assuntos corriqueiros. A menina não se contém e, em dado momento, dirige para a avó um olhar indagador. Não fala nada.

Katia Maria com olhar acolhedor olha para a neta e responde:

— Posso perceber que você está ansiosa para saber o que quero conversar... não se preocupe, relaxe.

Depois do café que encerra a refeição, ela se aproxima da menina e fala:

— Quero conversar com você a respeito do que se referiu na outra tarde depois de encontramos Marcia Camila no shopping. Você trouxe o assunto das cartas à baila, lembra-se o que sugeriu?

— Lembro, mas foi só algo que me passou pela cabeça. A senhora está pensando no que falei e quer ir conversar com a Marcia? Se for, quero ir junto...

— Vamos sentar no jardim. — Pondo o braço nas costas de Mariana, Katia Maria leva a menina até as espreguiçadeiras.

— A sua ideia me pegou e até fiquei assustada com o que se passou em minha cabeça... sabe, depois de muito refletir decidi seguir com a sua ideia de levar o livro e as cartas para conversar com Marcia. Quero ver o que ela pode explicar, como conhecedora dos assuntos da cabeça... em especial da cabeça de Ronaldo, mas fico com medo do que posso vir a encontrar...

— Vó, não vejo por que a senhora fica assim, isso não vai passar de uma simples exploração de algo que a acompanha há muitos anos...

— Isso é o de menos, guria. Vou lhe contar o que passou pela minha cabeça naquele momento, e peço-lhe que não conte para ninguém essa nossa conversa, ela será um segredo nosso...

Mariana solenemente jura ficar com a conversa como se ela estivesse ocorrendo dentro de um túmulo.

Katia Maria então, começa a contar para a neta o que passou pela sua mente na ocasião em que ela, Mariana, teceu seu comentário:

— O que senti naquele momento em que escutei você falando foi, em primeiro lugar, um sentimento que nunca antes havia experimentado, totalmente diverso dos que estou acostumada ou que já vivi. Em segundo, logo em seguida, fui assaltada por um pensar negro e posso lhe dizer que tive prazer em imaginá-lo convertido em realidade.

Em tempo algum passaria pela cabeça da menina escutar a avó falando daquela maneira e começou a sentir uma ponta de preocupação com o que ela estava lhe confidenciando. O que poderia abalar de tal maneira a sensibilidade e despertar um estado afetivo dessa ordem em uma pessoa tão cordial e singela?

— Dona vovó, não acredito que a senhora tenha um lado escuro e maquiavélico como está querendo insinuar... o que poderia um simples comentário, como o que eu fiz, trazer à vida um sentimento desses? Me diga, por favor sem rodeios, o que a está incomodando tanto...

— Filha, é algo que pensei só existir em romances e filmes. É o tipo de pensamento que eu jamais poderia sequer supor que fizesse morada em minha mente. Depois disso, me olho no espelho e o que vejo é o retrato de Katia Maria Grey. Não me reconheço. Nunca pensei que adormecia em mim intenção tão escura.

— Katia Maria Grey? Vó, falando assim a senhora está me assustando... a senhora não está exagerando? A história sobre Ronaldo já está resolvida. A senhora até guardou tudo relativo a ela no seu baú de recordações e voltou para seu lugar no armário... o que está se passando?

— Me sinto até envergonhada de falar sobre esse assunto, por favor, lhe peço que não comente com ninguém o que vou contar... isso deve ficar somente entre nós...

Mariana desencosta e senta-se na espreguiçadeira. No seu rosto, o cenho fechado mostra preocupação mais intensa e sua feição toma ares de uma tela prestes a ser pintada. Uma pintura expressionista da mais verdadeira atenção da garota para com sua avó.

— Ah, neta querida, você não imagina o quanto me faz sentir aliviada poder falar sobre o que se passa comigo. Às vezes, sentia como se minha cabeça estivesse se prendendo àqueles pensamentos e parando de funcionar para tudo mais...

— Puxa vó, faz quase um mês que fomos ao shopping; posso perguntar por que só agora a senhora me chamou para conversarmos?

— A princípio eu achava que eram apenas pensamentos bobos, tolices que logo iam desaparecer, mas eles teimaram em se fazer presentes e foram ficando cada vez mais fortes, e não importa o que eu faça, eles não se vão... estou começando a me preocupar com essa situação, e antes que ela tome um vulto maior resolvi falar a respeito com alguém. Como foi você que tirou o véu que cobria uma página de meu passado, ao trazer o livro de Ronaldo, foi também a primeira pessoa que veio à mente.

— Nossa! — Falou Mariana com expressão preocupada. — Estou ficando assustada, que conversa é essa? O que está passando pela sua cabeça? Espero que não seja nada muito sério, que seja apenas por ter descoberto quem lhe enviou aquelas cartas há mais de cinquenta anos. Sua imaginação está a dar frutos... complementa a menina.

— Deixe-me, então, lhe contar a que elucubrações e devaneios minha imaginação se deixa levar... Mariana, depois daquela tarde quando você falou para levarmos o livro para Marcia e conversamos sobre ele e seu autor, achei graça. Para mim, era uma coisa típica da adolescência, de reavivar a ideia de uma questão que já havia sido aclarada. Naquela noite, sua ideia me fez demorar para dormir. Os carneirinhos que contava não bastavam para me trazer o sono desejado. Passeando, pretensiosamente dissimulada pela minha imaginação, as ideias iam e vinham. De lá para cá elas se encorparam e fizeram morada em mim. Em resumo, tenho um pensamento que não me deixa: conhecer Ronaldo como pessoa. Saber como funciona a cabeça de um sujeito como ele, saber que rumo tomou sua vida e, principalmente, o que foi despertado nele quando me viu no jardim do colégio. Que sentimentos o mantêm atado a mim? Então, netinha, por vezes cheguei a pegar o e-mail na orelha da capa do livro e escrever para ele, mas falar o quê? O racional fala "não escrever", o emocional fala "sim escrever". É nesse imbróglio que me encontro. O que você acha de tudo isso?

— Dona vovó Katia Maria, que situação! A senhora não pode simplesmente escrever para ele e perguntar sobre sua vida, é um ato sem sentido. Eu acho que a senhora deve deixar tudo como está, deixe tudo guardado em sua caixa de recordações e vire essa página de sua história...

As duas compenetradas na conversa quase não percebem que Sonia se aproxima. Nesse momento, mudam de assunto, a conversa principal é interrompida e em seu lugar, falam sobre fatos triviais. A governanta vem ver se as duas querem alguma coisa, um chá, e quem sabe biscoitos. Katia Maria agradece e lhe pede que traga para as duas um chá de frutas vermelhas.

Com Sonia se afastando em busca do chá, Mariana fala para a avó:

— Essa vinda de Sonia foi providencial, acredito que estávamos precisando mesmo de uma pausa em nossa conversa para pôr as ideias em ordem.

As duas de comum acordo continuam na trivialidade até o retorno de Sonia com a chávena.

Chá na xícara, Katia Maria retoma o fio da meada:

— E ainda tem mais um pouquinho de ideias... essa parte eu não pretendia lhe contar, porque acho terrífica, chega a ser desumano o que pensei, embora naquele instante tenha me dado um certo prazer. Netinha, escute até o fim o que tenho a falar e depois escutarei o que você vai ponderar a respeito.

— Nossa! A senhora, agora está me assustando de verdade... o que pensou que é tão terrível assim? O espírito de Maquiavel está lhe falando picilone ao pé de ouvido? Quero dizer, falando baixinho, como um demoninho em seu ouvido o que tem que fazer?

— Se há um demônio maquiavélico, não sei, mas em esmerado trabalho do pensar, mil artimanhas engendrei para afligir Ronaldo, colocar em sua vida um pouco mais de amargura e fazê-lo sentir em seu âmago o pesar de ser vítima preferida de Cupido... isso como uma vendeta por ter me escrito aquelas cartas...

— Me desculpe, querida vovó, mas não consigo acreditar que o que ouvi veio da senhora. Acho que tem visto muito filme de polícia e bandido... por favor, esqueça isso, não continue com essa intenção. A vida de Ronaldo já deve ser muito sofrida por causa do amor platônico que lhe dedica, então, não é preciso torná-la ainda mais triste.

Vendo a preocupação e a seriedade com que falava Mariana, Katia Maria não se conteve e uma maré de lágrimas inundou seus olhos. A menina levanta-se da cadeira, e em um ou dois passos está ao seu lado, abraçando-a e confortando-a.

— Obrigada minha neta, você me fez ver o quão má eu estava para me tornar. Nunca mais quero pensar dessa maneira por ninguém.

Katia Maria enxuga as lágrimas, levanta-se e, atravessando o jardim, volta para casa abraçada com a neta.

Mariana se prepara para dormir. O celular toca. É a sua amiga de escola. Ela atende:

— Eva, aconteceu alguma coisa?

— Mariana, desculpe ligar a essa hora, mas preciso te contar, você não vai acreditar! Estou tremendo até agora...

Mariana preocupada não tem tempo de perguntar...

— Lembra-se daquele menino lindo que paquero, o Ivan? Hoje ele me telefonou... estou até sem ar...

— Que legal, lembro sim. É um gatinho. Que sorte, hein? Mas calma menina, respire fundo e me conte como foi, quero saber tudo, tudinho...

— Então, quando atendi era um número desconhecido, pensei em desligar, mas algo me fez atender, acho que foi um toque do universo. Quando a voz do outro lado da linha disse quem era, meu coração disparou e eu quase desmaiei de emoção... no começo fiz um charminho fingindo que não sabia quem ele era e ficamos naquele papo de chove não molha por um tempão, no fim, falei para ele que estava me lembrando dele e ele me convidou para nos encontrarmos amanhã de tarde na lanchonete da enseada para conversarmos ao vivo e nos conhecermos um pouco mais... sabe, eu sei que depois de hoje, sexta-feira, vem o sábado, vai ser difícil esperar até lá... por favor, passe aqui em casa amanhã de manhã para me ajudar a escolher a roupa que vou usar no encontro... estou a própria barata tonta...

— Não acredito, me diga, como você conseguiu se segurar e fazer charminho? Só você mesmo... está bem, passarei aí amanhã de manhã para montarmos um figurino especial para o encontro. — E se segurando para não rir, Mariana pergunta para a amiga: — Posso ir junto?

— Pode o quê? Ir junto? Segurar vela? Lugar de vela é na igreja. — Eva responde séria. — Não, não e não!

Mal ela termina de falar, escuta Mariana rindo a não mais poder do outro lado:

— Te peguei sua bobinha, brincadeirinha... então está certo, amanhã passo aí... me espere com aquela compota de jenipapo que só sua tia Almira sabe fazer... adoro.

No sábado à noite, depois do jantar, Mariana se estica na rede da varanda e liga para sua amiga.

— Como vai minha amiga apaixonada? E o encontro com Ivan, como foi?

— Foi o melhor sorvete que tomei em toda minha vida. Sentamos em uma mesa pequena, de frente um para o outro e eu não via mais nada, só o sorriso no rosto dele. E ele, você não acredita, não parou de olhar para mim nem por um minuto...

— E ele? Vocês vão se encontrar novamente?

— Deixa eu lhe contar, então, terminamos os sorvetes e fomos dar um passeio no calçadão à beira mar. Conversamos tanto que não vi o tempo passar. Bem, ele se ofereceu para me levar em casa e no portão, quando nos despedimos, ele deu uns dois ou três passos em direção ao carro, virou de repente e voltou, me olhou fundo nos olhos e me pediu em namoro... vamos nos encontrar novamente, sim! Amanhã!

— Posso ver seu sorriso de orelha a orelha e o brilho em seus olhos Eva... nunca pensei que existissem garotos assim, diferentes da maioria, decididos, ousados. Eu quero um desses para mim também... não tenho muita paciência para ficar cozinhando o galo.

Mariana quase não fala, Eva, apaixonada quase não a deixa falar. O tempo passa e na despedida a mais nova encantada diz que precisa ir dormir cedo, "dormir um soninho de beleza para estar bem bonita para encontrar o seu Ivan".

Mariana continua deitada na rede pensando na conversa que sua avó tivera com ela na noite anterior.

Eva vai para a janela do seu quarto e enquanto, debruçada, olha para as estrelas no céu, sonha acordada com Ivan em mil fábulas de amor.

A nova semana veio e simplesmente passou, veio outra semana e como a anterior, também simplesmente passou.

Katia Maria está na praia, sentada em uma cadeira na beira d'água com os pés sendo acariciados pelas marolas que vêm e vão. Como um abraço de Humberto, o sol da tarde aquece suas costas. O céu parece refletir os olhos azuis de Humberto. *Dolce far niente.*

Mariana vendo da janela de seu quarto a avó na praia, coloca o biquíni, se enrola na sua canga preferida e vai encontrá-la. Senta-se na areia ao seu lado, com as pernas esticadas dentro da água e diz:

— Uma moeda por seus pensamentos.

Katia Maria responde:

— Depois de nossa conversa, pensei ter limpado minha mente e jogado a continuidade que eu estava mirabolando para Ronaldo no lixo. Nesses dias que passaram me senti mais leve sem aqueles pensamentos, mas esse tempo chegou ao fim e tenho pensado muito em um jeito de me aproximar dele.

— Caramba vó! — Exclama a menina. — Para ser sincera, não vejo esses pensamentos com bons olhos. A senhora já conseguiu o que sempre quis, saber quem tinha lhe mandado aquelas cartas. Daqui para a frente, seus neurônios devem ser gastos com coisas mais agradáveis. Voltar para esse caminho e continuar não faz sentido. Por favor, lhe peço, livre-se desse querer.

A resposta vem com um hesitante tom na voz:

— Está bem, vou deixar o senhor Ronaldo no distante passado que é o lugar dele.

Mariana percebendo, sugere que a avó empreste o livro para Marcia ler e, depois que ela conhecer a história de Ronaldo, as duas marquem um encontro para conversarem.

Continua Mariana:

— Então, a partir de suas dúvidas, ela pode lhe dar uma orientação sobre como trabalhar os pensamentos que a estão incomodando tanto.

— Boa ideia, neta, você não deixa de ter razão. Se tem alguém que pode me ajudar nesse momento é a Marcia. Assim que voltarmos para casa, eu vou ligar para ela.

"Sorvete... olha o sorvete..." vem o sorveteiro empurrando o carrinho. Ele para perto das duas e oferece:

— As moças bonitas não vão querer um sorvetinho? Tem de limão, morango, graviola...

As duas se entreolham e o sorveteiro percebendo a negativa, volta a perguntar:

— Puxa, duas irmãs enxutas vão dispensar uma delícia gelada com essa tarde tão gostosa?

Novamente, avó e neta se entreolham e decidem, então, comprar sorvetes. Um de limão e outro de graviola. O sorveteiro continua seu caminho, cantarolando entre um pregão e outro:

— Tintureiro, não tenho peças para lavar, nem para passar e muito menos o que vestir, sorvete... olha o sorvete... limão...

Mariana dá risada da música entoada pelo sorveteiro ao que sua avó olhando e rindo fala:

— Essa é uma música da dupla chamada "Ouro e Prata", dos anos 1950.

— Puxa vó, a senhora curtia e dançava com essas músicas? — Em tom de zombaria Mariana provoca.

— Menina!!! Meu avô, José Inácio, marido de sua bisavó Aparecida, era quem gostava desse tipo de música e eu gostava de ficar sentada ao lado dele cantando junto.

Katia Maria ao chegar em casa, antes de tomar banho para tirar o sal e a areia da praia, liga para Marcia e, falando de seus pensamentos, combina de se encontrarem na cafeteria do shopping para ela lhe levar o livro. Depois de ter conversado com a amiga psicóloga, Katia Maria imerge na banheira de espumas. Mais tranquila por ter dado um rumo às ideias que a afligem, comunica à neta que já estava tudo combinado com Marcia, e tinham acertado que assim que ela terminasse de ler o livro, ligaria para marcar um encontro. Mariana sorri em aprovação.

Nesse dia, caipirinha e petiscos deixam deduzir que o jantar tradicional dará lugar a uma merenda. O olfato identifica sanduíche de mortadela e cerveja para começar. O sanduíche não é um simples sanduíche de mortadela, são trezentos gramas de mortadela recheando um pão francês bem amanteigado. A cerveja também é especial, artesanal, produto da pequena destilaria onde Adolfo tem seu passatempo.

Bela, namorada de Bernardo, ao ver o tamanho dos sanduíches que Sonia traz na bandeja exclama:

— Caramba, quem tem uma boca tão grande para morder um sanduíche deste tamanho!?

Lola, a dashund de Mariana, que está sempre presente, fica em pé se apoiando nas pernas de Sonia e late como que dizendo "EU!". A governanta se dirigindo à cadelinha:

— Não esqueci de você, pequenina linda, trouxe uma tigela cheia de seus biscoitos preferidos. — Foi falar em biscoitos, a cadela não parou de latir enquanto não foi servida.

Ester, depois de um bom pedaço de sanduiche diz:

— E por falar em cachorro, — lembra rindo — a mãe da minha amiga Catarina foi visitá-la e almoçar com ela. Quando ela chegou, Catarina estava fazendo o prato do cachorro. Depois que ela sentiu o cheiro da comida que a filha tirava da lata e colocava na vasilha do cachorro, ficou tentada a experimentar. A filha a dissuadiu da ideia. Porém, certo dia, no supermercado, a mãe de Catarina não resistiu e comprou uma lata de comida de cachorro, abriu-a e virando-se para o senhor ao seu lado falou "olhe só, sinta o cheiro, não é bom?". O senhor querendo ser gentil, concordou com ela. Então, ela foi até um pequeno expositor, recheado de pedaços de maçã para degustação, pegou dois garfinhos, um para ela e o outro para o senhor. Tirando uma porção de comida da lata para cada um, ela, esticando o braço, deu um garfinho para o senhor que já não tinha mais espaço no rosto para arregalar os olhos e, erguendo seu bocado, fez um brinde para tão cheiroso manjar canino. O senhor não teve como declinar. Depois de saborear, ela "que trem ruim, tem gosto de podre...". O senhor saiu a passos largos a procura de uma lata de lixo para cuspir o decantado manjar...

Quando todos conseguiram parar de rir, Katia Maria falou:

— Irmão, já falei para você não fazer cervejas tão fortes... olha a Ester...

Ele responde:

— Minhas cervejas não são fortes, são mais brandas do que as que se pode comprar no mercado... ah! Tá me gozando, eu tonto caí...

E Mariana diz:

— Parece história da dona Irquinha...

Carlos responde:

— Ó, ó a cerveja aí... dona Irquinha? Olha, acho bom você passar para o suco, de onde você tirou esse nome?

— Ora meu pai, é o apelido da avó da Brianda, minha amiga, aquela que você acha bonita. O nome dela é Ilka, os pais sempre chamaram ela no diminutivo, Ilquinha, e os colonos da fazenda a chamavam de dona Irquinha. Ficou o apelido. Vovó Irquinha tem cada história... — Diz Mariana.

— Conte uma que você já ouviu. — Diz Marta.

— Não, eu não consigo, só ela tem jeito para contar, e se eu for contar a história vai sair muito xoxa... — Responde Mariana.

— Então convide Brianda e dona Irquinha para virem aqui um dia, tomar um café conosco e nos contar algumas de suas histórias. — Pede Marta.

— Teremos prazer, sem dúvida, em receber dona Irquinha e suas histórias. Pode ser em um fim de semana, sábado ou domingo. — Manifesta-se Humberto.

Batendo com o garfo na faca, Katia Maria pede atenção. Risos e zombaria. Rindo junto, ela brinca:

— Vocês acham que eu não sei que tem que bater na taça? Então vamos lá. — E bate no copo de cerveja ao mesmo tempo que desafia. — Querem mais ou assim estão satisfeitos? Hammm... brincadeira a parte, aproveitando que estão todos aqui, vou falar das cartas que recebi quando era adolescente, por favor, não interrompam, não é fácil para eu falar o que preciso. Escutem para depois dialogarmos. Desde que Mariana trouxe aquele livro em que sou a platônica personagem principal, e depois de conhecer aquele que me escreveu as cartas, tenho pensado muito nessa situação. É uma coisa que tem me acompanhado com uma intensidade bastante grande. Não que eu não tenha feito esforços para deixar isso tudo no passado, onde ele pertence. Minha neta, percebendo a disfarçada aflição que ia em mim, veio oferecer seu ombro amigo para que eu pudesse relaxar. Como foi ela quem trouxe o livro que fez vir à tona toda essa história, fiz dela minha confidente e, embora novinha, depois de saber meu dilema, falou "vó, a senhora lembra daquele dia no shopping que encontramos a Marcia psicóloga, quando falei para emprestarmos o livro para ela e ver a opinião dela sobre o autor das cartas?". Então, outro dia na praia esse assunto voltou e novamente e Mariana sugeriu o que havia falado no shopping. Assim, família, não pensem que estou emocionalmente interessada em meu admirador, ou que vou querer reviver um episódio de cinquenta anos atrás. O que está me incomodando é pensar em uma pessoa que passa mais de cinquenta anos de sua vida alimentando um amor por uma moça que nem sabe aonde está, como está, se está viva ou morta... então resolvi, vou seguir o conselho de Mariana e conversar com a Marcia. Já liguei para ela quando cheguei da praia hoje, e marquei um encontro. Fazendo isso, quem sabe não me tranquilizo?

— O ressurgir dessa história fez você ficar mesmo tocada, não? — Pergunta Humberto. — Pensei que ao ir assistir a palestra, você já tinha posto um ponto final em tudo isso.

— Sim, fiquei tocada, mas o que está me inquietando na verdade é precisar saber que caminhos percorrem as emoções de uma mente que se entrega a esse platonismo.

— Penso que há algo mais aí, diz Humberto.

Todos emudecem enquanto Humberto fala. Seu tom passa do amigável alegre para o amigável sério, aquele que é usado quando se dá um conselho.

— Não seria a curiosidade de saber o que ele viu em você? Esse é um campo perigoso de entrar. Não fique construindo castelos no ar. Lembra-se do que lhe falei quando conversamos sobre sua ida à palestra? Continuo com a mesma opinião.

— Está bem, querido. Obrigada por me compreender. Você e ninguém daqui precisa se preocupar, vou manter a cabeça no lugar...

— Vou lhe pedir apenas uma coisa, mostre-nos o que descobrir, é importante, já que estamos todos nesse barco. — Disse Humberto.

— Sim irmã, eu Silvana, concordo com seu marido. Agora, do modo como esse assunto veio à baila, e vendo sua ansiedade em desvendar o "mistério", também ficamos curiosos, e penso que nós todos queremos saber em que águas você vai navegar e em que porto vai chegar, afinal, o inusitado é sedutor.

E virando-se para os presentes, pergunta:

— Não é pessoal? Quem não está de acordo levante a mão...

Todos acenaram com a cabeça concordando e a mão levantada mais alta, não passou da altura da mesinha em busca do copo de cerveja...

— Isso mesmo cunhada, não nos deixe na penumbra dessa história que parece um conto dos livros de bolso que nossa avó gostava de ler. Quer saber, estou com uma pontinha de inveja, eu gostaria de ter um admirador assim como o seu. — Disse Ester.

Olhando de rabo de olhos para Adolfo seu semblante muda, esperando a reação do marido. Ele põe as mãos na cintura e, fazendo graça, dirige para a esposa um olhar carrancudo e replica:

— É bom saber... vou pensar seriamente nisso... em arrumar uma apaixonada platônica por mim...

— Boa ideia. — Fala Mariana. — Que tal se todos nós arrumarmos um amor que nos tenha como alvo de seus platonismos?

Perante a sugestão, ninguém deixa de rir. Até Lola, a cadelinha, parece ter entendido o que falou Mariana e pula de um lado para outro, latindo, só parando ao ganhar mais biscoitos. Fica difícil comer biscoito e latir ao mesmo tempo. Sob a batuta de Bela, copos se encontrando, brindam à brincadeira. A conversa continua, não mais focada no que Katia Maria fez saber. A cerveja acabou, dos sanduíches restaram apenas poucos pedaços, a morosidade toma conta e a família satisfeita, que deixando a pérgola, vai se preparar para mais uma noite no mundo dos sonhos.

Chega o grande dia.

Katia Maria vai encontrar Mariana na saída do colégio para irem almoçar com Marcia e depois seguirem para o consultório onde a psicóloga dará seu ponto de vista sobre Ronaldo.

No consultório, ela, depois de se acomodarem, começa:

— A história desse moço não é tão inusitada como pode parecer a princípio. Encontramos histórias semelhantes escritas em todos os tempos. Dante Alighieri viveu uma muito parecida com sua amada Beatriz. Agora, quanto ao que se passa dentro da cabeça de Ronaldo, não configura nada de anormal.

— Mas a revelação que ele faz neste livro não é indicação de algum desvio de personalidade? — Pergunta Katia Maria.

Mariana faz presente sua dúvida:

— Passar a vida inteira carregando o amor por uma pessoa que ele viu, não mais que três ou quatro vezes, nunca falou com ela, não sabe nada sobre ela, é um comportamento normal?

— Pelo que posso ver, vocês duas falando assim estão sugerindo que ele possa ser portador de alguma patologia. Esqueçam. Ele é apenas um apaixonado. O amor é eterno e atemporal. Katia Maria, nos conte, você não traz ainda na memória a emoção que tomou conta de seu coração quando pegou pela primeira vez na mão do primeiro namoradinho? Por acaso, esqueceu daquele garoto que achava o mais bonito do mundo? Como vocês podem ver, é um comportamento perfeitamente natural. Todos, sem exceção, têm na memória guardadas muitas passagens de sua história de vida, que podem ser mais vivas ou menos vivas. Penso que no caso de nosso escritor, você está muito viva como se pode ver no livro que ele escreveu. Ele escreveu que a primeira vez que a viu, você estava no jardim do colégio. Naquele momento, ele não só olhou para a garota Katia Maria, mas viu além, provavelmente viu um ser angelical imerso em uma luz dourada com que o sol a envolvia. Era uma composição de uma poética tão etérea que o deixou em um estado de enlevação tal, que trouxe à tona toda energia e força da poesia que nele, quem sabe, estava adormecida.

— Quer dizer, então, que minha avó recostada no banco do jardim do colégio, ao sol, como ele descreve ter sido a primeira visão que teve dela, ficou marcado em sua memória de modo indelével? — Perguntou Mariana.

— Sim. Olhe, todo esse envolvimento que ele viveu, mesmo que unilateral e por um breve momento, foi algo que o tocou em uma profundidade que talvez ele nunca dantes sentira. Deste modo, pode-se dizer que ali ele teve seu nascimento, seu despertar para o amor. A energia que nessas horas corre pelas sensações e invade todas as células do corpo, possui o vigor de mil raios caindo no mesmo lugar e ao mesmo tempo. Pessoas que viveram essa experiência contam que de repente tudo a sua volta começa a desaparecer como que por encanto, pessoas, prédios, carros, flora, fauna... contam que se sentem envoltas por nuvens brancas e translúcidas como o ar da manhã... o corpo não tem peso e flutua-se em um espaço onde a temperatura não é quente nem fria, a luz é branda e o silêncio é acolhedor. Nesse estado, a mente se abre e se consegue compreender o todo em sua simplicidade, um mundo inimaginável quando estamos conscientes. Não há como descrever a sensação de bem-estar e júbilo que é sentida. Nas palavras que usamos em nossa realidade material, não têm a leveza que as façam fiéis ao sentir... provavelmente foi algo assim que se passou com ele.

— Isso me parece mais uma viagem de LSD. — Fala Mariana. — Será que Ronaldo não tinha tomado nada nesse dia, antes de encontrar minha avó? Quem sabe... pode ser.... pode não ser... e para falar a verdade, não acredito em nada disso, acho tudo conversa mole... picilone para encantar ingênuos e crédulos.

— Menina, não seja tão cética. — Chama a atenção Katia Maria.

Marcia, com indagação no olhar, vira-se para Mariana:

— Picilone?

— É o que um rapaz ou uma garota fala baixinho no ouvido um do outro "me dá um beijinho... compra balinha de mel para mim...", e por aí vai...

Tomando a palavra, Marcia explica:

— Veja, Mariana, o que falei são apenas pontos de fatos relatados de uma situação vivida, não há comprovação científica dessa experiência. Só acredita, penso eu, quem passou por ela. A nós outros, resta acreditar ou não.

Tornando ao assunto de Ronaldo, Katia Maria fala para a neta:

— Marcia não ia nos trazer esse relato apenas para passar o tempo ou, sei lá... eu acredito que a mente humana pode reagir de modos tão dispares a estímulos que recebe que tem algumas reações que parecem saídas de uma novela de mistério. Marcia, pode ser que ele, naquele momento, tenha me visto como uma madona? Você falou em despertar para o amor, mas por que, então, ele me mandou aquelas cartas com aqueles desenhos? Se fosse amor, ele não deveria ter escrito versos melosos e desenhado rosas e margaridas? Por que ele não se identificou e nem mesmo deixou uma pista de quem era?

— Você mesma já respondeu parte de suas questões quando falou para Mariana a respeito das infinitas possibilidades de reações que a mente humana pode ter. Como saber o que se passava na cabeça de um rapaz na época do colegial há mais de cinquenta anos? Quem pode dizer como foi sua educação e como ele reagiu a ela, senão ele mesmo? Que ele teve algum tipo de experiência que, provavelmente, tenha contribuído para ele sentir uma mudança de paradigmas, não se pode duvidar. Mas isso só quem pode nos dizer com certeza é ele, não vamos perder tempo especulando, vai ser como enxugar gelo. Mandar cartas com aqueles desenhos que, cá entre nós, achei tétricos, é coisa típica de adolescente. Quem sabe ele não quis apenas lhe chocar, mas também, colocar na sua cabeça um ponto de curiosidade que ele pensou jamais seria satisfeito? Quis ele, fazer que você o tivesse como um fantasma inominado que a acompanharia até o fim da vida?

— O que nós tomamos foi mesmo café ou foi chá de lírio? — Pergunta rindo Mariana. — Pensei que nossa conversa ia ser mais formal, mais austera. Está parecendo conversa de doido, flutuar em nuvens, fantasmas, enxugar gelo... desculpem, eu sei que o assunto é sério, mas não pude deixar de imaginar "um fantasma flutuando em uma nuvem com uma barra de gelo no colo e passando uma flanelinha nela"... divertidamente surreal. E, voltando para o planeta Terra, se Ronaldo tivesse minha avó apenas como uma lembrança sem maiores encantos e deixado ela no passado? Sua vida teria sido diferente? Teria tomado outro caminho? O que me dizem?

A psicóloga responde:

— Especulações... só poderíamos saber se, como você disse, sua avó tivesse sido apenas uma lembrança natural para ele, como por exemplo, a de um brinquedo ou de um peixinho dourado presente em sua infância. Quanto a isso, nem ele pode responder, porque não foi assim que aconteceu e, se tivesse acontecido, provavelmente, não haveria esse o livro, quem sabe outro, com outra história... e nós nem estaríamos aqui tendo essa conversa. Podemos pensar nos mais variados caminhos que Ronaldo poderia ter seguido na vida se tivesse passado pelo jardim do colégio um pouco antes ou um pouco depois de sua avó estar lá. Mas, alguma força, que algumas pessoas gostam de chamar de destino ou de energia do universo, fez com que ele passasse no exato momento que tinha que passar, então...

Aproxima-se a hora em que Marcia vai receber um paciente. As três encerram a conversa e marcam um novo encontro para continuarem, o que Mariana batizou de "conversa de doidos". Avó e neta levantam-se das poltronas e a amiga as acompanha até a porta.

No carro a caminho de casa, a conversa continua:

— Vó, o que a senhora achou de hoje? Eu gostei, a Marcia é tranquila e me senti muito à vontade. Me diverti imaginando cenas a partir de algumas falas dela. Só que não consegui entender muito bem o porquê de Ronaldo ter escrito aquelas cartas para você. Ele fala das cartas no livro, mas o que ele quis dizer com aqueles desenhos não ficou claro. Ele mesmo comenta muito por cima de o porquê os ter escolhido. Parece que tudo para ele não passou de um sonho.

— Não acredito que ele pense assim, eu tenho as provas de que tudo foi e ainda é realidade. Também gosto bastante da Marcia e o que mais admiro nela é ela não fazer rodeios para falar, é direta, porém com suavidade. — Fala a avó. — Neta, tenha calma, essa foi nossa primeira incursão no universo de Ronaldo, um primeiro reconhecimento do espaço em estamos entrando. Somos como exploradores em uma terra desconhecida, monstros ou anjos, surpresas que estarão a nossa espreita... vamos dar tempo ao tempo.

— A senhora tem razão, não dá para ficar tentando adivinhar o quão emocionantes e cheios de possibilidades esses novos tempos nos aguardam, mas que dá uma comichão, dá...

— Estamos chegando, poupe seu fôlego, imagine a chuva de perguntas que vamos enfrentar logo após o jantar.

Durante as refeições só é permitido assuntos leves. Algo como a ida da avó e neta à psicóloga ficam reservados para depois de terminado o jantar e todos irem fazer o quilo na varanda olhando para o mar, ou irem para o verde das plantas nos jardins.

Ester, Bela, Emília e Silvana são visivelmente as mais curiosas. Pode-se perceber pelo balançar dos pés, ajeitar os cabelos, arrumar a roupa etc. etc... quanto aos homens, eles se limitam a observar fazendo de tudo para prolongar a angústia das mulheres, conversando sobre assuntos corriqueiros como futebol, carros e praia, ao mesmo tempo que trocam sorrisos com sombras de mofa.

Quem põe ordem chamando a atenção dos homens é Ester:

— Cavalheiros, vamos dar início ao que viemos aqui: escutar o que nossas queridas Mariana e Katia Maria têm a nos contar sobre a visita à psicóloga hoje à tarde. Quem não estiver com o mínimo interesse, por favor, fique quietinho ou vá ver novela.

Humberto e os outros começam a rir da peça que pregaram nas mulheres. Ele explica:

— Foi só uma brincadeira com vocês, até que aguentaram muito.

Bernardo Caco Velho, tomando a palavra, diz:

— Sim, estamos interessados, não é sempre que temos uma tia famosa, protagonista de uma história de amor.

Todos então silenciam, e a primeira voz se ouve.

— Ainda não temos muitas novidades para contar, esse foi o primeiro encontro com a Marcia, falamos de quando Ronaldo viu a vovó pela primeira vez e o que deve ter acontecido na cabeça dele. Sim, deve, pois não temos como saber o que vai nas cabeças das pessoas e não especulamos a respeito, seria um enxugar de gelo, como falou Marcia. Aposto que da próxima vez teremos coisas interessantíssimas para contar... — Disse Mariana.

— Minhas amigas na faculdade todos os dias, modo de dizer, me perguntam se há novidades da história de minha tia. Algumas professoras e alunas até compraram o livro. Estão, como posso dizer, maravilhadas com a história de dona Katia Maria. Agora sou vista como a professora que tem uma tia famosa, para quem até escreveram um livro. Duas ou três colegas suspiram fundo desejando encontrarem um amor assim... — Diz Silvana.

— Como essas meninas são bobas. Quererem um homem como Ronaldo. Eu acho que ele tem um, não, vários parafusos soltos nos miolos, isso se já não tiver perdido alguns. Não concordam comigo? — Diz Pedro.

— Me desculpe, mas não, não concordo. Meninas não são bobas, são românticas, sensíveis e não escondem isso, ao contrário dos meninos. Nós mulheres somos superiores aos homens nessa questão. Vocês nunca vão entender o coração de uma mulher. E, só porque o rapaz escreveu um livro abrindo seu coração e nele conta com muito romantismo o amor que nutre por sua tia, ele tem parafusos soltos ou falta deles? — Fala Sonia.

— Taí, gostou papudo? Concordo em gênero, número e grau com a Sonia e, tem mais, pode continuar a me dar flores, abrir a porta do carro e escrever cartas falando do seu querer por mim e do que eu sou para você. Lembra-se da última que escreveu? Que sou aquela que quando você vai à padaria sempre se lembra quando vê os sonhos na vitrine, um sonho de garota, fofinha e gostosinha, bonitinha e que ama muito, muito. — Diz Bela.

— Também não precisava contar para todo mundo... — Corado e encabulado, Pedro retruca.

— Não precisa ficar assim, filho. — Consola Ester. — Seu pai e eu já sabíamos deste seu lado. Algumas vezes quando arrumava a bagunça em seu quarto encontrava escritos para Bela, e os mostrava para seu pai que pedia que deixássemos você com seu "segredo". Me emocionava ler cada linha...

— É a vida, nada fica escondido debaixo sol... — Diz Silvana.

— Então tia Sil, você optou por ficar solteira. Uns falam que a decisão veio depois de uma desilusão amorosa, outros dizem que você é exigente demais e não encontrou ninguém que preenchesse seus quereres. Sem querer me intrometer na sua história de vida, você poderia me tirar uma curiosidade? — Mariana pergunta. — Falar sobre sua escolha um pouco só, um pouquinho assim... — Fazendo ao mesmo tempo o gesto quase juntando os dedos indicador e polegar da mão direita. — Mas, se isso lhe faz sentir não muito à vontade, entendo e tudo bem, respeito. Me desculpe por ter tocado no assunto...

Silvana gentilmente responde:

— Não tem porque se desculpar. É a minha realidade, não? Desilusão, exigente, tudo lenda urbana. Quando eu era mocinha, tive um monte de pretendentes, namorei bastante. Houve sim um rapaz por quem me apaixonei de verdade, lembra-se de Alfredo, Katia Maria?

— O alemão? Claro que lembro, era uma figurinha carimbada, gentil, inteligente, mais para hippie do que executivo e ele gostava muito de você... ainda tenho na memória como foi a primeira vez que o vimos: era fim de tarde, nossos pais estavam sentados na sala tomando uma taça de vinho, como é o hábito diário deles. Você tinha ido levar uma amiga para casa e disse que voltaria logo, pois estava esperando um colega para fazer um trabalho da faculdade. Bem, você não voltou e o rapaz chegou. A mãe o recebeu e nada de você. O tempo passou e a hora do rapaz ir embora chegou, mamãe e eu o acompanhamos até o portão. Alfredo falou para mamãe: "Silvana fala bastante a seu respeito e que gosta de sua companhia". Depois de uns meses, Silvana trouxe Alfredo para um lanche da tarde e anunciou que estavam namorando.

— Silvana conta que depois de pouco mais de três anos, pelo que lembro, ficamos noivos e começamos a ver casas para morar depois de casados. Estávamos na quinquagésima visita, mais ou menos isso, e ele não gostou de nenhuma. Foi quando comecei a pensar: "se ele é assim antes casar, imagine depois". Não fui abandonada por esse pensamento e um dia acordei disposta a terminar o noivado. Antevia um possível futuro onde minha liberdade poderia ser comprometida, e mesmo com o coração partido, me separei de Alfredo. Quando comuniquei a ele minha decisão, ele me olhou fundo nos olhos e com o olhar mareado, suas únicas palavras foram "você tem certeza dessa decisão? Há palavras que eu possa usar para fazer você voltar atrás?". Diante da minha negativa, ele se dirigiu para o carro e foi embora, nunca mais o vi ou soube dele. Fiquei com muita pena dele ao ver o estado em que ficou depois de ouvir minha decisão. Não vou dizer que não passei a noite chorando. Também sofri. Depois de superar os sentimentos da separação, percebi que não me enquadrava no perfil de casar, constituir família, ter filhos. Assim, resolvi não ter mais compromissos desse tipo com quem quer que fosse.

— Tico-tico no fubá. — Observou Adolfo.

— Tico-tico no fubá? O que o senhor quer dizer? — Pergunta Bela.

Adolfo se empina na cadeira e com ares de literato, explica:

— Tico-tico no fubá é a pessoa que não quer compromisso de espécie alguma com qualquer pessoa, prefere estar sempre paquerando e bicando uma pessoa aqui outra ali, entendeu?

— Exatamente, saía, ficava com quem eu achava interessante, não precisava dar satisfações a ninguém...

— Sei! — Exclamou Rose que até então estava quieta apenas se divertindo com a conversa. Rose pergunta — e seus pais, nada, nada?

Silvana ri...

Uma voz se escuta:

— A conversa está muito boa, mas eu acho que está na hora de nos recolhermos, amanhã ainda não é sábado, nem domingo...

— Então só para terminar, na outra semana, não a que entra agora, a outra, Mariana e eu iremos nos encontrar novamente com Marcia para conversarmos mais um pouco sobre Ronaldo.

Os dias vão passando, nada muda seu rumo. O sol, o mar, pássaros, afazeres...

Para Mariana, no colégio a rotina que chateia é quebrada pelas amigas que querem saber quando ela e a avó irão conversar de novo com a psicóloga. Como as colegas de Emília, elas também compraram o *Amor em Escarlate* e algumas o leram em uma sentada só. Com a aproximação do dia do encontro com Marcia, a tensão aumenta, a curiosidade toma conta dos corações. Chovem pedidos para Mariana fazer as mais diversas perguntas para Marcia. As meninas querem saber de detalhes que suas imaginações tecem a respeito da história de um amor escarlate.

Katia Maria, Rose e Mariana, sentadas à mesa na copa, conversam sobre o que vão analisar no encontro com Marcia no dia seguinte. Sonia traz o café e toma assento junto com as três. Rose sugere que elas conversem sobre as cartas e os desenhos, Sonia comenta se Ronaldo não poderia ser portador de algum distúrbio que o fizesse agir da forma que ele relata no livro. Mariana fala de algumas perguntas que as colegas pediram que ela fizesse: "se ele tem filhos; se ele, toda vez que toma cerveja, faz um brinde a você, vó; se a mulher dele sabe de você". Agora, a mais interessante foi da Paula, "se vocês se encontrarem, como irão se comportar"?

Katia Maria responde:

— Como ele iria se comportar, não sei. Quanto a mim, para falar a verdade, já pensei nesse encontro algumas vezes, mas não cheguei à conclusão alguma, por mais que eu possa imaginar. É pensar em vão, porque depende de vários fatores, como se dá o encontro, se por acaso, se somos apresentados por um amigo comum, se estamos acompanhados... ou não...

A campainha toca no consultório de Marcia, ela atende e recebe Katia Maria e Mariana. Café e biscoitos amanteigados em um nicho na parede esperam para serem degustados durante a conversa.

Enquanto Mariana serve, passando a cestinha com os biscoitos, os primeiros minutos passam e a conversa entre elas apenas se limita ao dia a dia. Assuntos em dia, Marcia pergunta:

— Como foram esses dias passados, pensaram e conversaram muito sobre Ronaldo?

Katia Maria responde:

— Sim, pensei. Mas, não posso dizer que pensei muito, só achei que o que fiquei sabendo não dá muita margem a formar ideias...

Mariana tem quase a mesma opinião da avó, e diz:

— Para mim foi o mesmo, só que fiquei matutando sobre o que você sempre falou, em talvez, pode ser, provavelmente. Nunca falou afirmativamente É. Por quê?

— Porque no campo do mental, do emocional tudo é muito fugaz e não encontramos nenhuma publicação que nos permita ter certeza de nada a não ser que se faça um estudo detalhado da situação, tendo como objeto a vivência do sujeito detalhada por ele mesmo. Ainda assim sempre há um "será"? Entendeu?

— Sim.

— Bem, hoje daremos mais um passo... podemos começar pelas cartas e desenhos... e, se dirigindo para Katia Maria, — vejamos a primeira carta que você recebeu. Primeiro gostaria de ouvir você, qual foi sua reação ao receber o envelope sem remetente...

— Peguei a carta, primeiro achei estranho meu nome estar datilografado, depois olhei no verso do envelope para ver quem tinha mandado, não tinha nome, naqueles tempos não era obrigatório colocar quem enviava. Não, não achei nada demais. Estávamos acostumados lá em casa a ver correspondências que meu pai recebia assim e eram apenas propagandas, especialmente em época de eleições. O que eu fiz? Se abri na hora? Deixei-a de novo em cima da mesa na sala. Depois, quando subi para dormir, levei a carta para o meu quarto e a coloquei na gaveta do criado mudo. Só fui abri-la uns dois dias depois.

— E, achando que poderia ser uma propaganda, por que não a jogou fora sem abrir? O que a fez guardá-la na gaveta?

— É uma boa pergunta, nunca pensei nisso. Quem sabe por curiosidade em ver que propaganda era, não sei...

— Agora então, nos conte como foi abrir o envelope e, ao desdobrar a carta, dar de frente com o que ela trazia...

— Bem, abri o envelope e já vi que não era propaganda. Fiquei mais curiosa ainda e quando desdobrei a folha, levei um susto com o desenho. Recuperada, li a mensagem em inglês "I'm going home", estou indo para casa. A ideia que me veio foi o de ser brincadeira de algum amigo ou de uma das meninas. Pensei, também, que alguém queria me ver intrigada e que o autor, ao se identificar, faria com que todos rissem de mim. Uma peça. No dia seguinte, levei a carta para o colégio e a mostrei para todos, crendo que encontraria seu autor. — Continuou Katia Maria. — Perguntei, perguntei e, por mais que insistisse, nenhum de meus amigos ou das meninas assumiu a autoria... o que aconteceu então foi surreal, fui alvo de muitas risadas e brincadeiras. Perguntavam se eu estava recebendo declarações do Zé do Caixão. Voltei para casa mais confusa ainda. Joguei a carta na gaveta do criado mudo.

Mariana não perdia uma só palavra que sua avó proferia. Até o biscoito que ela saboreava era apreciado com muito vagar para que o crocar em sua boca não a fizesse deixar de escutar uma vírgula sequer.

— Vamos ao desenho. — Fala Marcia — e a mensagem desta carta e ver o que nos contam além de assustar.

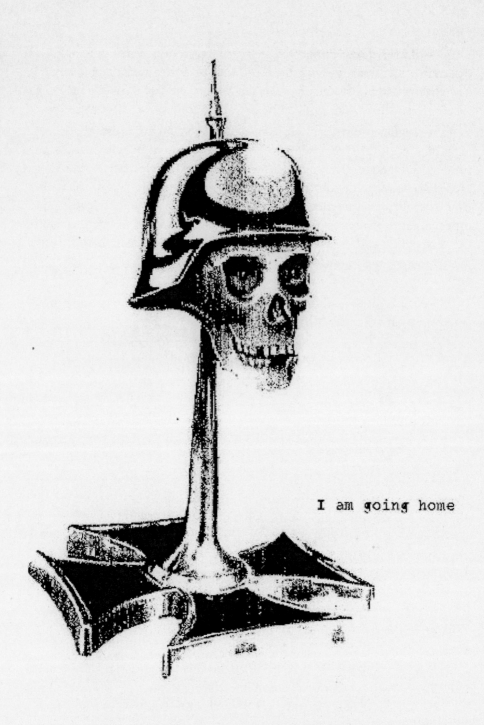

— Antes de eu comentar, contem-me o que veem nele além do desenho e da mensagem. — É o pedido de Marcia. — Começamos pela Katia Maria.

— Bem, a primeira carta... o que vejo é uma caveira com um capacete igual ao que já vi em alguns motociclistas usando em filmes de ação, espetada em uma espécie de lança que sai de uma cruz. A caveira tem olhos vivos e seu olhar é funesto, seu sorriso é diabólico. Ela parece ter saído de um pesadelo de um filme de terror. O escrito faz pensar em uma despedida, mas junto com o desenho da caveira está mais para uma ameaça, digo, *"Vou. EU volto. Não se esqueça"*. É o que sinto...

— Mais alguma coisa que queira falar, Katia Maria? — Márcia questiona, e diante da negativa da amiga, passa a palavra para Mariana.

— Como falei antes, o desenho é tétrico. Para mim, a caveira está com aquele ar que se vê nos filmes, quando o bandido prende o mocinho e lhe dirige aquele olhar de sarcástico desprezo, como que dizendo *"então você pensou que era melhor do que eu?"*, quanto ao escrito concordo com minha avó, porém com um detalhe a mais, escrito em inglês. Será que ele pensava que minha avó não sabia inglês? É um inglês básico que se aprende no primeiro dia de aula. Estaria ele querendo dizer que minha avó é inferior a ele? É provável que assim seja, não acha, Marcia?

— Calma Mariana, não se precipite. — Observou Marcia, que em seguida emendou — antes de eu dar meu parecer sobre essa carta enigmática, deixe-me perguntar, alguma das duas entrou na internet para tentar achar algo a respeito do desenho? Ah! Entraram sim, mas não conseguiram resposta que as ajudasse a elucidar, então vou lhes falar o que descobri sobre o desenho, tenho um sobrinho, professor de história na Universidade, que tem como hobbie estudar as guerras do século XX. Primeira guerra mundial, segunda, Coreia, Vietnã... tomei a liberdade de levar uma cópia da carta para ele ver. Quando ele viu a carta com o desenho, a primeira coisa que ele falou rindo foi "coisa típica de adolescente". A análise que, em seguida, fez foi a seguinte, "a base que sustenta a caveira é sem dúvida, a Cruz de Ferro, símbolo da Alemanha. Não a confunda com a suástica nazista que representava um partido político. A Cruz de Ferro representa um país, uma pátria. Quanto ao capacete, ele é alemão, da primeira guerra mundial. Então, resumindo, esse desenho pode ser apenas fruto da imaginação do rapaz. Você não sabe se ele é de família alemã? Se sim ou não, quem sabe, ele pode ter copiado de algum lugar. Os símbolos alemães sempre fascinaram os jovens. Posso até cogitar, mas veja bem, é apenas uma abstração, quem sabe ele não se inspirou em um herói ou um comandante alemão famoso da primeira guerra. Toda essa elucubração para impor-se à menina de uma forma que não mais a imagem da caveira, que o representa, a abandonasse. Você é a psicóloga... o que posso sugerir é que vocês foquem suas pesquisas nos alemães que fizeram história na primeira guerra e busquem quais deles merecem ser lembrados até os dias de hoje e, dentre eles, quem pode ser lembrado com tal monumento, se é que é um monumento e não uma alegoria. Aí sim, penso, vocês terão o fio da meada do mistério nas mãos. E o trabalho será apenas de desenrolar o novelo".

— E essa foi a leitura dele. Nos deu pistas por onde começar a procurar. Creio que essa será a lição de casa das duas. Enquanto isso, em livre interpretação, digo que a caveira pode representar alguém que está morto, que não pertence mais ao mundo dos vivos, mas que está presente e tem presença na atualidade, visto que os ossos são as últimas partes do corpo que se transformam em pó. Quem sabe ele quis com essa figura dizer que, enquanto viver e mesmo nos pós mortem, você, Katia Maria, será sempre o amor que o completa e que só você poderá levá-lo ao paraíso. Digo isso porque conheci, em congressos que participei, alguns grupos de estudos esotéricos que defendem a ideia de que no começo dos tempos, tempos antes dos tempos como eles tratam, o ser humano era constituído do feminino e do masculino no mesmo corpo. Cada ser se bastava, era completo, perfeito. A separação entre masculino e feminino se deu quando os Deuses Criadores, observando o viver de sua criação, atentaram para um comportamento inesperado que estava ocorrendo, os seres estavam, cada vez mais, tirando a própria vida. Ainda, segundo os exoteristas, esse comportamento se dava porque em sua perfeição nada havia que exercesse sobre eles atração que os fizesse ter sentido no viver. E a vida se transformava de paradisíaca em tedioso e monótono viver. Os Deuses Criadores, divisando tal situação decidiram separar o masculino do feminino, criando dois seres distintos e os dispersando sobre o planeta. Assim, cada parte do todo, cada ser masculino ou feminino teria motivação para viver. Motivação que seria buscar e encontrar sua metade. Por isso, nós que somos, como eles acreditam, descendentes dos seres bipartidos, em nossa atual existência masculina ou feminina, não nos cansamos de procurar a parte de que fomos separados e com a qual, ao nos encontrarmos, celebraremos a união celeste. E assim unidos, novamente formando o ser primordial, poderemos adentrar ao paraíso, não mais em um monótono viver, mas em um viver pleno, respaldado pela experiência adquirida pelos dois seres, pelas duas partes.

Mariana não acreditava no que acabara de ouvir.

— É verdade que tem gente que acredita nisso? Nem dona Carochinha poderia pensar em algo tão non sense. E se Ronaldo acredita nisso, eu acho é bom minha avó querer que a única coisa que aumente entre ela e esse escritor é a distância.

— Ora Mariana, não seja tão radical. — Ponderou Katia Maria. — Penso que mesmo que ele acreditasse nessa versão da criação da humanidade na época em que escreveu as cartas, elas tenham sido pensadas a partir de tal história.

— Eu, Marcia, também penso ainda que, se houve a intenção dele declarar seu amor, sua paixão, o encontrar de sua metade, de que valeria ele escrever frases e desenhar tais figuras sem nenhum significado para a garota que as iria receber? Eu pessoalmente acho os desenhos tétricos, de um mau gosto a toda prova. Onde ele estava com a cabeça quando escolheu este desenho para ilustrar o amor que tem, em suas cartas? Por que simplesmente não escreveu, ao invés de mandar uma carta enigmática? Por que escreveu à máquina e não à mão? Quem pode saber? No campo do psicológico nada é impossível...

— Verdade, o que ele me passou com aquelas cartas foi apenas uma ponta de curiosidade em saber quem as tinha escrito. Sempre pensei, até Mariana aparecer com o livro, que tudo não passava de brincadeira, mas agora sei que era coisa séria. E no livro ele fala muito superficialmente sobre o porquê de ter escolhido aquele desenho e não há nem uma linha contando de onde o tirou.

Marcia olha para o relógio na parede e os ponteiros mostram que é hora de encerrar o encontro. A lição de casa que fica para Katia Maria é procurar entender o porquê guardou as cartas, e para as duas, avó e neta, será, seguindo as sugestões do sobrinho de Marcia, procurar na internet, se é que existiu, um ás alemão da primeira guerra que possa ter servido de modelo para Ronaldo.

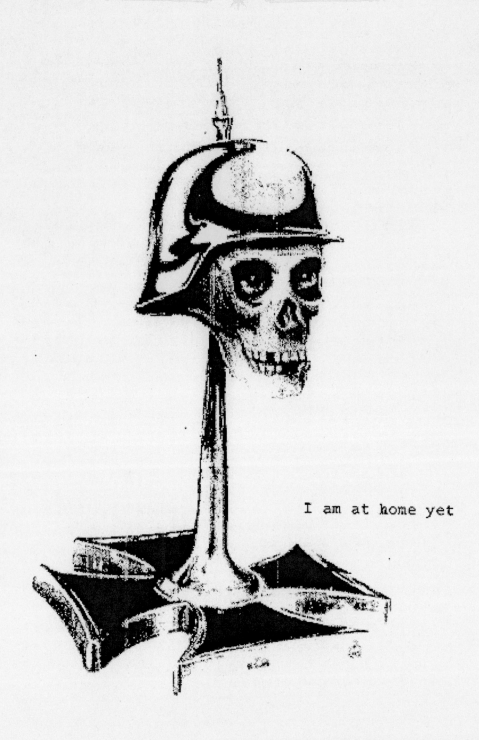

I am at home yet

Ao término de semanas de procura, tempo em que os computadores até soltaram fumaça pelo mergulhar de cabeça das duas em busca por algo que levasse à identificação do que estava desenhado, a resposta sobre um ás alemão não se apresentou. Todos que apareceram nas pesquisas não se encaixavam na figura das cartas. Não havia sequer um que fosse cadavérico o suficiente para personificar os desenhos grotescos, audazes, se podemos classificá-los neste braço da arte. Teria Ronaldo em um momento de delírio concebido tal correspondência bizarra e louca? Essa foi a dúvida que começou a se fazer presente nas mentes de Katia Maria e Mariana.

— Então, como você pode ver, Marcia, pelos carimbos dos correios, a segunda carta chegou sete dias depois da primeira...

O mesmo desenho, porém, a mensagem é outra: *"Já estou em casa"*. Receber essa segunda carta foi tão surpreendente quanto a primeira. Sete dias depois dela esperei receber uma terceira, mas nada. Como não descobri quem as enviara, as peguei da gaveta do criado mudo e, por mais insano que possa ser, guardei na minha caixa de recordações junto com o pensamento "será que um dia vou conhecer esse "desencritor"'? Vou confessar uma coisa para vocês duas, nesses cinquenta anos que se passaram, sempre que eu via uma figura de esqueleto ou de caveira, lembrava das cartas. Se essa era a intenção de Ronaldo, ele conseguiu.

— Ah! Então é por isso que a senhora, minha vó, ficou tão tocada quando viu os desenhos no livro? Olha, esse sujeito pode ser doido, mas não é burro, quem poderia imaginar e criar uma marca que permaneceria indelével por todo esse tempo?

Marcia, olhando de soslaio para Mariana exclama:

— Essa menina!

E com o novo dado que surgiu, ela propõe a Katia Maria que ela fale da impressão que teve de Ronaldo quando o conheceu em um contato fugaz na ocasião da palestra dele.

— Embora tivesse visto sua foto na orelha do livro, quando chegamos ao local da palestra, minha cunhada Ester e eu, não tínhamos nenhuma ideia formada além daquela das cartas e do livro. Como duas adolescentes, imaginávamos como ele seria, alto, baixo, gordo, magro, careca... etc.... e riamos. Tínhamos que rir apenas entre nós para que os outros interessados na palestra não nos lançassem olhares de censura. Vinte horas, pontualmente, a anfitriã, depois de breve apresentação anuncia, "Ronaldo Horscha!". Nesse sentido, pudemos ver que ele era um sujeito irrepreensível. Sua figura, alto, muito alto, magro, cabelos loiros de um professor ou um cientista louco, com um olhar verde, penetrante que podíamos sentir na alma. Jeans, camisa social e botas de lenhador, ali estava ele. Meu apaixonado platônico. Ele em momento algum não se evidenciou como sendo aquele que me enviou aquelas correspondências, impressão que, acredito, Ester compartilha. Durante sua palestra fiquei atenta para que ele desse uma pista, por pequena que fosse, que mostrasse um desequilíbrio, mesmo praticamente imperceptível, para eu poder entender o porquê dele ter tido uma atitude, que eu diria, amarga comigo. Mas, ao invés disso, ele se mostrou cativante, uma pessoa do bem. Seu principal objetivo é levar as pessoas a pensarem e não se deixarem levar pelas filosofias que ele chama de "filosofias de botequim". Sua oratória é intermediada de momentos alegres e de momentos sérios e a palestra *Criatividade na Escrita* foi apaixonante, digna de nota. Depois de ouvi-lo, não duvido que houvesse uma só pessoa que não tenha sido tomada por uma vontade imensa de escrever.

— Nossa vó, você pintou um quadro do Ronaldo como ele sendo um ser etéreo de um universo paralelo que tem o dom de hipnotizar as massas. Espero que não tenha acendido outras chamas em seu pensar...

— Foi essa a impressão que tive minha neta. Pergunte para sua tia-avó qual é a opinião dela...

Marcia, com sua experiência no campo da psicologia, opina sobre os conteúdos das cartas:

— Na primeira carta ele diz "I am going home", em bom português "estou indo para casa", e o que segundo pude ler no romance diz claramente que, justo no momento que decidiu conhecê-la, Katia Maria, o pai dele foi transferido para outro estado e ele foi fazer faculdade lá. Então, lhe escreveu dizendo que estava indo embora. Mas agora penso eu que "estou indo para casa" é bem diferente de "adeus". Posso crer, mas não posso afirmar, que ele quis dizer que estava indo para um lugar distante e que pretendia buscá-la para ficarem juntos. Quando ele fala *"estou indo para casa"*, a primeira coisa que me vem à mente é que ele sente e crê que tem um compromisso com você. Estou, em minhas conjecturas, inclinada a formar a ideia de que ele não estava falando em morar com os pais e sim com você. Ele estava indo para um lugar desconhecido e por isso ia na frente para preparar uma casa, para depois vir buscá-la e formarem um lar.

— Coisa de maluco, já pensou vovó, se você tivesse casado com ele? O que seria de mim? — É o comentário de Mariana, que tem o ar sério. —

E eu que pensava que estava lendo só mais um romance, produto de uma imaginação prodigiosa. A vida é cheia de surpresas e quando menos se espera, záz, uma inesperada acontece.

— Simples, quem sabe você seria minha neta ou não. Ora... poderia ser o fruto de um romance que se iniciou de forma ímpar... já se imaginou neta de Ronaldo e não de Humberto?

— Bem, agora vamos passar para a segunda carta... — Aparta Márcia.

Nessa ele escreve, "I am at home yet", traduzindo, "já estou em casa", podemos fazer a seguinte suposição: a casa que ele escolheu para ser o lar de vocês dois está limpa, mobiliada, perfumada, apenas esperando pelo amor que é você Katia Maria. Que você, deve se preparar, arrumar as malas que ele está vindo lhe buscar.

— Concordo, mas — reflete Katia Maria — ele coloca de uma forma mais poética no romance. Vejam como ele escreve a respeito dessa segunda carta, *"para aquela que é dona de meu coração, que em meus mais aconchegantes sonhos está presente. Para que ela saiba que já estou em casa. Casa na qual espero um dia poder ter meu sonho realizado de tê-la junto a mim. Casa que, como um ninho, com carinho arrumei".*

— Muito poética essa visão, minha avó — coloca Mariana — mas, ele deixa implícito que mais tempo ou menos tempo virá buscá-la para completar seu coração. E os desenhos? Se era essa a intenção dele, por que não desenhar corações, rosas e margaridas? Será que ele não estava querendo dizer que viria mesmo do túmulo puxar o pé de minha avó se ela não ficasse com ele? Não vi no romance nenhuma menção que justificasse tal desenho.

— Mariana, netinha, a mente humana é complexa, quem sabe ele era, na época, um tanto tímido e tinha medo de que se fosse identificado pela letra, poderia me perder. Para nós, só o que podemos fazer é tecer ideias a respeito do que está representado por aqueles desenhos e, apenas quem pode falar com propriedade sobre eles é o próprio Ronaldo.

— Certíssimo. — Fala Márcia. — *Hocus pocus*, as respostas não vêm como em um simples passe de mágica, ou vocês estavam pensando que elas viriam simples assim?

Pós jantar...

Novamente a família se reúne para ouvir o que Katia Maria e Mariana tem a contar sobre o encontro com Marcia. Para começar, Katia Maria ri e comenta:

— O Ronaldo é mais biruta do que podemos imaginar.

— E daí, aí? — Pergunta Marta, como fazia quando seus pais lhe contavam histórias e contos de fadas.

— Aí? O pai morreu... — responde Mariana e todos riem. Mariana quando tinha pouco mais de dois anos, em uma roda de histórias onde cada participante continuava e contava uma parte da história, ao chegar a vez da menina, ela continuou. — "Era uma vez, a menina foi para a floresta e aí..... o pai morreu." E toda vez que alguém pergunta "e aí?", a resposta vem rápida, o pai morreu.

— E daí, aí? — Repete Katia Maria, acrescentando — não consigo, em minha imaginação, na mais excêntrica viagem, perceber ainda com que fios Ronaldo teceu a própria teia que o prendeu a mim. Não creio que demonstrar sentimentos desta forma...

Denise se adianta e depois de fazer breve análise do que tinha lido e ouvido até então, comenta:

— Penso, EU Denise, que ele na adolescência devia ser introvertido, não devia ter muitos amigos, não devia se sentir à vontade com garotas. Tinha, quem sabe, medo de demonstrar seus sentimentos. Será que ele vivia em um mundo particular e que não compartilhava com ninguém o que ia em seu íntimo? Mesmo esse amor por você Katia Maria?

— Se ele não se abria com ninguém, se sua mente vivia em um universo tão diferente do que vivemos e se ele era assim, como se tornou professor e palestrante e não chefe de almoxarifado, por exemplo? — Humberto coloca a dúvida.

Rose coloca sua opinião:

— Nunca pensei que poderia existir alguém assim. O que não entendo é como ele pode ter criado toda uma fantasia, todo um sonho em torno de uma garota que ele só conhecia de vista.... será que ele pode ter depositado em minha sogra a esperança de que ela o acolheria em seus desejos? Uma vida de amor, carinho e bem querer?

— Você, sobrinha, quem sabe ele a sentia como o sal da vida, aquela que encarnava o anjo que veio para ser sua companheira por todo o viver. Quem sabe? — Opina Ester.

A noite solta as asas.

Deitados na cama, antes de dormir, Humberto pergunta:

— O que mais descobriram sobre o admirador secreto, que agora não é mais tão secreto assim?

— Que isso poderia ter acontecido com qualquer outra garota que ele se afeiçoasse. Aconteceu comigo...

— O maluco da aldeia! — Arremata Humberto apagando a luz.

Katia Maria ri da colocação e abraçando o marido adormecem juntos.

Brotam nos sonhos dela, por entre nuvens, seres entoando cantos e recitando poemas que trazem calmaria à sua alma. Ela vive a tranquilidade, não mais se agita em meio a névoa que evapora com os raios do sol. O novo dia que se inicia olha para Katia Maria que, da janela do quarto, fita o céu e ajeitando os cabelos traz no semblante a serenidade do mistério solucionado, a página da história virada, o passado não mais presente como um espectro. As cartas e o livro voltam para o lugar de onde saíram. Fim.

A vida segue.

Tudo em seu ritmo.

São assim os dias.

Verão.

O inverno passou.

Passeios pela praia ao entardecer. Abraçar o ser amado e acompanhar o sol se pondo no horizonte. Sonhar...

Latindo, Lola, a cadela, corre em direção a um homem sentado na areia, imerso em pensamentos. Humberto desenlaça Katia Maria e corre atrás de Lola, chamando a cadela e ordenando que ela deixe o homem em paz. Ela foi mais rápida e logo pulou no colo do homem. Humberto e Katia Maria logo se aproximaram e, pegando Lola, se desculparam pela travessura da cachorrinha. O homem não se incomodou pela estripulia e agradeceu o cuidado com ele. Levantou-se e brincando com Lola falou que também tem um cachorro SRD, sem raça definida, de nome Bernardo Zás Trás. Vendo que o nome causava curiosidade, explicou:

— É porque vive correndo e é muito rápido e sapeca.

Passado o incidente, Humberto e Katia Maria retomam o passeio. Ela para de repente, vira-se para o marido e exclama:

— Ele é o Ronaldo Horscha!

— O maluco da aldeia? Figurinha...

— O sol nasce no oriente; o sol morre no poente; meu amor por ela é eternamente... esse foi o poema que um colega fez hoje na aula de filosofia, e sabe o que o professor falou? — Pergunta Mariana. — Para a gente pensar no seguinte: *o sol nasce, o sol morre. É o mesmo sol que todo dia nasce e morre, ou cada dia tem um sol novo que nasce e morre?* O que eu, uma simples Mariana posso pensar? Que filosofar é pensar fora do esquadro? Se for assim...

Sonia, que presenciava a conversa, começou a contar de seus professores na cidadezinha em que nasceu:

— Os mestres sempre foram considerados como sendo mensageiros dos Deuses, aqueles que trazem os conhecimentos dos céus para os homens.

A mãe da menina questionou?

— Mari, o que você pensa dessas aulas?

— Eu gosto, acho muito divertidas. O professor deve ser mais velho que o pai e um pouquinho mais novo que o vovô. Sempre impecável, de terno, gravata e gel no cabelo. Seus olhos não têm parada, parecem ligados em tudo que ocorre ao seu redor.

Sonia continua

— Os mestres eram muito austeros, tínhamos um que todos diziam que se podia acertar os relógios pela sua pontualidade.

— No início da primeira aula, mesmo antes de se apresentar, sabe qual foi sua colocação? *"Passarinho tem asas?"*, respondemos, tem. E ele, *"ele voa?"*; SIM, foi a resposta unânime. Continuando ele perguntou, *"avião tem asas?"*, novamente respondemos: TEM. E ele, *"ele voa?"*, outro sonoro SIM. Então veio, *"xícara tem asas?"*. Sem dúvida: SIM. *"Ela voa?"*. Sonora risada ecoou... e uma resposta veio lá do fundo da classe, quando a gente atira ela... e o professor, então, riu e chamou nossa atenção para como se dá o pensamento filosófico, a partir de coisas simples e triviais, bastando ter a mente aberta e não se preocupar com os absurdos que se possa pensar imaginar. Esse é o caminho...

Outro dia, outra tarde.

Humberto e Katia Maria, singular idílio, não muito ao longe divisam o mesmo homem do dia anterior sentado na areia e, do mesmo modo, imerso em pensamentos. Após breve conversa, eles vão até ele e Katia Maria, travestida de Solange, diz reconhecer Ronaldo da palestra e do autógrafo no *Amor em Escarlate*. Ele fica contente em estar sendo reconhecido pelo seu trabalho, mas desculpa-se por não lembrar de Solange.

Humberto, gentilmente, comenta que ele acredita que escrever é um dom e que a poucos mortais é facultado, que o trabalho de Ronaldo deve ser muito prazeroso. Acrescenta que ele não tem o mínimo tino para tal. Ronaldo responde que é apenas colocar palavras e ideias no papel, algo sem segredos, que todas as pessoas podem fazer. Continuando, Ronaldo diz que gosta de apreciar o pôr do sol, que para ele é inspirador e em especial o daquele pedaço da praia. Que tinha o costume de sempre que podia vir sentar-se ali e ficar até o sol se pôr, sumindo na linha do horizonte.

O casal se despede do escritor e o dia se despede do sol.

No caminho para casa, a fisionomia de Humberto apresentava um ar indescritível de espanto. Ele não conseguia parar de pensar: esse é o tal sujeito que mandara aqueles desenhos para sua esposa e nutria por ela um infindável amor platônico?

Verão, outono, inverno, primavera e novamente verão. Apreciar o pôr do sol na praia, beirando a água salgada do mar em seu vai e vem, trouxe para Katia Maria fantasmas que ela pensava estarem exorcizados, enigmas que, em sua sensibilidade de mulher, beiram o sobrenatural. Sua imaginação começa a inflamar-se e o interesse pela história de vida do escritor, ganha vulto. Sua importância cresce na proporção em que seus próprios sentidos a torturam. O que mais a aflige é atingir o coração daqueles que ama e que a amam. Seu temperamento e caráter não permitem que ela se descuide do maior valor que existe em sua vida, ainda que, considerando Ronaldo como um ponto significante em sua própria história de vida.

Consciente do que estava sentindo, ela pediu a sua família mais próxima, Humberto, Carlos, Rose e Mariana, não permissão, mas entendimento sobre o que estava pensando em fazer. Katia Maria falava, marido e os outros ouviam:

— Refleti muito a respeito, vocês sabem, nunca escondi, que desde que recebi aquelas cartas aos dezessete anos sempre tive curiosidade para saber quem as enviara. Agora que encontrei o autor, o que conheço dele e de suas intenções são apenas conjecturas feitas pela Mariana, pela Márcia e por mim mesma a partir das cartas e do romance que ele escreveu. Por um tempo pensei que isso bastasse, mas não, não foi suficiente. Depois que você, Humberto, e eu o encontramos na praia, em frente a nossa casa, preciso conhecer mais do pensar e sentir daquele que dedicou, praticamente, toda sua vida à minha memória.

Humberto esboça uma reação, mas Katia Maria pede que eles ouçam primeiro o que ela tem a dizer e que depois ela escutará a opinião de todos e então conversarão a respeito.

Do que ia em seu espírito, ela continuou:

— Depois de muito pensar, cheguei à conclusão de que o que posso fazer, sem avivar a brasa que creio ainda bruxulear no seio de Ronaldo, como você uma vez disse Humberto, é o seguinte: trocar correspondência com ele, porém com a ressalva de que, quem vai se corresponder é Solange. Ele jamais vai saber que é Katia Maria quem está se correspondendo. Tomarei o maior cuidado para que ele não venha a saber quem na realidade é Solange. É preciso evitar sofrimentos desnecessários.

Humberto é o primeiro a falar:

— Não acho uma boa ideia, sempre alguma coisa dá errado e, pronto, está feito o desastre. Você não vai tratar com um peixinho dourado ou uma plantinha, espero que você repense e desista dessa ideia. Por favor... e você não vai sofrer também tendo que guardar esse segredo? Quanto tempo acha que vai aguentar essa vida dupla? Não vai dar certo...

Carlos comenta:

— Verdade mãe, o risco é muito grande, já imaginou se ele descobre a sua verdadeira identidade, o que pode acontecer? Não vai ser bom para ele, para a senhora, para ninguém. Nesse ponto concordo com o pai.

— Por favor, sogrinha, ouça seu marido. — Fala Rose. — Não se arrisque, o resultado pode não ser o que a senhora está querendo e as consequências serão imprevisíveis.

Mariana, nesse momento, foi a única que ficou do lado da avó:

— Gente, a avó já é bem grande, ela sabe o que vai fazer. Se o que ela vai fazer começar a sair do controle, ela, com certeza vai encontrar um meio de terminar com tudo. — E, voltando-se para a avó diz — vó, não se preocupe, estou com você, pode contar comigo para o que der e vier.

Antes que Katia Maria pudesse responder, Humberto sério modera:

— Ora, o que uma menina de sua idade entende da vida, o que pensa que sua avó pretende fazer, realizar um simples capricho, brincar de adolescente? Reviver um episódio que aconteceu a cinquenta anos atrás é uma atitude incoerente, fora de propósito. Isso que ela está pensando em fazer não tem sentido... — e balançando a cabeça diz — cinquenta anos...

Katia Maria levanta-se.

— Obrigada minha netinha, por estar a meu lado. Com certeza contarei com seus conselhos. Quanto às preocupações generalizadas, o que tenho a dizer é que não pensem que há algum sentimento mais profundo movendo minha atitude. O que quero, agora que achei a figurinha carimbada, nada mais é que completar esta página de minha vida. Não se preocupe Humberto, você é quem mora em meu coração e jamais faria algo para magoá-lo. Quando no altar, na frente do padre e de todos os convidados jurei amá-lo e respeitá-lo por toda a vida, não jurei para o padre ou para ou convidados, jurei para você e empenhei minha palavra para comigo mesma. Nunca farei algo para quebrar a jura de amor que fiz para você. Saibam que minha palavra é única e vale mais que minha própria vida. E tem mais, a vocês, apenas a vocês mostrarei sempre todas as cartas que trocarei com Ronaldo, todas sem exceção.

Silêncio paira...

Quem nunca se achou a cometer um ato ditado pela emoção sem outra razão senão a de satisfazer seu próprio ego, mesmo sabendo que poderia pagar alto preço?

O tempo aparenta para Katia Maria, se arrastar. Ela se sente embarcada em uma caravela que sofre com a calmaria... dias vem e vão, passam naturalmente...

Katia Maria, entre o desejo e a censura, decide, pega o e-mail de Ronaldo na orelha do livro e com a expectativa eletrizando sua pele, senta frente ao computador para lhe escrever. Buscando inspiração, ela passa em revista toda a história desde que recebera a primeira carta. Não há inocência em sua decisão.

Por fim, ela escreve:

Caro Ronaldo,

Espero não estar sendo intrusa e tomando seu tempo.

Você autografou para mim seu romance *Amor em Escarlate*, e depois de um espaço de tempo nos encontramos na praia, eu estava com Humberto, meu marido. Você estava apreciando o pôr do sol. Lola, minha cadelinha de estimação, foi brincar pulando no seu colo, e rindo você disse que tem um Vira-latas.

Bem, o que me traz aqui é que depois de ler seu romance e assistir a sua palestra sobre criatividade e escrita, é isso? Me senti motivada a escrever.

Sou arquiteta. Gostaria de ter uma orientação de como produzir um texto ou uma história. Sem querer ser chata, pergunto: você faz esse tipo de assessoria?

Obrigada por sua atenção,

Solange.

Tomada por intensa curiosidade, daquelas que não permitem que se durma a noite, que bloqueia outros pensamentos tornando o dia longo, Katia Maria já estava perdendo a esperança de uma resposta de Ronaldo quando, dias depois após o jantar, ao abrir a caixa de correspondência se depara com um e-mail dele.

Solange,

Desculpe estar lhe respondendo só agora, andei muito atarefado e negligenciei alguns compromissos. Sim, lembro de você, seu marido, e de sua cachorrinha de quem me afeiçoei logo no primeiro contato. Fico contente que você quer escrever. É muito lisonjeiro saber que meu trabalho deu mais um fruto. Faço sim o trabalho de assessoria para novos escritores. Vai ser um prazer orientá-la nos caminhos das letras. Falo ainda que há um valor para essa assessoria que varia de acordo com a quantidade de aulas. O mínimo é de uma aula mensal, podendo aumentar a frequência de acordo com a vontade do interessado. Fico no aguardo de sua resposta.

Abraço,

Ronaldo.

Com a resposta em mãos, Katia Maria vai mostrar a todos, conforme antes combinado. Ela só não esperava os olhares de desaprovação que se cruzam e se voltam para ela fazendo-a se sentir como uma criança que pegou biscoitos escondida e foi descoberta. Desconcertada ela protesta:

— Puxa, por que essa reação agora? Pensei que tínhamos combinado...

— Sim. — Veio a resposta de Humberto que acrescentou — Nós, exceto Mariana, não pensávamos que você levasse essa história a diante. Creio que o que vou colocar agora é pensamento unânime entre nós: você vai mexer em casa de marimbondos e sabe bem que pode sair picada.

Mesmo surpresa com a resposta, Katia Maria conta:

— Para completar o nome de Solange, com o qual me apresentei a Ronaldo, pensei em Cristal de Azevedo Marques; Solange Cristal de Azevedo Marques. — E pede — por favor, toda e qualquer correspondência vinda com o nome de Solange é para mim; peço também que façam desse meu momento o segredo maior.

Antes de responder o e-mail para Ronaldo, ela pensa no que tem acontecido a partir da coincidência que a colocou frente a frente com o romance em que ela é a personagem principal. Ela pensa, também, na responsabilidade que pesa sobre seus ombros por ser o motivo em torno do qual toda uma vida de amor platônico se desenrola. Embora ela saiba que é impossível compreender algo sem conhecer suas particularidades, em suas reflexões, ela tenta imaginar como Ronaldo deve ter convivido com uma "fantasma" passeando em suas memórias. Teria ele vivido como em uma peça de teatro, representando e usando máscaras para se apresentar enquanto por dentro era corroído pelo sentimento que nutria e que não perdeu a força após tantos anos por uma garota que sequer conheceu, além de dois ou três avistamentos? Mistério. Esses eram alguns dos pontos que não deixavam seu interesse nas circunstâncias reais do caso evanescer.

Singrando pensamentos longe de seus extravagantes devaneios, Katia Maria partiu a bordo de uma concretude racional para em seu novo e-mail escrever:

Caro Ronaldo, como vai?

Fiquei surpresa e ao mesmo tempo alegre com sua mensagem. Penso que podemos começar com uma aula por mês. Será uma experiência ímpar. Aprendi com meu avô a gostar de contos de fadas, de folclore e de mitologia. Gosto muito de romances, será que consigo escrever um romance? Sei que você compreenderá que muitas de minhas dúvidas são de uma mulher que gosta de ler e penso que provavelmente sorrirá ao ler o que escrevi. Apenas espero que eu possa conseguir que minha veia literária venha à tona em plena força para que eu possa ler os autores de que gosto com outros olhos. Pronta para sua primeira aula, fico no aguardo de seus ensinamentos.

Sem mais,

Solange.

Ronaldo naquela noite voltou para casa quando as horas se faziam altas. Ele ficara na faculdade revisando material para publicação no jornal de pesquisa em literatura. No dia seguinte, acordou mais tarde do que de costume, apenas uma xícara de café preto, puro ou sem leite, como ele costumava dizer, fez às vezes de desjejum. Viu a correspondência sobre a escrivaninha quando foi buscar a pasta, mas deixou para lá. À noite, sentou-se à sua escrivaninha e começou a ver, primeiro, as cartas em papel e depois as eletrônicas. Leu a mensagem de Solange e decidiu não respondê-la de imediato, achou melhor, antes, pensar em um projeto de aulas diferenciado, já que ela possui uma bagagem literária que favorece bastante o imaginário. Quem sabe algo na linha de *Macunaíma*, de Mário de Andrade, ponderou.

Não demorou muito e, com o plano de aulas para Solange pronto, ele lhe escreve:

Solange, como tem passado?

Gostei de suas preferências, são bem diversas daquelas que a maioria das pessoas se interessam. Podemos conversar sobre elas de maneira não acadêmica, desta forma elas tomam outro sabor, muito mais agradável. Pude perceber em sua última carta, prefiro chamar assim os e-mails, os torna menos frios, que você foi alfinetada pela ansiedade. Começaremos conversando sobre os diferentes pontos que abrangem e dizem respeito a criação de romances, contos e poemas. Penso que você, pelo que escreveu, ao contrário de muitas pessoas não fica em dúvida quanto a criatividade literária e procura entender as reais motivações que levam uma pessoa a escrever, a encontrar satisfação em abrir sua imaginação expressando-se pela escrita. Peço, como primeira lição, que você pegue um conto de fadas que gosta, leia e releia quantas vezes achar necessário e pince dele os pontos que considerar vitais para o desenvolvimento da história. Veja, não é fazer um resumo. Se for mais fácil, pode numerá-los. Só lhe pedirei que nos comuniquemos por cartas escritas à mão, como era feito em tempos passados. Esse fazer, acredito, proporciona um contato mais confortante.

Assim, deixo meu endereço:

Ronaldo Horscha

Rua do Rio Vermelho, 1013 - Bairro Várzea de Baixo

Cidade Liliarama - Estado Estrela do Sul

Aguardando.

Abraço,

Ronaldo.

Katia Maria, com o coração batendo calmamente, pegou os e-mails que enviou para Ronaldo e os que recebeu dele e os levou para que os familiares vissem. Humberto fez a voz de todos:

— Minha amada esposa, você sabe que todos nós a amamos demais e nos preocupamos muito com você. Sabemos que conhecer o autor das cartas, para você, é algo que fez morada em sua curiosidade desde que as recebeu. E, depois do livro, creio que você também divide conosco a ideia de que Ronaldo não é um sujeito que se possa chamar de exatamente normal. Só o fato dele ainda manter acesa a chama de um amor de adolescente confirma o que pensamos. A princípio, não concordamos com essa sua concepção de se fazer passar por outra pessoa que deseja escrever romances, e por isso, o procura para ser sua orientanda. O perigo que vejo mora no seguinte: que ele possa passar a nutrir o sentimento de ter encontrado uma substituta para sua amada platônica. Vocês não concordam?

Todos partilham do mesmo pensar de Humberto. Essa suposição que todos acham bastante possível de acontecer abala a confiança de Katia Maria. Ela passa dias e dias analisando o que seu marido colocara na última conversa e lembrando das opiniões postas. Com seu querer resistindo, sente o peito pequeno frente ao vulto que para ela esta decisão poderá tomar. Que caminho tomar? Seguir aquele que sua vontade aponta? Ou tomar o outro caminho que a levará... a... novamente à procura de um nome, sombra em que viveu sob o manto por tão longo tempo? Raios de sol e nuvens de chumbo, se alternando em seu pensar, fazem de seus sentimentos algo como um redemoinho de emoções. No olho desse redemoinho, em dado momento, surge uma nesga por onde brilhante raio de luz, tênue como o mais fino fio de cabelo, passa.

A resposta ansiosamente aguardada:

— Meus queridos, vocês sabem que eu os amo e os respeito muito, mas em relação a esse caso, daquele que me idolatra como uma Deusa do Monte Olimpo, depois de muito refletir tomei minha decisão: vou continuar com o meu propósito e, deixo bem claro, caro marido, e a todos que não se preocupem, terei o maior cuidado para preservar Ronaldo, e ao mínimo sinal de intenção no sentido sentimental, cortarei relações e não pensarei mais no assunto...

Depois de algum tempo, com paz de espírito presente, Katia Maria vai até o escritório e em um armário, onde Humberto guarda objetos outrora corriqueiros em escritórios, pega um bloco de folhas de papel de seda, usadas no século passado, para escrever cartas e, com uma caneta tinteiro, em tinta azul lavável, responde para Ronaldo:

Caro Ronaldo, como vai?

Peguei um conto que me fascina desde criança para fazer sua lição, *Chapeuzinho Vermelho*. Quando fiz a primeira leitura dele, visitei minha infância, se assim se pode dizer. Li ele umas três ou quatro vezes. Vou escrever os pontos que achei significativos. Primeiro, por estar muito ocupada com seus afazeres, a mãe não pode ir até a casa da vovó e ter que mandar a cândida e inocente filha é sua maior preocupação por causa de um lobo que ronda a floresta. A mãe, então, temerosa, em sua sabedoria fala para filha dos perigos em não ir pelo caminho mais curto e falar com estranhos. Não sei, mas guardadas as devidas proporções, me lembrou um pouco da história de Pinóquio e o Grilo Falante. Segundo, o lobo que é mau e ardiloso, ao ver Chapeuzinho Vermelho, se faz passar por bonzinho e amigo, cativando a menina que, por não ter maldade, vê o lobo tão sem maldade quanto ela. Terceiro, a vovó, ao ouvir baterem na porta, pergunta quem era, e distraída não percebe que é o lobo que se faz passar por sua netinha e manda entrar. Me lembra histórias de espertalhões que ofereciam prédios e viadutos a preços de ocasião para pessoas simples vindas do interior. Quarto, o caçador. Ele salva a vovó e Chapeuzinho Vermelho. Tira elas da barriga do lobo e a enche de pedras. Quando o lobo vai beber água, cai dentro do poço e morre afogado. Agora penso, salvar a vovó e a netinha faz do caçador um homem bom; matar o lobo do jeito que ele fez, não o torna pior que o lobo? Eu nunca tinha prestado muita atenção a esses detalhes e pensado dessa maneira. Sabe, eu estou surpresa comigo mesma. Nos tempos de escola minhas colegas tinham diários onde anotavam tudo o que se passava com elas, desde trivialidades até o interesse por garotos e porque alguns lhes chamavam mais a atenção do que outros. Algumas garotas iam além e escreviam poesias. Alguns garotos também tinham diários, escreviam crônicas e histórias. Eu não conseguia ir mais longe do que a primeira página dos vários diários que me propus a escrever. Preciso lhe dizer que essa foi a primeira vez que olhei um conto por esse prisma. Esperando estar correspondendo, aguardo sua avaliação e a lição número dois.

Abraço,

Solange.

PS. meu endereço

Solange Cristal de Azevedo Marques

Rua Cangueraçú, 69, Praia da Caveira dos Mil Chifres,

Andirá - Estado Copiara

Correspondência

Ronaldo pega a carta de Solange, coloca-a na pasta e segue para a Universidade pensando em ler na hora do almoço o que ela respondeu. Ao abrir a carta, vê que ela respondeu como ele pediu, e se surpreendeu com o papel e com o manuscrito, a caneta tinteiro em tinta azul lavável. Ele nem de longe imaginou que ela tivesse esse cuidado. Em seu íntimo, se sentiu lisonjeado. Ela estava levando sua orientação a sério. Quando Katia Maria o procurou ele pensou: mais uma dondoca entediada procurando realizar seu capricho. Mas, pelo o que tinha nas mãos, não era o que parecia. Ele em sua, sempre, natural postura reservada, mesmo não sabendo o porquê, sentiu que ela era diferente e que seu trabalho frutificaria, a não ser que ele estivesse muito enganado. Um breve sorriso se mostrou em seu rosto. Satisfação. Poucos responderam de forma tão crítica como ela. Uma risível confusão de ideias tomou conta de seus pensamentos.

A noite em casa com sua esposa, após jantar, o seriado na TV desbota e ele reconfortando-se na poltrona, usa de todo o poder da sua racionalidade e começa a ponderar: essa mulher, dona Solange, é peculiar em seu interesse e desde a apreciação que fez de Chapeuzinho Vermelho, não sei o que acontece... que força nos aproximou? Destino? Por que? Aaaaa... não adianta gastar neurônios... deixa para lá...

Por natureza, metódico, ele arrumou a escrivaninha, cujos detalhes esculpidos em madeira de lei atraiam a admiração de todos. A herdara de seus avós. Colocou um bloco de papel de seda "Aviação" especial para cartas, no centro, deitou a seu lado a caneta Parker 51, presente de seu pai quando ele se formou em jornalismo. Sentou-se como de costume, tomou a caneta e começou a escrever. Da Parker 51 brotavam palavras na mais pura sanguínea:

Cara Solange,

Receber sua carta foi uma grata surpresa. Para começar, falarei sobre sua apreciação de Chapeuzinho Vermelho, você não imagina a surpresa que foi para mim ler seus comentários. O que mais me impressionou foi sobre o caçador. Nunca pensei e não me lembro de alguém que o tenha visto como você o fez. Saiba que, o que a mim toca, meu conhecimento e experiência, com certeza dividirei com você. Agora falarei um pouco sobre o sensível, aspecto que considero "leitmotiv", e o material no trabalho de um escritor. Leitmotiv é o motivo que conduz tanto o escritor como outros artistas a criarem em suas obras uma linha de conduta que associa personagens, objetos e a ideia geral concebida. Em literatura, a construção de um escrito se dá inicialmente pela sensibilidade que se tem a respeito do mundo como um todo, da natureza em suas diversas formas em que se apresenta e do respeito às características que fazem de cada ser humano, único no universo. A sensibilidade, já falamos acima de uma forma genérica, agora devemos nos ocupar de sua natureza intrínseca que cada pessoa acolhe em seu mais profundo sentir. Se você, ao andar pela rua, notar flores em uma árvore e parar para sentir seu perfume, você tem sensibilidade; se a noite olha para a lua e se emociona, você tem sensibilidade... pais brincando com um filho pequeno; animais e sua personalidade, se você percebe coisas assim, você é uma pessoa sensível. A atenção para coisas simples que nos rodeiam é uma importante qualidade do bom escritor. É a partir da observação do que ocorre à nossa volta que formamos a linha mestre de nossos trabalhos. O "material" é o corpo físico com o qual um escritor trabalha. São o que se pode chamar de contornos exteriores. O material de que é feito, as formas, as cores, tamanho etc. Quando você se senta e tem folhas de papel na sua frente, lápis ou caneta na mão e uma ideia para concretizar através de palavras escritas, você está trabalhando com o material. Ao concretizar palavras pensadas com tinta em uma folha de papel, seja qual for ele, papel sulfite, papel de pão, guardanapo de algum restaurante... é a vida se manifestando. Não importa o suporte, nem o meio que se usa para expressar o que vai no seu íntimo. O importante é registrar. Esse é o primeiro passo. Você não pode deixar de notar que várias anotações feitas das mais variadas situações e observações é o que vai nos permitir sujeitarmos o inesperado de acontecimentos fortuitos a uma linha de sensibilidade particularmente nossa. Creio que por hora temos um bom material para refletir. Agora proponho que você concentre sua atenção ocupando-se do exercício que apresento: tenha sempre consigo, onde quer que vá, uma caderneta, um bloco pequeno, um lápis ou uma caneta. Anote sempre tudo que se passa ao seu redor e que achar interessante. Lembre-se: não deve negligenciar o que achar pouco interessante. Esse é um exercício de coleta de materiais que poderão ser usados para futuros escritos. Anote simplesmente o que lhe chamar a atenção, não precisa fazer anotações de forma poética. Depois, com calma, você pode retomar o que coletou e usar para iniciar um texto, um poema ou apenas uma sequência que faça sentido. Quero lhe pedir que me escreva contando como foi sua experiência do ponto de vista material e sensório e me mande também as observações anotadas e o que escreveu a partir delas.

Assim caminhamos.

Aguardando sua próxima correspondência.

Abraço,

Ronaldo

O carteiro passou.

O caseiro da casa de praia na Rua Cangueruçú, recebe a correspondência e conforme orientação de Katia Maria, a envia para o endereço na cidade grande.

Katia Maria com a carta nas mãos, senta-se na rede e a brisa da tarde que sopra do mar acompanhou sua leitura. A princípio, sentiu-se incomodada por estar jogando com Ronaldo, um jogo do qual ele nem imaginava estar participando. A proposta feita de exercitar-se acendeu nela uma misteriosa vontade de fazer algo digno de Maquiavel. Controlando-se, afastou de si essa ideia e como ela veio, se foi. Portando um bloco e uma caneta, Katia Maria começou o exercício pelo quintal de sua própria casa. Observou a grama, as árvores, as flores e anotou, conforme orientação de Ronaldo, formas, cores, perfumes, sensações...

Convocando aqueles que sabem de sua ousada e incomum empresa, Katia Maria mostra a nova correspondência de Ronaldo que passa de mão em mão. Exibindo também o que observou e anotou para fazer o exercício proposto, fala:

— Ainda não sei o que farei com isso, depois mostro o resultado para vocês.

Rose acha graça no jeito que Ronaldo escreveu, caneta tinteiro com sangria em papel de seda, e tece um comentário:

— Era de se esperar, depois dos desenhos nas cartas ele só ficou mais sofisticado, mas evidentemente continua o mesmo.

Katia Maria replicou:

— Só porque ele escreve à caneta tinteiro com sangria? Você já viu algum artista que se possa dizer que não é nem um pouquinho descompensado?

Carlos entra na conversa:

— Descompensado todos somos, uns mais, outros menos. — E rindo continua — o nosso escritor só está um pouquinho além.

— Vamos ver como minha arquiteta vai se sair como escritora. O cafezinho chega. — Diz Humberto.

Típica tarde de outono, céu limpo e azul envolve Katia Maria sentada na grama do jardim, à sombra de um guarda-sol. Depois de um suspiro, leu e releu as observações e fazendo como no exercício da Chapeuzinho Vermelho, escolheu as palavras chaves do que anotou: flores, cores, vento, pássaros, sol, amor. Começou a colocar palavras no papel. Primeiramente na ordem que anotara, depois foi escolhendo aquelas que se completavam, e por fim começou a juntá-las, tendo em mente criar um poema. Escreveu e repetidas vezes reescreveu as palavras, alterando a ordem delas até começar a visualizar um poema que materializaria a ideia que tinha a partir das palavras escolhidas.

Rascunhou até sentir que havia sentido no que escrevera. Nesse momento, ela contente com o resultado, sorriu. A experiência valera a pena.

A noite ela mostra o poema que escreveu e o declama para os seus. Eles acham meio água com açúcar, e Mariana amparando a avó, diz:

— O que é isso? Não tem nada de graça, é o primeiro poema que a vó escreve, está muito bom, desafio vocês a fazerem melhor. É isso aí vó, não ligue para eles que não entendem nada de poesia.

Escrevendo para Ronaldo ela...

Caro Ronaldo, como está?

Gostei do exercício em si, para mim foram momentos de relaxamento que passei observando não só a natureza, que aqui é pródiga, como os animais em seu viver simples e também as pessoas, algumas tranquilas em seus afazeres, outras com os nervos excitados. Depois desta lição, fiquei deveras surpresa com o que nunca pensei, na extrema e fina maneira como os escritores elaboram suas obras. Se outra pessoa me dissesse que era assim, duvidaria e não acreditaria, mas vindo de uma pessoa como você, curvo-me as evidências. Anotar o que observava não foi uma tarefa fácil nas primeiras vezes, porém, conforme fui exercitando o olhar e o sentir, tudo foi ficando menos difícil. Algumas vezes fiquei emocionada, outras não pude conter o riso. Conforme fui exercitando a observação e anotando, fui me apercebendo do conteúdo de sua fala a respeito da sensibilidade como tendo alicerce em sentimentos propiciados por "várias anotações feitas das mais variadas situações e observações" e "uma linha de sensibilidade particularmente nossa". Pude perceber bem isso. Para escrever algo como você pediu me baseei em um autor que li recentemente. Fiz uma poesia e confesso não foi fácil, mas também não tive aquela dificuldade que tinha quando colegial.

Agora algumas questões que me assaltam:

- deve-se anotar tudo mesmo, até situações sombrias e desagradáveis?

- pode-se colocar nossa opinião sobre um assunto, mesmo que de modo subjetivo?

- é imperioso relatar o fato que apreciamos da forma exata como ele ocorreu?

Não querendo me alongar, espero sua crítica à minha resposta a sua lição e sua resposta a essas questões que são importantes para mim e para a continuidade de meu estudo. Minha poesia, a primeira "profissional" que escrevi tendo como "leitmotiv" a natureza. —

FESTA DA NATUREZA

As flores acordam

E explodem em infinitas cores

Pelos campos despertos.

As árvores dançam, embaladas

Nos braços do vento cálido

Que traz em si

A suave sinfonia

Que os pássaros cantam

Voando sob o sol,

Que com seus raios dourados

Convida todos à vida

E ao amor.

Eu sei que é um poema pequeno, mas senti alegria quando terminei e o li. Houve momentos que eu parecia realmente uma poetiza dando à luz a um sentir em um pedacinho de papel. Me sentia flutuando ao sabor da brisa. Naquela noite parei, sentei-me em uma espreguiçadeira no quintal de casa e fiquei olhando o céu estrelado. Vi uma coisa que nunca havia dado muita atenção, embora já tivesse visto algumas vezes antes, uma estrela cadente. Desta vez eu VI, e esse acontecimento marcou em mim o início de um novo relacionamento com a natureza. Percebi que quando se abrem os olhos da alma, a vida ganha cores nunca dantes apreciadas. Creio que já falei muito, fico esperando sua nova lição e sua apreciação de meu poema. Agradeço sua boa vontade em compartilhar comigo sua experiência.

Atenciosamente,

Solange.

A carta de Katia Maria chegou em um dia de chuva.

Olhando de longe o envelope sobre a escrivaninha, intuitivamente lhe veio à mente a figura de Solange. Apesar disso, Ronaldo desviou sua atenção para seu filho que brincava de cavalinho no braço do sofá. Que tempo bom, pensou ele, lembrando-se das brincadeiras que gostava quando menino. Não tinha amigos. Ao contrário dele, os meninos de sua idade só queriam saber de jogar bola, enquanto ele não via o tempo passar enquanto desenhava. Subia em árvores e se via explorando outras paragens e os meninos só queriam saber de jogar bola. Caçava grilos e vagalumes, os colocava dentro de garrafas, tampava-as e amarrando um barbante nelas, as fazia submergir no lago próximo. Eram seus submarinos tripulados. Quando achava que o ar dentro das garrafas estava no fim, ele as puxava de volta e libertava os bichos. E os meninos só queriam saber de jogar bola...

No prato tilápia frita com alcaparras e molho de espinafre. Frugal.

Terminado o jantar, sua esposa lhe diz:

— Querido, chegou uma carta para você, deve ser importante, pois ela é bem gordinha. Está em cima da escrivaninha.

Ele responde:

— Já vi, mas ela pode esperar até amanhã.

Com sua habitual tranquilidade, Ronaldo antes de sair de casa para a Universidade, passa pela escrivaninha e pega a carta. Sente o peso dela e, pela letra de quem escreveu o endereçamento, sabe que foi Solange. Em um momento de folga, abrindo o envelope, vê ao primeiro relance o poema escrito por Solange e pensou nele como algo semelhante a uma semente que germina. Solange dera o primeiro passo na caminhada para sua liberdade literária.

Solange, como tem passado?

Ao abrir sua carta, a primeira coisa que vi foi seu poema. E foi a primeira coisa que li. A princípio senti alegria ao ver que em seu poema, embora curto, há expressão e sentimento. Ele começa descrevendo de forma sensível o espaço em que você se encontra, na natureza, e vai descrevendo o que toca o seu íntimo com imagens que levam o leitor a se imaginar no mesmo ambiente que você. E faz o encerramento falando para os humanos ousarem, pararem e olharem para o céu, sim ousar, pois muitos não se permitem isso. Peço-lhe, se coloque em um lugar confortável, feche os olhos e tente rememorar o que sentiu quando escreveu o poema. Pense como foi o momento em que escreveu esse poema. O que houve de racional, o que houve de emocional. Digo racional, se você agrupou as palavras e escreveu com, principalmente, o uso da razão. Digo emocional, se você depois das observações feitas deixou simplesmente fluir o pensamento e escreveu o poema de forma praticamente automática, apenas sentindo. São dois modos distintos de escrever, um é para notícias de jornal, por exemplo; e o outro é para romances, poemas etc. É importante você conhecê-los, pois cada um serve para expressar diferentes emoções. Esse é um assunto no qual voltaremos mais vezes. Respondendo as suas perguntas:

1. Sim, deve-se anotar tudo que toque sua sensibilidade, lembre-se que poemas e romances não são escritos apenas com fatos bons e alegres. Como exemplo, você pode ler *As Flores do Mal*, de Charles Boudelaire. São poemas extremamente sedutores mesmo para aqueles com sensibilidade temperada.

2. Sempre que você registra um evento, material ou emocional, observado no teatro da vida, esse registro vem acompanhado de suas impressões particulares sobre ele, logo, pode sim colocar sua visão particular, desde que ela contribua de forma significativa e elucidativa para o enredo do poema ou romance.

3. Colocar o fato tal qual ocorreu, dá uma direção diferente à narrativa do fato usado como referência para uma situação. Você falou que Edgar Allan Poe lhe foi apresentado pelo seu marido Humberto, e que a leitura de seus contos e poemas fizeram com que você enxergasse novos horizontes em literatura. Pois bem, releia EAP e preste atenção como ele usa fatos reais para embasar boa parte de seus contos e poemas. O novo exercício que proponho é o seguinte: certifique-se que não será incomodada. Pegue uma folha de papel em branco e um lápis, pode ser preto ou de cor. <u>Não use caneta</u>. Sente-se em um lugar confortável, pode ser a uma mesa ou em lugar que ache aprazível, se não uma mesa, tenha uma prancheta para apoiar o papel. Coloque na sua frente apenas o papel e o lápis, nada mais. Prepare-se para começar a escrever. Tome o lápis em sua mão, inspire o mais fundo que puder, expire. Descreva o que lhe rodeia, sem se preocupar com a letra, com a gramática ou acentuação. Lembra-se do exercício que as professoras

do primário passavam para nós? Elas colocavam uma grande ilustração pendurada na lousa e tínhamos que fazer uma composição falando da cena que estávamos vendo. Então, o exercício que lhe proponho é uma versão daquele exercício de outrora. Só que agora você está em um ambiente aberto, ao vivo. Quando achar ter terminado, pare e relaxe. Leia o que anotou, não altere nada. Faça uma reflexão sobre o que escreveu. Por favor, me mande uma lista de seus autores preferidos, não precisa ser uma lista extensa, faça apenas com três ou quatro autores.

Bom exercício.

Dúvidas, estou à disposição,

Ronaldo

Lendo a nova carta, Katia Maria vê no escrito de Ronaldo fria formalidade, como se ela tivesse sido escrita dentro de um freezer. Depois, andando pelo jardim, refletindo sobre a situação, conclui, melhor assim, manter essa distância para não criar problemas no futuro. Como se estivesse conversando com outra pessoa, ela pergunta para si mesma, "até quando você vai continuar com esse teatro?". E responde, "só até entender o porquê Ronaldo, embora tendo me visto apenas algumas vezes, cultiva esse amor há tanto tempo".

A grande questão que se coloca aqui, sem dúvida, aponta para o que pode acontecer se, ou quando Ronaldo descobrir que Solange é Katia Maria, sua paixão platônica. Ciente do que pode vir a acontecer e pensando nos pontos levantados por sua amiga psicóloga Márcia Camila, por sua neta Mariana e por todos que acompanham sua história, ela, Katia Maria, pondera, "o que se pode esperar de uma personalidade praticamente desconhecida como a de Ronaldo? Até que ponto podemos considerar e confiar no seu comportamento?". Essa reflexão faz Katia Maria se assustar, e "não seria melhor encerrar essa encenação já?". A prudência diz que sim, já a curiosidade...

Mariana passando olha para a avó absorta e com o olhar distante. Se aproxima dela e despertando sua atenção, pergunta o que ela está a matutar. Com a resposta da avó, a menina diz que esse momento em que ela se encontra é delicado e que ela deve, como se diz, fazer um exame de consciência antes de tomar qualquer decisão. De braço dado com a avó, continua:

— O desenlace da situação em que a senhora se colocou pode ser desastroso e a senhora deve, principalmente, pensar em Ronaldo. A senhora precisa achar um meio de fazer sua mente ficar em paz e o coração tranquilo. Você, — em tom mais sério que o seu normal — está procurando saciar uma curiosidade que a acompanha há muito, muito tempo, já o Ronaldo está interessado apenas em passar o conhecimento que detém para alguém que demonstra interesse em conhecer mais sobre o fazer literário. Embora sejamos avó e neta, somos diferentes em nossas personalidades e fica difícil dizer que atitude eu tomaria se estivesse em seu lugar. Como falei anteriormente, o exame de consciência junto a uma boa noite de sonhos são fantásticos conselheiros...

A noite passou, Katia Maria nem se apercebeu.

Dia vai, dia vem.

A vida continua rumo ao infinito.

Katia Maria sente estar deslizando em um trevo rodoviário com mil entradas e mil saídas envolvida por um silêncio que beira o mortal. Nenhuma placa aponta a saída... que direção tomar... Ela, por fim racionaliza, "que energia é essa, que me faz sentir como um pássaro em um sonho; como o crepitar de um fogo; que energia é essa que mostra o espectro de um homem debruçado sobre seu sonho evanescido em luzes, cores, sons e magia? Estarei sendo egoísta e, porventura virei a fazer esse homem ter aumentado seu padecer? Em que espécie de ser humano estou me tornando?".

Em suas recordações de juventude não há registros de momentos em que Ronaldo está presente. Apenas ele tem as respostas... e ela, então, deixando de lado todas as questões, ouve seu emocional e em uma reação intensa e breve de seu estado de deleite, toma a decisão, continuar com sua personagem e, em resposta, escreve:

Caro Ronaldo,

Como estão as coisas? Espero que esta carta o encontre bem. Fiquei muito surpresa com o seu comentário a respeito de meu poema. Jamais poderia imaginar que ele encerrasse tantos significados. Apenas coloquei em palavras o que tocou meu sentir, e respondendo à sua pergunta, digo que houve, sim, um momento em que usei a razão para compor o poema, mas essa experiência não me satisfez. Joguei tudo o que tinha escrito no lixo e comecei novamente. Desta vez contando com a concorrência da emoção. Foi melhor. Acho que sou uma pessoa que se comove, mas não muito facilmente com a vida em suas expressões. Meus autores preferidos, Edgar Allan Poe – contos e poemas; Ray Bradbury – ficção científica; Fernando Pessoa – crônicas; Monteiro Lobato – *Sítio do Pica-pau Amarelo*; José Mauro de Vasconcelos – *Meu pé de Laranja Lima*; Antoine de Saint-Exupéry – *O Pequeno Príncipe*. Bem, continuando, o exercício que me sugeriu, lembra muito a escrita automática, que conheci na faculdade. Fazer proposto por André Breton. Em vez de palavras, desta vez foram imagens... foi muito legal me encontrar com Breton neste novo fazer. Bem, aqui está o primeiro resultado do exercício que sugeriu.

Pensando bem o que estou fazendo agora com esse lápis na mão, escrevendo a esmo, falando sobre o que está a meu redor, cores e formas, alegria, beleza e pensamentos sem controle, apenas direcionando o lápis que dança sobre o papel que não reclama da situação que lhe imponho, pois e uma condição dele estar comigo dividindo esse tempo de acontecer nada como um peixe fora da água que nada no ar respirando o ar e sentindo flutuar no nada que nos envolve sem querermos ser engolidos por uma nuvem de ar asmático que faz tossir como um gato asmático que cheira remédio para curar suas feridas ganhas de andar de telhado em telhado todas as noites de lua vazia como a mente de quem não dorme, apenas sonha com o que não pode acontecer senão no papel que se rende ao meu lápis, que se rende a minha mão, que se rende a minha cabeça que não pensa em nada como o peixe que nada no aquário de nada.

Nessa carta está o original apenas escrito de forma inteligível, com uma letra legível, pois como escrevi, é um monte de garranchos. Escrevi tudo isso em pouco, muito pouco tempo mesmo, pouco mais de um minuto. As imagens surgiam... passavam... me senti em um carrossel que girava mais rápido que a própria terra. Bem, aqui está o texto burilado.

NADA DE NADA EM NADA, NADA.

De pensamento em pensamento fluí para um espaço... pensando bem o que posso fazer com este lápis entre meus dedos? Cores? O lápis é preto! Ora, dançar é a solução. Minha mão dirige os movimentos da dança que o lápis e eu deslizamos pelo papel. O lápis dançando comigo, dois sem controle, apenas dançando e deixando o caminho marcado. Acontecer nada como um peixe fora d'água. Flutuar no nada que nos envolve, o lápis e eu. Engolidos por uma nuvem asmática como um gato que cheira a remédio para curar suas feridas ganhas andando ao sabor da vida de telhado em telhado todas as noites de lua vazia como a mente de quem não dorme, apenas sonha. Sonha com o que pode não acontecer na folha de papel em branco que se rende à minha vontade e ao cinzel do lápis. Não pensar em nada como o peixe que nada no aquário. Nada de nada em nada, nada.

Minha neta, depois de ler esse texto disse boquiaberta: "vó, nunca vi a senhora como escrevendo um texto desses. Sua veia escritora se apresenta como um prazer inesperado. Uau!". Depois, mais tarde ela veio a mim e disse que se interessou em participar de suas aulas. Pediu-me que lhe perguntasse se ela pode participar também. Pode? As dúvidas não param de aparecer:

- por que pediu que lhe enviasse a lista com alguns de meus autores preferidos?

- você vai querer que eu reescreva o texto tendo como inspiração alguma leitura que me tenha comovido de um desses autores?

Até a próxima,

Solange

Ronaldo abre a nova carta de Solange com a displicência de quem desdobra uma bula de remédio. É claro que tal procedimento deixa ver como ele se sente a respeito de tal relacionamento, nada mais que simples aulas do fazer literário. Professor X aluna. Nem por um momento passa pelos imaginários de Katia Maria e Ronaldo como o destino pode ser ladino. Panoramas de encanto surgem no horizonte do encontro dos dois personagens em que, um pensa estar vivendo um personagem curioso e inquisidor e o outro acredita estar saciando um coração amante do conhecimento que liberta.

A cada passo com que percorre a carta de Solange, Ronaldo vê a própria experiência de vida passando diante de seus olhos. Dúvidas tornadas nas mesmas questões. Uma carta singular, escrita com uma caligrafia primorosa, mas que nada transmite além de um simples conteúdo escolar. Embora fossem cartas simples, com dúvidas primárias, na visão de Ronaldo, as linhas que elas trazem não parecem, sequer, se aproximar das fronteiras do infantil. Em sua visão, ele vê Solange como uma mulher inteligente e culta. Nada além disso.

Palavras, como vagões de trem que saem de um túnel, saem da ponta da pena da Parker 51:

Amiga Solange,

Espero que me permita chamá-la de amiga, sinto que depois das cartas que trocamos somos mais que professor e aluna. Não, por favor, não pense que estou querendo uma aproximação sentimental, meu pensar é somente amizade. Bem, começarei respondendo as questões que me enviou ao contrário, isto é, da última para a primeira. Você disse que sua neta lhe pediu para perguntar se poderia participar de nossas aulas. Sim, ela pode juntar-se a nós. Para quem ensina, sempre é um prazer ter interessados em adquirir os conhecimentos que compartilha. Eu já imaginava que você conhecia a "escrita automática", que foi proposta no manifesto do surrealismo por André Breton em 1924. Não há faculdade de arquitetura ou artes que não traga essa "viagem" em história da arte. O propósito da "escrita automática" é o de deixar emergir da mente todos os pensamentos sem reserva mental. Essa prática traz muito material objetivo, e mesmo subjetivo, para o artista trabalhar. Falamos aqui de pintores, escultores, escritores, atores... sei que você conhece o caminho a seguir, mas deixe-me relembrar, posso estar sendo redundante, é interessante que leia o que escreveu, anote o que lhe chamou a atenção e com essas palavras escreva um texto, que pode ou não ser longo. Tendo esse primeiro texto, use-o como base para um texto mais complexo. Aí sim, você pode adicionar, mudar e mesmo excluir palavras que ajudem no entendimento da ideia principal que você desejar transmitir. Pedi que fizesse uma pequena lista com seus autores preferidos, porque é um bom meio para se conhecer como uma pessoa vê e se sente inserida no mundo. A lista que mandou, é bem eclética. O caminho que você faz passa pela ficção, pelo romance, pela inocência, pela filosofia. Dentro desse panorama, você mostra, diga-me se me equivoco, que é uma mulher que tem uma alma que aprecia desafios, que gosta de sentir-se acolhida em suas proezas da imaginação e elucubrações filosóficas. E dando asas à fantasia, ouso dizer que o ar é seu espaço de conforto. Por ele, penso, fluem as energias que dão vida às mais pitorescas ideias, como as que tem dado a conhecer. O próximo exercício será o seguinte: escreva em muitas pequenas tiras de papel, palavras a esmo. Coloque-as em um saco e misture bem. Depois vá tirando tira por tira e colando-as em uma folha na sequência em que você as tirou. O texto final que surge na colagem é a escrita com que você deve trabalhar. Podemos chamar esse exercício de *"escrita no escuro"*. Me mande o texto resultante para que possamos comparar com a escrita automática que fez e dialogar sobre seu progresso na arte da escrita. Não se preocupe em mandar novamente o resultado da escrita automática, guardei sua carta em que me mandou ela. Fale para sua neta fazer os exercícios desde o começo, você poderá orientá-la. Será um prazer receber seus escritos.

Abraços,

Ronaldo.

Essa carta torna-se o ponto de mutação na relação entre Katia Maria e Ronaldo. Ela aponta uma mudança de direção na conversa entre os dois. Isso acontece quando ele escreve: *"é uma mulher que tem uma alma que aprecia desafios, que gosta de sentir-se acolhida em suas proezas da imaginação e elucubrações filosóficas. E dando asas à fantasia, ouso dizer que o ar é seu espaço de conforto. Por ele, penso, fluem as energias que dão vida às mais pitorescas ideias, como as que tem dado a conhecer".*

Ao ler essas palavras, Katia Maria se sente lisonjeada, mostra a todos os que fazem parte do círculo que acompanha o desenrolar de seu capricho. Desta vez, os comentários não são amenos como o foram até esse momento. Incisivos, eles são direcionados para que ela abandone essa fantasia adolescente, senão infantil. Ela sente ter sido fortemente abalada sua intenção de descobrir o porquê Ronaldo, depois de passado tanto tempo, ainda lhe dedica noites de sonhos.

Mariana, dirigindo-se para avó, traz sua reflexão:

— É difícil conceber sua obstinação em dar continuidade a esse caso. Não basta apenas saber quem foi o autor das cartas? Já não começa a passar dos limites? Eu acho que essa história está começando a entrar em um campo perigoso. O emocional pode ser traiçoeiro.

— Menina, agora pude escutar em sua fala, seu avô. Você tem se mostrado muito madura para com esse meu capricho, como vocês tacharam minha intenção. Não acredito que o que estou fazendo possa descambar para um romance, não há como, em tempo algum. Eu tenho plena consciência de que o que começou como uma simples curiosidade tenha se tornado algo maior que o mero desejo de satisfazê-la. Na verdade, está a suscitar encontrar a luz nessa noite com que Ronaldo me envolveu...

— Eu, seu filho Carlos, me recuso a acreditar que a senhora está passando por uma segunda adolescência. Acho que todos aqui já ouviram falar nessa possibilidade, onde pessoas mais velhas começam a se comportar como adolescentes, procurando fazer o que não fizeram no tempo devido... penso que, esse Ronaldo ao passar toda uma vida em lembranças e culto a um amor que teve em seus dezessete ou dezoito anos, se faz acompanhar do espírito de uma reminiscência inimaginável para nós simples mortais.

— Puxa filho, não tinha pensado dessa maneira.

— Agora, nos diga dona Katia Maria, o que a senhora está pretendendo realmente, com essa situação? Está só pensando em você? Não pensa nem um pouquinho em como isso pode afetar a vida de seu admirador platônico? Acho que está na hora de acabar com essa história.

— Marido, filho, netinha, minha querida nora, não quero e nunca foi minha intenção, acreditem em mim, causar qualquer desapreço a ele. Vocês me conhecem e sabem que eu nunca seria capaz de algo assim. Mas, o que tenho em mim é o profundo desejo de desvendar esse mistério, se é que podemos chamar assim. Conto com vocês, para com seu olhar acolhedor, me ajudar a manter os pés no chão quanto a essa questão do Ronaldo.

Ronaldo, com vai?

Mais uma vez nos encontramos.

Que exercício foi esse? Nunca em minhas visões, mesmo as mais malucas, imaginei que existiria esse tipo de exercício. Depois de ler e reler muito a colagem que fiz, resolvi escrever uma fábula. Para formar primeiramente uma ideia do que poderia escrever, anotei as palavras que formariam um quadro, isto é, um título. Imaginar um título que resumisse a história não foi fácil, acredite. Ver algo inusitado é bem diferente de se ler um livro onde recebemos as imagens prontas e, sem muito esforço se consegue até mesmo se transportar para a cena com que se está envolvida. Depois de escrever em uma folha as palavras que achei mais significativas fiquei dando tratos à bola, procurando arrumar essas palavras em uma ordem que me permitisse criar algo que tivesse sentido. Escrevi, escrevi e escrevi essas palavras em várias ordens procurando uma solução. Demorou para eu conseguir algo que fizesse sentido. Dias passando, eu escrevendo e nada me agradando. Certa noite, dormindo, sonhei que escrevia em uma folha de papel em branco, apenas uma palavra, FIM. Acordei no dia seguinte e anotei meu sonho. Aí estava parte da solução, O nome, a que cheguei, é o seguinte, *"Fim"*. A ideia, a princípio, me pareceu boa, mas logo percebi que não seria tão fácil assim como eu havia imaginado. Como desenvolver um texto a partir de um título sonhado? Então, tendo em mente o título, fui escrevendo as palavras que selecionei praticamente de modo espontâneo pensando no que o sonho sugerira. Assim foi meu caminho para criar esse texto, um tanto surrealista, penso,

FIM

Escrever, escrever, escrever o quê? Quando a imaginação se foi e a mente parou, não produz mais nada, a não ser o mínimo necessário para a sobrevivência. Como fazer um conto se não se consegue escrever mais que duas ou três frases vazias, sem nexo? O que fazer quando se descobre perplexo ante a branca folha de papel em branco, que como um documento, atesta a falta total de inspiração? A realidade pura: esgotou-se a fonte de ideias, os pensamentos acabaram. É o fim.

É um texto pequeno, eu sei, mesmo assim vejo nele uma energia forte. Fico curiosa para saber o que você vai ver nele. Mariana, minha neta, lhe agradece ter aceitado que ela participe das aulas e envia junto com esta, os exercícios e dúvidas que ela tem. Respondendo a sua pergunta sobre se pode me chamar de amiga, claro que sim, minha neta, Mariana, tem quinze anos e é muito inteligente. Casei cedo e tive um filho logo no início do casamento.

Abraço,

Solange.

Do relógio de pulso ecoam nos ouvidos de Ronaldo tics e tacs em uma fala a que ele se acostumou a ouvir por todos os anos já vividos, desde adolescente, aos dezessete, quando ganhou o relógio como presente por ter entrado na faculdade. Levados pelos ponteiros, como galantes cavaleiros, os sussurros da vida fazem presente aos olhos de Ronaldo, Katia Maria, ainda que em esvaída figura. Katia Maria, que ele pela janela do avião, em devaneios, a via refletida no luar. A cidade do além o esperava...

Assim era o viver de um homem chamado Ronaldo Horsha. Vivia em dois mundos, no real representava um personagem, o jornalista, o professor, o escritor; no outro, em seu coração, ele era autêntico. Seu coração era o espaço onde a real história de sua vida estava escrita e era, por ele e somente por ele, grafada e vivida. Um ser híbrido de pássaro e recordações, eternamente abraçado a uma paixão, é a melhor imagem que se pode pintar de Ronaldo. Espectro ou anjo, o que era essa paixão que fazia o planeta Ronaldo girar em torno, como os planetas giram ao redor do sol? Em que esfera se pode encontrar o sentir de Ronaldo, não se pode aquilatar. Um pode questionar, o que essa garota tem de tão especial que ele não consegue deixá-la em seu distante passado? As cartas de Solange... Ronaldo não sabe dizer o porquê, embora formais, tocam seu mundo tão pessoal.

Amiga Solange.

Fico contente em poder chamá-la de amiga. Exato. Classificar seu texto como "surrealista", é realmente um pensar que tem a direção certa. O que observo em seu escrever é que queimou muita pestana para chegar a essa formatação. Isso é normal. Com o tempo e a prática, esse fazer se torna de forma natural e espontânea. É uma longa estrada que, quando se entra nela, não se deseja mais sair. É como diz o ditado, "depois que as letras entram na veia, não se tem como voltar atrás". Gostei de seu texto, apenas posso observar que você poderia ter explorado mais "a imaginação que se vai", a "mente que pára", "o acabar dos pensamentos" e o que achei mais significativo, "a branca folha de papel em branco". Aliás, essa será sua próxima lição: percorrer esses pontos que marquei, elaborando mais o texto, sempre procurando escrever de forma que a estética prevaleça. Sugestão, releia seus autores preferidos e veja como eles lidam com essas situações. Falando de sua neta, o material que ela me mandou tem uma preciosidade que precisa ser lapidada. Acredito que se ela quiser e se dedicar, teremos uma escritora de porte. Nos trabalhos que ela me enviou, pude ver, creio, apesar de pequena amostra, que as formas explodem, o real e a fantasia se misturam em imagens que levam a um palco de aventuras no tempo passado ou futuro. Eu casei tarde, com trinta anos. Interessante como as pessoas acreditam que, quando se diz que casamos tarde, logo pensam que tivemos muitos amores. Eu não me enquadro nessa definição. Não tive "muitos amores", como costumeiramente se pensa de quem casa mais tarde que o convencional. Acredito que também me casaria cedo se o destino não tivesse me separado da garota que eu gostava. Isso foi um golpe muito grande para mim, mas como diria Kipling, isso já é outra história.

Fico aguardando escritos seus e de sua neta.

Abraço,

Ronaldo.

O tempo em sua caminhada precisa e inabalável, assiste a mandos e desmandos do destino sobre os homens. Com Katia Maria e Ronaldo, simples mortais, não é diferente. Incontestável.

A espécie de relação entre eles, a princípio, de professor e aluna, com a intervenção da mão do destino e a concorrência do tempo, foi se metamorfoseando e se tornando forte amizade. Nas cartas trocadas já não havia apenas tratados de literatura. Assuntos esses, que tiveram seu espaço compartilhado com a simplicidade de conversas sobre a vida. A natureza dos escritos nem de perto tinham a pretensão de charme aventureiro, eram apenas conversa despretensiosa entre amigos.

Katia Maria nunca deixou de mostrar para Humberto e seus entes queridos as cartas que recebia de Ronaldo, nem as respostas que escrevia. Quando Humberto percebeu que as conversas sobre criatividade em literatura estavam perdendo espaço para temas pessoais, ele novamente interveio e pediu para que ela terminasse com aquela amizade de uma vez por todas.

Mariana colocou:

— Não se preocupe vô, o senhor sabe que estou, como a vó, estudando o fazer literário. Isso me permite ficar de olho nos dois... — riu a menina.

— No meu tempo de juventude, — continua Humberto — havia um programa de intercâmbio por cartas, era conhecido como "amigos por canetas" ou "pen friends". Confio em vocês duas, pen friends.

Um vento brando e fresco encontra Katia Maria, na varanda, escrevendo para Ronaldo.

Caro amigo, como vai?

Graças a sua paciência estou melhorando no que diz respeito a escrever. Antes não conseguia escrever nem um cartão de Natal sem rascunhar várias vezes a mensagem. Hoje consigo escrever poemas e pequenos textos sem ficar rascunhando o dia inteiro. Minha neta gosta de poemas e acredito que ela, quando encontrar sua linha de trabalho, vai nos mostrar um universo totalmente novo em formas e cores. Ela ainda não tem uma temática fixa, por assim dizer, ela escreve a respeito de tudo, sempre baseada em sua experiência e observações. Estou gostando muito do que ela escreve e da forma como ela usa as palavras. Aqui, pequenos poemas que ela escreveu e que considero marcos importantes em sua trajetória.

VIVA!

Os tratores avançam

Súplicas mudas, inaudíveis

Para os humanos ecoam.

Tudo vem abaixo.

Súplicas vorazes

Cortam os desertos

Repletos de esqueletos

Das últimas árvores

Que por um momento tentaram

E não conseguiram

Salvar o homem.

ARCO-IRIS

Olhe, um arco íris no céu,

Há um arco íris no céu.

O sol voltou a brilhar

E a vida a sorrir

Desde que ele chegou

Minha cabeça parou

Um sonho dourado encontrei

Todo feito de amor

O sol voltou a sorrir,

E meu coração acordou

Desde que ele chegou

Há um arco íris no céu,

Há um arco íris no céu.

VOCÊ E EU

Eu vi

Você me adora

Eu ouvi

Você chora

Eu te adoro

E choro.

Todo mundo sabe

Nas ruas

Do amor e do poema

Sentidos em nós

Na mesma direção

Sós.

Agora, o texto do lápis e da mão que mais uma vez reescrevi.

O LÁPIS E O PAPEL OU NADA DE NADA EM NADA, NADA

De pensamento em pensamento fluí para um espaço... pensando, bem o que posso fazer com este lápis entre meus dedos? Cores? O lápis é preto! A ponta do lápis é afiada. O lápis pela sua ponta deixa marcados por onde passa, imaginação em desenhos, rabiscos, garatujas. Amor e morte em folhas de papel, bilhetes, recipientes de sentimentos e emoções. Ora, dançar pode ser a solução. Dançar? Por que não? A folha de papel em branco sobre a mesa é o piso imaculado a espera de ser desvirginado e depois de musical gestação mostrar o que nasceu de sua relação com os dançarinos. Estampado no chão. Literalmente! Meus dedos abraçam o lápis. Ele os acolhe e se deixa envolver. Me dais o prazer desta contradança? Somos um. Os primeiros sons dos instrumentos ecoam pelo ar e nos envolvem suavemente. Como dois amantes, meus dedos e o lápis se deixam levar pela atmosfera de embriagante magia que paira no ambiente. A valsa com seus acordes dirige os movimentos da dança que o lápis e eu deslizamos pelo papel. O lápis dançando comigo, dois sem controle, apenas dançando e deixando o caminho marcado. Acontecer nada como um peixe fora d'água. Flutuar no nada que nos envolve, o lápis e eu. O lápis e meus dedos, tão íntimos, que se torna praticamente impossível a quem os vê, pensar que são dois, um só momento. Dentro d'água, peixes levitam entre bolhas de mil e uma cores; da folha de papel levitam linhas de mil e um passos, marcas da dança dos dedos e do lápis, regidos pelos pensamentos em minha mente. Súbito engolidos por uma nuvem asmática como o respirar quente de um gato que cheira a remédios que o cura das feridas ganhas ao andar flutuando ao sabor da vida, de telhado em telhado, todas as noites de lua vazia como a mente de quem não dorme. Apenas sonha. Sonha ouvir a música que passa encantando e deixando em seu rastro caminhos traçados na folha de papel em branco que se rende à minha vontade e ao cinzel afiado do lápis. Não pensar em nada como o peixe que nada no aquário. Nada de nada em nada, nada.

Agora a vez de FIM,

FIM

Só e sem ninguém pela noite sem fim. Escrever, escrever, escrever o quê? Raios amarelados da lua semiescondida. Quando a imaginação se foi e a mente parou, não produz mais nada, a não ser o mínimo necessário para a sobrevivência. Vento frio e cortante. Definhar. A alma quer partir. Rumar para o nada total. Como fazer um conto se não se consegue escrever mais que duas ou três frases vazias, sem nexo? No fundo, o céu escuro. Ser adormecido? O que fazer quando se descobre perplexo ante a branca folha de papel em branco, que como um documento, atesta a falta total de inspiração?

Sem rumo, sem futuro. A morte se aproxima. A realidade pura: esgotou-se a fonte de ideias, os pensamentos acabaram. Trevas. Eu, ninguém a mais na multidão... É o fim.

Viu? Consegui acrescentar um pouco mais de "vida" aos corpos dos textos anteriores. Que tal, um surreal e outro negro? Permiti me soltar, mas ainda assim acho que não consegui o suficiente como gostaria para voos mais altos. Com o tempo e exercícios continuado, acredito que estarei apta a escrever pequenas histórias. Você falou, "como diria Kipling...", ele é o autor preferido de meu pai. Ele conhece todo o trabalho de Kipling e o livro que ele ficou encantado, desde a primeira vez que leu, foi "Mowgli". Horst, esse era seu nome. O menino, ao se recolher para dormir, levava uma lanterna para escondido iluminar o livro embaixo do cobertor que o cobria, e assim poder continuar lendo a história, pois seu pai não permitia luzes acesas na casa após as vinte e duas horas e todos tinham que dormir. Pitoresco, não acha? Nossa! Ao ler que você teve um grande amor e que o destino, contra sua vontade, o separou dele, pensei, "será que é a garota do romance? Será que ele se inspirou nesse amor para escrever sua história?".

Sinta-se à vontade para responder ou não, além dessas questões, mais três se fazem presentes:

- Como você viu os poemas de Mariana?

- O que você achou dos meus textos reescritos? Estou super curiosa...

A propósito, você está convidado para a festa de meu aniversário no dia vinte e um do mês que vem.

Abraço,

Solange.

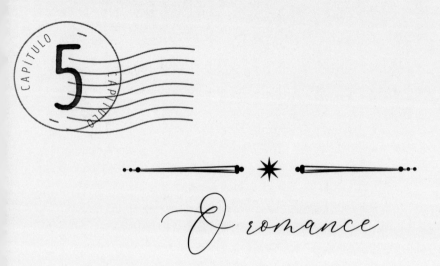

O romance

O outono abre seus braços em seus últimos momentos como que dando boas-vindas aos dias de inverno que se aproximam.

A natureza parece sentir a atmosfera e com nuvens de chuva, escuras e de densa negritude, brinca de esconder o sol dos humanos. O vento sopra levando os pingos de chuva em irreais e fantasmagóricas acrobacias. O frio que acompanha parece penetrar até os ossos.

Ronaldo se prepara para o fim de mais um dia compartilhando seus conhecimentos com os alunos na universidade. Não vê a hora de deixar as gélidas salas de aula e colocar-se confortavelmente em sua poltrona preferida em frente à lareira, que guarda o fogo que, Lucia, sua mulher cedo acendera.

É um prazer que Ronaldo sente em ficar observando a dança que as chamas fazem, alimentadas pelas toras de lenha que queimam em tons de cores que vão do quase branco, passando pelo amarelo e chegando ao vermelho intenso.

Ronaldo, uma história, quando completou três anos de idade, ganhou de presente de sua mãe uma machadinha de verdade, pequena é lógico. Ela o ensinou a manipular a machadinha e a fazer fogo. Era ele quem acendia o fogão a lenha todos os dias pela manhã para que fosse preparado o desjejum. Ronaldo logo ganhou o apelido de "foguista", a exemplo dos ajudantes que alimentavam as caldeiras dos trens a vapor. Ele, como reza a lenda, "faz fogueira até debaixo de chuva".

Seco, aquecido por fora pelo robe de veludo vermelho, por dentro por uns goles de vodka, sua bebida favorita, acomodado em sua poltrona abre o envelope com a carta de Katia Maria e começa a ler. Conforme seus olhos percorrem as linhas, ele vai imaginando como responderá.

Chega às questões e ao se deparar com o questionamento sobre a personagem do *Amor em Escarlate*, uma sensação de pesar toma conta de seu ser. Por que essa carta tinha que chegar em um dia como esse? Ele mentalmente indaga. E com aquele questionamento? O dia não poderia ter terminado como muitos outros semelhantes? Mas, essa carta...

Ronaldo recosta-se mais e deixa seu corpo escorregar para a frente na poltrona e, balançando a cabeça, esboça um sorriso de alegria ou tristeza, não sei dizer. Com velocidade beirando o infinito, imagens e lembranças vêm à sua mente. Lembranças de um tempo há muito passado, ainda que lívidas, se mostram em sentimentos tão vivos como se tivessem acabado de acontecer. Ele continua com a carta na mão, braço caído ao lado da poltrona como que hipnotizado pelo fogo que crepita na lareira.

Voltando do transe que ele sentiu como se durasse a noite inteira, em um tom amargo, fala para si mesmo, "por que isso acontece? Porventura haverá nesse mundão outra pessoa que sinta como eu? Gostaria de, só por um momento, entender o que se passa em mim. O que esse passado tem que, por mais que tente, não consigo deixá-lo em seu lugar? Estou sempre tentando, mas como um espectro ele está presente sem se abalar com meus esforços que se tornam tão inócuos quanto as vãs elucubrações urdidas em minha imaginação para que os acontecimentos daquela época fiquem em seu lugar de direito. Ainda pergunto, por que tive que vivenciar aquelas experiências? Não encontro a resposta e ninguém nunca, acredito, conseguirá me responder. Continuo levando minha vida, como um fardo, sem nobreza, entre brumas passadas, atuais e, se pensar um pouco mais, futuras... até quando? Até quando minha alma estará agrilhoada... até quando?".

As semanas passam e Ronaldo segue com aquela pergunta de Katia Maria perseguindo-o e não deixando que seus pensamentos tomem outras direções em seu cérebro, nem o deixa pensar em outros assuntos.

Pensando em como responder aquela questão da carta, ele toma uma decisão que em seu entender, provavelmente, vai ajudá-lo a colocar seu momento passado em seu devido lugar e o espectro que o persegue vai poder descansar em paz.

Seu pensamento, a princípio prático, logo se revelou e em seu pensar todas as respostas eram simplórias demais. Ele comentou com seus botões, "o que vai adiantar explicar minha história que em livro canta as esquisitices de um sentimento que não acaba mais e provavelmente vai viver para além do tempo? Provavelmente ela vai pensar, no mínimo, que seu autor tem uma imaginação ímpar e que é um bom romancista ou que tem miolo mole. Quem acreditaria que o que escrevi aconteceu em um tempo que se distancia cada vez mais e que continua ligado e acontecendo nesse tempo em que vivemos? Quer saber? Vou escrever, para Solange contando como minha história de Romeu sem Julieta, aquela que fez morada eterna em meu coração, se tornou um romance". Ronaldo se sente perdido em ideias procurando a melhor forma de escrever sua história. Os dias passam e as ideias surgem e se vão como folhas secas das árvores levadas pelo vento.

Nesse interim chega outra carta de Solange, contando do encontro casual que ela e Mariana tiveram com o dono de uma livraria que tinha sido seu colega na escola.

Ronaldo,

Estou lhe escrevendo, tão seguido, porque hoje aconteceu um fato digno de nota. Estava com minha neta passeando pela cidade quando entramos em uma livraria. Não olhávamos por nenhum livro em especial, apenas nos divertíamos vendo os títulos e as capas das edições. Em dado momento, fomos abordadas por um simpático senhor perguntando se estávamos procurando algum livro em especial. Dissemos que não nesse momento, mas que gostávamos muito de ler, desde romances até ficção. Começamos a conversar sobre literatura e eu comecei a falar sobre as aulas de literatura que estou tendo com você. O senhor, então, se apresentou dizendo que seu nome era Simão e que era dono da livraria. Muito gentilmente nos convidou para tomarmos um café no bistrô que havia dentro da livraria. Fomos, nos sentamos ao redor de uma mesa e o senhor começou a falar, "eu fui colega de classe do Ronaldo, quando estávamos no colegial".

"Colegial?". Perguntou Mariana. E o sr. respondeu "Sim", Simão e eu respondemos quase ao mesmo tempo, "o que hoje é o segundo grau, no nosso tempo era chamado de colegial, o que atualmente é o ensino básico era chamado primário e o primeiro grau era o ginásio". "Quer dizer que tudo é a mesma coisa, só mudou o nome?". Indagou Mariana. Rimos... Simão nos falou um pouco de você, que era muito competente nos estudos e sempre foi perfeccionista em tudo que se dedicava. Que, pelo que conhecia de seu trabalho atual, acreditava que você se tornara um mestre por excelência.
Ele pediu-nos que lhe transmitíssemos um abraço.

É isso meu amigo,

Solange.

Lendo as palavras de Katia Maria, Ronaldo pensa em como contar o processo que deu vida ao romance. Ele pensa que não pode ser algo muito longo. E começa: "senti uma forte ponta de nostalgia tocando seu sentir, algo parecido como se tivesse sido acertado por uma lança com sua ponta afiada e brilhante vinda do passado. O golpe abriu a projeção de uma película do meu momento vivido. Decidido que estava a escrever um romance contando minha epopeia amorosa, em minha tela mental surgiram seres do aquém-tempo trazendo imagens e sons da época passada e tão presente. Fazer uma aventura platônica vir a luz, quão serena a mente deve estar para se escrever uma história romanesca sem que ela pareça um ajuntamento de tolices? A viva sensação do caminho veio quando eu, cansado de pensar em como solucionar o enigma que eu mesmo me propusera, para relaxar, fui ao cinema com Lucia, minha esposa, assistir a animação francesa "O Planeta Selvagem", de René Latoux. No meio da projeção, uma trovoada ribombou em meu cérebro, depois um relâmpago e a luz foi feita: a forma de como escrever a narrativa tomou todo o meu intelecto, passar ao largo de academicismos. Imaginação, fantasia e arte, SIM! Porém sem deixar a verdade vívida em meu coração ser apenas uma obra artística. O espírito do amor real e perfeito seria o imperador. Então, prazeroso e sorrindo para mim mesmo por ter encontrado uma solução para a escrita de minha história, me preparei ligando o computador, esquentando os dedos e mentalizando o fio que ligaria todos os acontecimentos que tiveram início há quase cinquenta anos e que continuaram através do tempo, até o momento presente".

Ah! Memória! O tempo passou, mas Ronaldo se lembra daquele dia como se fosse ontem. No momento em que, tendo formulado os conceitos para a escrita de sua história e encontrado a forma e a linguagem, ainda pensava em como iniciar o romance. Espelhado na tela do computador, ele se vê espreguiçando, levantando os braços para o alto e girando o corpo, ora para um lado, ora para o outro. Depois de longo suspiro, missão cumprida. Tinha escrito para Katia Maria respondendo à sua curiosidade. Não completamente, mas isso ficaria para outro dia... No peito a mesma sensação que tivera quando escreveu seu primeiro texto profissional. A escrivaninha, representante do típico desenho de móveis dos anos mil novecentos e sessenta, ainda é a mesma. Ele pega uma garrafa de vodka, o copo especial e se serve, toma a bebida como se fosse um cossaco, em um gole só. Na gaveta da escrivaninha, ainda estão guardadas algumas folhas de papel com anotações que fez para nortear o romance e uma caderneta onde rascunhou o esqueleto da história que iria escrever. Eram preciosas lembranças. Destas folhas rabiscadas surgiu a saga de um grande amor. Do grande amor de sua vida. E assim foi.

Ao mesmo tempo em que Ronaldo escrevia as primeiras linhas de seu romance, Katia Maria e Mariana, criança, então conversavam sentadas nas areias da praia ao entardecer.

— Você é muito espoleta menina. — Falou Katia Maria.

A menina olhou para a avó com uma interrogação no olhar. A avó em tom de alegre desaprovação:

— O que me diz de sua última façanha? Você não tinha nada melhor para fazer na escola do que por chiclete na carteira de seu colega para ele sentar em cima?

— Ora vó, era só uma brincadeira, foi na hora do recreio, entramos, Brianda e eu na classe ao lado da nossa e quando estávamos pondo o chiclete espichado na cadeira, a inspetora, dona Neusa, apareceu, e o resto a senhora já sabe...

— Lhe pergunto, não acha que a brincadeira que vocês duas estavam a fazer com seu companheiro de escola não tem nada de engraçado? Não pensaram no ridículo que iam passar diante dos colegas, se o menino tivesse sentado e ficasse com o chiclete grudado na calça, e os pais dele fossem reclamar?

Brejeira, Mariana responde:

— Mas ia ser divertido, já pensou vó, ele levantando e a cadeira indo junto? Ah! A senhora nunca aprontou na escola?

E Katia Maria diz:

— Vamos, menina, já é hora de irmos.

Retrucando Mariana não deixa a vó mudar de assunto:

— Pode falar, vó, não conto para ninguém, juro!

Katia Maria não resiste e começa:

— Eu tinha mais ou menos a sua idade. Tinha um menino muito metido cujo passatempo favorito era ficar mexendo com as meninas de um modo muito desagradável. Era insuportável. Na minha classe havia uma menina, Margareth, muito bonitinha e muito brava, ninguém podia falar nada diferente para ela que ela logo saía batendo. Então, duas amigas e eu elaboramos um plano para nos divertirmos à custa do menino. Convencemos ele que ela gostava dele, e que ela só estava esperando ele a pedir em namoro.

Ele, a princípio, desconfiou e não acreditava no que falávamos, mas diante de nossas afirmativas feitas de modo tão sincero, ele acabou acreditando. Um dia, ele chegou na escola de uniforme impecável, brilhantina no cabelo, todo perfumado... nós três cochichamos entre nós, "é hoje". No recreio, não perdemos ele de vista, mas ele não encontrou a Margeth. Na saída, também nada aconteceu. Ficamos desoladas, mas não há nada que o tempo não dê jeito, dois ou três dias depois lá estava o menino impecável de novo. Desta vez deu certo, Margareth estava sentada em um banco no pátio tomando seu lanche e conversando com sua amiga inseparável quando o garoto todo pimpão se aproximou delas e, sentando-se ao lado de seu amor, a pediu em namoro. Ela não pensou duas vezes, pegou o sanduíche e enfiou no rosto dele. Ele, com o rosto todo sujo de maionese levantou-se e de cabeça baixa, com cara de choro saiu andando apenas colocando um pé diante do outro.

— Puxa, vó! Coitado do menino... que maldade. As três não ficaram com remorso depois do que aconteceu? E, colocar um chiclete para alguém sentar em cima é uma grande travessura... e, o menino não veio tomar satisfações com vocês?

— Verdade, o remorso veio, fraquinho, mas valeu, rimos muito. O menino passava por nós e não nos dirigia o olhar. Simplesmente não existíamos mais para ele.

Que olhar de observador minucioso poderia conceber que tempos depois estariam novamente avó e neta nas mesmas areias, sob o mesmo sol que se põe, conversando não sobre estripulias escolares, mas a respeito de uma ação espontânea típica da perspicácia juvenil de Mariana. Conversando com o senhor Simão na ocasião que estavam na livraria, a menina quis saber sobre a vida sentimental de Ronaldo, adolescente. "A pergunta para o senhor Simão foi uma falta de educação", falou Katia Maria. "E poderíamos ser interpretadas por outra ótica pelo senhor Simão. O que ele poderia pensar? Por que nosso interesse? Nos veria como duas bisbilhoteiras que não tem nada para fazer a não ser se ocupar da vida dos outros?".

Mariana ria e falava para a avó:

— Não seja tão dramática, minha fofa. Só porque perguntei como era Ronaldo, se era muito namorador... A senhora notou uma coisa? Uma vez há muito tempo quando eu era uma menina, estávamos aqui neste mesmo lugar falando de travessuras na escola? Agora, voltando, não vi nada no senhor Simão que parecesse que ele estivesse incomodado com o que perguntei. Vó, pode dizer a verdade, não gostou do que o senhor Simão contou?

— Se disser que não gostei estaria mentindo. Penso que os fatos que o senhor Simão nos contou são tintas com cores que poderemos acrescentar à nossa palheta para dar maior colorido à imagem que nos fará entender o que levou Ronaldo a me ter como uma paixão tão ardentemente desperta. Lembra-se do que falou o senhor Simão?

— Ele era, — contou Simão — muito reservado quanto a sua vida em geral e especialmente a amorosa. Quando começávamos a contar e comentar entre nós sobre nossas namoradas ou sobre nossas aventuras pelas casas da luz vermelha nas beiras do cais do porto, ele sempre ficava apenas ouvindo. Ele dificilmente estava conosco quando íamos encontrar com as "primas", e quando perguntávamos a ele a respeito, ele simplesmente falava que esses assuntos eram particulares dele e que não achava de bom tom ficar comentando suas intimidades. Ele tinha uma namoradinha, Flavia. Ela morreu em um acidente de automóvel, fato que o abalou muito. Ele se recolheu ainda mais. Raras vezes ele se encontrava com os amigos e quando o fazia, era mais calado do que de costume. Em uma das últimas vezes que ele esteve presente em uma festa que nossa turma organizara, ele, notadamente abalado ainda pela morte de Flavia, falou que queria mudar de cidade, para um lugar bem longe, pois onde morávamos, tudo contribuía para manter a imagem de Flavia viva e que emocionalmente estava difícil viver daquela forma. Isso aconteceu no meio do ano. No fim daquele ano fizemos o exame vestibular. Da nossa turma, apenas um amigo não passou. Ronaldo passou e não apareceu quando comemoramos nossa entrada na faculdade. Ficamos preocupados e alguns dias depois fomos até a casa dele procurá-lo. Ficamos sabendo, então, que a família tinha mudado para uma cidade em outro estado. Ronaldo não deixou nem um bilhete, nada. Foi uma surpresa, ficamos chateados por essa atitude dele. Ronaldo nunca comentara a respeito dessa possibilidade. Não deixou o endereço para onde ia, nem uma palavra, simplesmente foi. Mesmo assim, acreditávamos que ele nos daria ciência de seu paradeiro. Com o tempo, as tão esperadas notícias não vieram e nós fomos nos esquecendo dele. Só fiquei sabendo de onde ele foi parar quando recebi seus livros aqui na livraria. Era um bom colega, sempre pronto a ajudar, embora meio esquisito e reticente.

E assim, levando a xícara à boca, Simão toma o último gole de chá e se despediu das duas.

O tempo marcha para o futuro.

Desde que Ronaldo escrevera respondendo ao pedido de Katia Maria a respeito da personagem de seu livro, ele se sentia como envolvido pelas brumas do passado.

Com os últimos textos de Katia Maria e Mariana nas mãos, Ronaldo escreve:

Amiga Solange.

Eis-me aqui mais uma vez comentando a respeito de suas respostas e textos. A fábula surreal e a história negra, como você chamou, reescritas a partir de pequenos textos escritos anteriormente, mostra que você tem condições de ir longe na senda das letras. A releitura ampliada deles traz uma maior possibilidade de excitar a imaginação e transportar o leitor para um universo, que se pode chamar supra real. Isso é muito bom, pois quanto mais você dirigir o leitor para explorar sua própria imaginação, mais atraente e cativante o romance ou poema se torna. Essa é a diferença entre um escritor e um simples escrevinhador. Continue praticando. Leia muito os bons autores. Quanto aos poemas de Mariana, são a própria essência da juventude, respeito com o planeta e a natureza, amores com amor e amores com pesar. Ela embora nova já demonstra os traços de um estilo. Acredito que com o tempo e experiência ela pode vir a se tornar criadora de uma obra onde poderemos vislumbrar a vida em cores nas suas mais variadas nuances. Você me pergunta a respeito da garota protagonista do *Amor em Escarlate*. Acredito que nossa amizade permite que eu lhe confidencie a realidade que se encontra velada no romance. Minha história, ... tudo começou no século passado, no ano de mil novecentos e sessenta e nove. Eu tinha, então, dezessete anos e estava no segundo ano do colegial, já me preparando para o vestibular. Foi uma época da exaltação plena da efervescência da contracultura. Movimento pela libertação dos costumes embolorados e rançosos, mas ainda consagrados, cujas origens estavam enraizadas na época anterior à Segunda Grande Guerra Mundial e que foi elevada à categoria de verdade absoluta durante o conflito. O país visto como o grande salvador do mundo ocidental por ter "vencido" a grande guerra, logo impôs seu pensamento opressor pelo mundo afora, de que a cultura cultivada em suas plagas era a grande panaceia universal. Seu *modus vivendi* passou a ser visto como o exemplo a ser seguido, sem reservas. Aos mais velhos, toda a razão quanto à vida. Obedecê-los cegamente, sem contestar, acreditar neles e se conformar e aceitar, simplesmente. Esse era o fundamento de toda diretriz de comportamento para as crianças e jovens. O vestir, obrigatoriamente, seguia o protocolo ditado pelos limites do social. O comportamento aceito era o que se dizia, bom menino ou boa menina. Estudar tinha a orientação dos pais e não podia ser contestado, aos jovens não era facultado o desejo de seguir uma profissão diferente da do pai. A música, filmes, dança, tudo que dizia relação aos jovens era policiado de muito perto pelos mais velhos. Ter a mesma religião dos pais, frequentar a igreja, era a obrigação bem vista. Os jovens não podiam pensar, ter desejos outros, ou viver uma vida diferente de seus pais e ancestrais. Peço que não pense que estou querendo dar uma aula de história ou me colocar como papa dos acontecimentos. Longe disso. Você também viveu essa época, o que estou fazendo é apenas relembrar o que vivemos. Continuando, a partir desse contesto, surge nos anos mil novecentos e cinquenta uma geração de jovens intelectuais que valorizavam a simplicidade, o amor, a natureza e a liberdade. Era contestado a cultura dominante, social, artística e filosófica. Baseado nesses princípios, emerge no mundo o movimento hippie no final dos anos mil novecentos e sessenta. Os lemas *"paz e amor", "faça amor, não faça guerra"* eram inspirados pelas guerras, em todas as épocas. As vestimentas eram avessas aos ditames impostos. Calças boca de sino, sandálias, roupas multicoloridas e rasgadas. Cabelos compridos eram característicos. Cair na estrada sem rumo, uso de drogas, amor livre, rock n'roll e obras artísticas com forma e linguagem coloquiais, pop arte, eram caminhos que levavam à busca da aproximação máxima entre o indivíduo e a própria experiência vivida. E assim a vida acontecia naqueles idos. Penso que sua experiência vivida na juventude foi diferente da minha, justamente por eu ser um garoto e você uma garota. Eu era caseiro, não tinha muitos amigos pois não curtia muito as coisas que os garotos de minha idade gostavam: futebol, malhar, olhar para as meninas unicamente pela ótica do sexo etc etc. Eu preferia passar o tempo lendo ficção científica, você conhece Arthur Clarck, Isaac Asimov, Ray Bradbury? Eles estão entre meus preferidos. Gostava e continuo gostando de montar modelos de aviões e carros. Nunca consegui ir à praia e ficar como uma lagartixa ao sol, preferia andar com a água pelo meio das canelas e de quando em quando dar um mergulho. Hoje ainda curto o rock daquela época e o atual, como se tivesse a mesma idade de então... tinha uma namorada, Flavia e, como todos os jovens amantes apaixonados, entre as juras de amor, pensávamos nosso futuro sempre emoldurado por um grande arco-íris. Mas, não podíamos sequer imaginar que não chegaríamos juntos a esse futuro, Flavia tinha tios que moravam em uma cidade perto da nossa e haveria uma festa para comemorar as bodas de prata deles. Flavia e os pais pousaram na casa de seus tios e no dia seguinte após o almoço pegaram o caminho de volta, mas o destino intercedeu e um caminhão desgovernado abalroou o carro em que a família estava viajando. Sem poder controlar o veículo, bateram em outro carro que vinha em sentido contrário. Foi um acidente grave, o carro ficou destroçado, os bombeiros tiveram que usar grandes tesouras para cortar a lataria e resgatar os três. Flavia não resistiu aos ferimentos e veio a falecer poucos dias depois. Ela não despertou do coma. Eu fiquei a seu lado até o derradeiro momento. Eram vinte e três horas e cinquenta minutos quando ela fez a passagem. Chorei muito pedindo a todos os anjos que ela estivesse em um lugar iluminado e aconchegante e que ela sentisse toda a energia do amor que sempre dediquei a ela. Era para eu ter ido junto às bodas, mas dias antes contraí caxumba e tive que ficar. Como eu gostaria de ter ido, assim, quem sabe teria morrido também e não teria passado por tudo que passei. Me revoltei contra Deus. Fui até uma igreja e questionei, "Deus, se é tão bom como o apregoado, por que permitiu que uma menina como a Flavia, boa, carinhosa, alegre, de coração puro, tivesse a vida ceifada na flor da idade? Por que me faz continuar a viver nessa morte?". Então, terminei meu desabafo dizendo, "não acredito mais em um ser superior que tenha uma atitude como a que teve com a garota que morava em meu coração. Você, sim você, porque você não merece que eu o chame de "Senhor". A partir desse momento se você precisar de um bom pensamento meu como balsamo para algo que o acomete ou mesmo para salvar sua vida, não o terá. Não acredito mais em você e daqui para a frente não mais escreverei seu nome com letra maiúscula inicial". Levantei-me de onde estava sentado e saí, nunca mais entrei em uma igreja ou fiz qualquer tipo de prece. Ter sido vítima de tão trágico acontecer me fez querer deixar de viver. Tudo perdeu o sentido e uma nuvem negra pairou sobre minha pessoa. Não lia mais, a poeira fazia castelos nos modelos, o mar e o sol não mais tiveram minha companhia. Prescindia dos poucos amigos. Simplesmente a vida para mim se tornou insípida. Hoje, quando recordo esse acontecimento, a imagem de Flavia se mostra tão viva como no dia em que a conheci. Eu estava voltando da escola e, ao sentar-me em um banco no ônibus, achei uma carteirinha de estudante, era da Flavia. Olhei para a foto e achei a dona dela bonitinha. Podia ter chamado a menina e lhe entregado a carteirinha naquela hora, mas aonde estaria o romantismo? Deixei passar um ou dois dias e fui até a escola onde ela estudava, esperei no portão pela saída dos alunos e quando ela passou, a abordei. Ela ficou agradecida e disse que gostaria de me oferecer um refrigerante, mas tinha horário para chegar em casa. Eu, então, me ofereci para acompanhá-la sugerindo ao mesmo tempo que poderíamos tomar o refrigerante ou um refresco na casa dela. Ela sorriu, me chamou de abusado, mas aceitou minha proposta. Nossa conversa não durou mais que o tempo suficiente para tomarmos um refresco de graviola. Fui para casa. Os dias passavam normalmente com a velocidade de sempre, repetindo tão monotonamente os acontecimentos que dava sono até nos medicamentos anti-insônia. Certo dia acordei incomodado com algo que não conseguia definir. Aquela sensação me acompanhou o dia inteiro. À noite, pensei que dormindo aquela esquisitice passaria, mas os dias e noites se alternavam e o desconforto não diminuía e não ia embora, só aumentava e se tornava mais e mais presente. Cansado de estar nessa situação, tomei a derradeira decisão, peguei uma garrafa de bebida no armário do meu pai, sentei-me à mesa na cozinha e comecei a beber. Meio alto já, me veio uma vontade incontrolável de escrever, levantei e meio que trocando as pernas, fui até o balcão, no outro lado da cozinha, peguei o bloco de papel onde minha mãe costumava anotar o que precisava quando ia às compras e o lápis.

Voltei a sentar-me no lugar de onde saíra. Pensava, "sua coisa incomodante, hoje vou afogá-la e me livrar de você de uma vez por todas". Assim, decidido, tomei mais alguns tragos e escrevia tudo o que me vinha na cabeça. Os tragos foram se sucedendo e as palavras eram despejadas e aterrissavam no papel como se fossem pulgas voadoras. Mais um trago, mais um trago... e tudo ficou preto. O escuro que tomara conta de mim durou apenas alguns minutos, pensei. Achando que era melhor eu ir para meu quarto e dormir um pouco, peguei os escritos que tinha feito, enfiei no bolso e saí cambaleando. Morávamos em um sobrado e meu quarto ficava na parte de cima. Subir as escadas foi uma epopeia, me sentia como se estivesse subindo por uma escada rolante que descia. Para mim o dia raiou praticamente na hora do almoço. Aquela dor de cabeça tradicional que acompanha o tipo de aventura que realizei não me permitia sequer abrir os olhos. Naquele dia não saí de casa para nada. No fim da tarde, quase recuperado, procurei pelos escritos feitos nos momentos que me encontrava nos braços de Baco. Os achei em cima de meu criado mudo, onde minha mãe pusera quando os tirou do bolso de minha calça, companheira que dividiu comigo a garrafa de bebida, e a pôs para lavar. Era um amarfanhado de folhas do bloco, as palavras escritas eram praticamente indecifráveis, talvez seria mais fácil decifrar hieróglifos. Bem, ainda meio zonzo, as coloquei sobre minha coxa comecei a alisá-las, procurando por um escrito que pudesse auxiliar na identificação do caminho que a conversa com a garrafa tomara na noite anterior. Aos poucos as folhas foram cedendo à minha massagem e foram me deixando entrever a mensagem que elas carregavam, entre os garranchos e rabiscos sem direção um nome apareceu, Flavia. Sim, Flavia! Seria ela a causa de meu incomodo esse tempo todo? Indaguei a mim mesmo e respondi olhando no espelho, "o que você está sentindo não é incomodo, é amor. Você se apaixonou pela menina". Ora, Flavia, Flavia. Demorei alguns dias para me acostumar à ideia, mas por mais que eu fizesse e acontecesse, a figura dela estava sempre presente. Chegou um momento em que me rendi ao sentimento que se apossara de mim e fui encontrar Flavia na saída da escola. Como já havia acontecido antes, acompanhei-a até sua casa onde, ao chegarmos, ela me ofereceu um copo de suco. Sentados à mesa da cozinha, conversamos tão animadamente que nem percebemos o tempo passar e o suco nos copos praticamente intocados. Era chegada a hora da despedida, no portão, ao darmos as mãos, olhei em seus olhos e perguntei, "quer namorar comigo?". Ela com a surpresa estampada no rosto respondeu, "não sei, preciso pensar". Ao que eu repliquei, "enquanto você pensa, perdemos tempo de estarmos juntos..."; ela parou por um breve momento, em sua cabeça quase se podia ver os pensamentos indo e vindo e, devolvendo o olhar para meus olhos, disse que aceitaria. Há apenas um detalhe, ela falou, "você tem que pedir permissão para meu pai". Lembro do pai dela chegando quando estávamos nos despedindo, me cumprimentou com um cordial e seco sorriso, se é que se pode dizer que existe. Arrepiei. Pedi para marcarmos um outro dia e eu iria conversar com o pai dela. Ela, delicadamente pegando em minha mão disse, "vamos lá agora". Não sei dizer se eram minhas pernas que tremiam ou se estava acontecendo um terremoto apenas sob meus pés. Entramos na sala e Flavia, dirigindo-se ao pai que estava sentado no sofá, ao lado de sua mãe, disse, "pai, o Ronaldo quer falar com o senhor". Senti todo o calor do mundo no meu rosto e tomando coragem falei, "eu estou apaixonado pela sua filha e gostaria de pedir ao senhor permissão para namorar com ela". Ele, então, perguntou se ela aceitava. Flavia disse que sim. Ele levantou-se do sofá e sorrindo piscou para a esposa que já se levantara para buscar uma jarra de suco de caju e copos para comemorarmos o acontecimento. E foi assim que começamos a namorar, um namoro cujo amor foi tomando conta de nós e crescendo, sempre mais e mais, nos fazia sentir como personagens de um conto de fadas. Que não teve o final feliz, "para sempre e sempre". Cara amiga, creio que me alonguei demais em escrever contando esse capítulo de minha vida, peço que me perdoe, a nostalgia bateu em meu coração.

Um grande abraço para você, Humberto e Mariana.

Ronaldo.

PS – gostei muito do título de seu conto – **NADA DE NADA EM NADA, NADA** => coisa alguma em uma existência do não ser, nada (verbo nadar). Com apenas uma palavra e sua fonética você conseguiu criar uma mensagem que intriga.

Katia Maria não pode deixar de sentir um desconforto no peito e um aperto no coração ao ler a carta de Ronaldo. Mesmo acostumada a assistir filmes de amor, onde a história invariavelmente começa em um clima cor de rosa e segue por um caminho que termina em uma tragédia inominável, ela se sentiu pequena ao ter contato com a realidade em suas mãos. Era diferente, era vida real, palpável. O escrito que tinha consigo era o relato de pesar de um homem que tivera sua juventude marcada por uma experiência que calou fundo seu peito e sua memória. Não era história, nem um romance que se pode comprar na banca de jornais em qualquer esquina, mas o relato vivo de uma verdade acontecida.

Humberto chegou da firma, trocou-se, colocou uma bermuda, ficando sem camisa e descalço. O calor estava abrasante. Na cozinha, serviu-se de um copo de limonada e foi ao encontro de Katia Maria recostada em uma espreguiçadeira sob um grande guarda sol no gramado do jardim atrás da casa. Ele chega perto dela e, ao inclinar-se para beijá-la, nota que seu semblante está sombrio, o que o faz logo o perguntar o que acontecera. Ela conta que recebeu uma carta de Ronaldo e que ele começara a contar sobre sua vida, desde adolescente, como ela esperava que acontecesse, mas jamais poderia imaginar como se iniciou o desenrolar da história que tem ela como principal personagem. Humberto ficou imaginando o que poderia estar escrito que tocara daquela forma a sensibilidade de Katia Maria e, preocupado, pediu a ela que contasse o que tinha lido, mas Katia Maria pediu que ele não ficasse criando minhocas no sótão e que mais tarde leria a carta para ele e os outros que acompanhavam sua aventura Ronaldesca. Mariana estava na praia com amigos.

Após o jantar, neste dia, Katia Maria com a carta nas mãos se dirigiu para a sala de estar. Os outros a acompanhavam de perto. Ela não quis comentar nada de antemão. Depois que todos estavam acomodados, começou a ler o que Ronaldo tinha escrito. Enquanto ela percorria o caminho de letras traçado por Ronaldo, Mariana sentia, não pena, mas um certo carinho por alguém que foi protagonista de tais momentos, já Humberto apenas escutava e em seu silêncio, apenas pensava na vida que Ronaldo estivera vivendo até os dias atuais. Ao terminar a leitura, Katia Maria, com a voz embargada, pergunta o que cada um achou de Ronaldo por ter confiado nela a ponto de contar sua experiência de vida com detalhes minuciosos, detalhes esses que não se encontram revelados em seu romance.

Humberto, como quase sempre acontece, coçando a cabeça foi o primeiro a falar:

— Penso que esse homem está, não diria apaixonado, mas cativado por você. Fazer as pessoas se sentirem acolhidas é uma característica sua, com seu modo de falar, seu sorriso, sua amabilidade. Você possui uma energia peculiar só sua. Pode-se praticamente tocá-la com os dedos. Acredito que, ele vindo de um relacionamento que terminou de forma trágica, quando a viu pela primeira vez sob o sol, sentiu sua energia. Energia que exaltada pela luz e pelo calor do sol foi sentida por ele como um sopro de vida. Acho que esse seu jeito, Katia Maria, fez ele, agora, se sentir à vontade para compartilhar algo que, possivelmente o tem perseguido como um prazer e ao mesmo tempo como um tormento, o amor por você.

— Prazer? Ora Humberto, que coisa está falando? Ter prazer em um amor platônico? Quer dizer que o universo conspirou para nos juntar dessa forma? Ora, essa sua ideia só pode ser uma brincadeira...

— Esse amor platônico que ele tem por você deve estar sendo, depois de todo esse tempo, para ele um desconforto enorme e o que ele está procurando é terminar com ele. Pensou que desta forma, escrevendo, conseguiria o intento de se livrar de uma vez por todas desta companhia que só o faz querer viver sua lembrança sempre mais e mais, porém, depois do prazer que sente por você estar presente, deve provavelmente entrar em um estado depressivo por ter que encarar a realidade sem você, Dona Katia Maria. O desejo de enviá-la do momento presente para o passado a que pertence, encontra resistência nas lembranças e no sentimento de um amor não vivido. São mais fortes que o seu querer e ele segue preso a eles.

— Puxa vô, — fala Mariana — parece que estou escutando a psicóloga amiga da mamãe, Marcia Camila, falando. Caramba, que jeito mais insensível de falar. Coitado do Ronaldo, já pensou em que universo ele vive? Tente, só por um minuto se colocar no lugar dele. Imagine a luta interna que há nele, viver um amor platônico por uma mulher que ele nem sabe por onde anda, o que aconteceu com ela, se está viva ou morta. E ter uma vidinha simples, com esposa, filhos, cachorro, trabalhar... sem poder falar sobre seu real sentir com ninguém. Quem sabe se ele não escreveu aquele romance como um grito de socorro, uma última tentativa de conseguir se agarrar ao bote salva vidas de sua vida presente? Penso que ao colocar os desenhos no livro e não apenas descrevê-los foi intencional. Ele deve ter pensado que se por um acaso fortuito a vó visse os desenhos, os reconheceria e com a peculiar curiosidade humana, compraria o livro para ler e saber quem enviara as cartas há mais de cinquenta anos. E também ficar sabendo que o amor que lhe era dedicado continuava tão vivo como no dia em que ele a viu no pátio do colégio.

— Vocês ficam aí falando e deduzindo coisas como se estivessem em um congresso de psicologia, só falaram de Ronaldo até agora e eu? — Questiona Katia Maria. — Vocês não me deram espaço, não pararam de falar nem um minuto. Agora sou eu que vou falar, por favor, escutem. Estamos aqui conjecturando sobre um acontecimento do qual só temos conhecimento por meio de um romance que sabemos ser real apenas pelos desenhos e meu nome. Quem pode assegurar que a história é verdadeira, ou se Ronaldo não se aproveitou dos sentimentos de algum colega que realmente foi apaixonado por mim? Quem pode dizer, até que ponto essa história romanesca é real? Um amigo apaixonado entregaria para ele, em uma badeja de prata, meu nome, o endereço de onde eu morava e tudo mais que Ronaldo precisava para poder usar como base para criar seu romance. O que acham?

— Nossa! Nunca pensei desta maneira. — Apartou Mariana.

— Nem eu. — Emendou Humberto.

— Realmente, — fala Carlos abraçando a ideia da mãe e complementa — se a mãe tiver razão, estamos todos fazendo papel de tolos, procurando fantasmas que não existem...

— Estão vendo? Estão se deixando levar por um possível conto da Carochinha. Vou confessar a vocês, até bem pouco tempo acreditei piamente no que Ronaldo escreveu, mas quando vi uma entrevista dada por um escritor famoso, algumas respostas dele me fizeram pensar. Ao ser perguntado por uma pessoa na plateia como se dava seu processo de criação de um romance, ele respondeu, "primeiro penso em uma situação melodramática, depois procuro na minha memória eventos que se encaixem na história, e por fim, vou alinhavando-os e assim surge o romance". Outro, então, perguntou-lhe se os eventos evocados eram vivências pessoais ou poderiam ser também acontecimentos vividos por outras pessoas, amigos e conhecidos? O que ele respondeu me colocou a pulga atrás da orelha, "ao escrever um romance, penso que não é comum inventar todas as situações, então, eu particularmente, faço uso de experiências que vivi ou gostaria de viver, e utilizo também experiências de vida de amigos e conhecidos, é lógico que apenas como ideias para situações mais complexas"... Então, o que me dizem, Ronaldo usou desse expediente para escrever seu romance?

Rose coloca seu ponto de vista:

— Certamente, mas não se pode passar os limites das simples palavras, o que elas representam soam diferente para cada uma das pessoas. Estamos nos apegando com unhas e dentes aos desenhos, eles estão a atrair e a subjugar nossa inteligência.

— E o que pretende fazer a esse respeito Katia Maria? — Pergunta Humberto.

— Penso que o melhor a fazer é não descartar de imediato a possibilidade das cartas serem o retrato do que realmente vem acontecendo há pelo menos cinquenta anos...

— Também penso assim. — Fala Mariana. — Se tudo não passar de um engodo, corta-se a relação, se não, vamos ver até aonde a história vai. Simples.

— Já pensei no que farei; vou continuar com a correspondência e nas cartas que escreverei, comentarei a respeito de detalhes corriqueiros que só eu sei, e dependendo das respostas, saberei se o que ele escreve é verdade ou se é só mais um romance, uma ficção.

— Está certo, quem sabe ele não pode ser mais um maluco vivendo uma alucinação. — Completa Mariana rindo.

— Tome cuidado com o que vai fazer, não vá fazer Ronaldo reviver dores que ele não consegue curar e muito menos suportar — adverte Humberto. — Não precisamos de um doido batendo à nossa porta...

Agora é a vez de Katia Maria ficar pensando em quais palavras usar para escrever para Ronaldo sem parecer agressiva, curiosa ou acolhedora demais. Os dias vão passando e ela em suas reflexões vai vislumbrando mil e uma formas de colocar no papel seus anseios. Como sempre acontece, a lâmpada das ideias acende quando menos se espera e nos mais insólitos lugares. Tarde de sol, temperatura agradável, mar calmo. Katia Maria aproveita o momento nesse clima paradisíaco para entrar no mar e nadar. As braçadas se sucedem, a água salgada, nem fria nem quente, simplesmente massageia seu corpo com a agradável suavidade de sonho. Ela não pensa em nada, de repente quando, como em um passe de mágica, presto, a carta para Ronaldo surge redigida na sua mente. Ela pega sua saída de banho, enrola-se e atravessando a avenida vai para casa. Após um banho, arruma-se e vai até a varanda de seu quarto que dá vista para o mar, chama Sonia e pede que ela lhe traga uma jarra de suco de laranja. Enquanto a governanta providencia o pedido de Katia Maria, ela arruma o bloco de papel de cartas sobre a pequena mesa, tira a tampa da caneta e se prepara para escrever respondendo a Ronaldo. A jarra de suco de laranja e um copo estão, também, já sobre a mesa. Katia Maria toma um ou dois goles, coloca o copo de lado e começa a escrever.

Caro amigo.

É sempre um prazer receber uma carta sua, porém essa última deixou minha sensibilidade tocada. Desculpe se pulo seus comentários a respeito das lições de literatura que Mariana e eu fazemos sob sua orientação e entro, assim, meio que direto no romance que escreveu. Como sempre faço, deixei que Humberto, Mariana, meu filho Carlos e sua esposa Rose lessem a carta onde conta parte de sua biografia. Humberto disse que achou triste o que lhe aconteceu e que não pode imaginar-se em seu lugar. Que deve ter sido muito doloroso, realmente, ter passado por uma experiência como a que você passou quando da morte de sua namorada. Ele terminou seu comentário dizendo que parece uma sina que persegue os artistas, ter que sofrer ou ter uma vida sofrida para criar obras primas. Mariana, é muito sensível e ao ler sua história se emocionou tanto que as lágrimas vieram aos seus olhos. Vou deixar em suas mãos o que ela lhe escreveu. Quanto a mim, fiquei atônita com sua experiência, jamais pensei conhecer alguém que tivesse passado por tamanha provação. Achava que esse tipo de acontecimento só se dava em filmes, e sempre pensava que os escritores de histórias e os roteiristas tinham uma imaginação ímpar. Quero lhe dizer que sinto pelo seu pesar. Acredito que não há no mundo suplício maior do que carregar a dor de um amor arrebatado de modo tão desumano e perverso. Bem, mudemos de prosa, você está escrevendo um novo romance? Fico curiosa para saber em que aventura vai nos levar, por caminhos do romantismo ou pelas trilhas da poética contemporânea? Sabe, depois de todo esse tempo que você vem me ensinando a escrever, começo a ter ideias. Ideias de escrever sobre meus tempos de escola, do primário, ginásio, colegial, até a faculdade. Esse tempo de escola, principalmente da pré-adolescência, quando cursei os últimos anos do ginásio e de adolescente no colegial, para mim traz muitas lembranças que rememoro com um caloroso prazer. Foi um tempo muito alegre e me diverti muito apesar de meus pais me manterem dentro de limites que acreditavam serem os melhores para minha educação. Na época eu não pensava assim, mas hoje, depois de ter tido meu filho Carlos, e ter passado pela experiência de educar e orientar um filho, vejo que não é fácil e só agora entendo que meus pais tinham razão em criar meu irmão e eu daquela maneira. Escrever contando sobre o relacionamento que nós tínhamos, e especialmente eu, com as amizades, os professores, e os funcionários da escola, além das paqueras e namoricos. Vai ser reviver um tempo que, embora ficou no passado, marcou um momento de meu viver, e quando penso nele as saudades o acompanham e fazem o coração bater mais forte. O que acha? Será que não seria muito infantil? E sua escola, como era? Tinha muitos amigos? Aprontava muito? Ou era tranquilo e o que mais fazia era estudar? Tinha um professor que admirava e um que não gostava, como todo mundo? Que matéria eles ensinavam? Curiosidades.... Estivemos conversando, Humberto e eu, e pensamos que você, quando vier para cá fazer uma palestra ou ministrar um curso, venha nos fazer uma visita, tomar um café conosco. Pensando bem, você poderia vir com sua esposa e seus filhos passar um fim de semana aqui conosco. Em casa temos um bom quarto de hóspedes. Serão bem-vindos e poderemos conversar ao vivo a respeito de nossas vivências. Vai ser um prazer hospedá-los.

Um grande abraço de Humberto, Mariana e meu.

Ficamos aguardando sua resposta,

Solange.

--

Caro amigo, aqui quem lhe escreve é Mariana, como vai? Rapaz, seu relato me levou às lágrimas, fiquei com os olhos mareados ao ler sua história. Fui pega de surpresa. Não me emocionei tanto ao ler o seu livro quanto ao ler sua carta. O romance não traz tão detalhado o momento pelo qual você passou e não dá a exata dimensão da tristeza que se abateu sobre você. No romance tudo se dá como um evento que, embora tenha sua dose de tristeza, leva o leitor a pensar que foi algo que simplesmente aconteceu sem maiores consequências do que um funeral. Tenho quinze anos e não me lembro de ter visto nem em filmes uma história como a que escreveu. Está certo que ainda sou jovem e não vi tantos filmes assim. Minha mãe fala de alguns filmes da época dela, quando adolescente, que tinham a história, mais ou menos, semelhante à sua. Eram, na sua grande maioria, assim, um dos amantes tinha uma doença terminal que escondia do parceiro. O parceiro acabava descobrindo o segredo de forma inusitada, uma pessoa da família falava em um momento de distração ou um resultado de um exame feito em um hospital revelava o que estava acontecendo, e o enredo girava em torno desse tema até o fim quando o personagem com a doença, ao contrário de que todos pensavam e torciam, morria e seu par ficava totalmente desnorteado, passando a beber, a se abandonar, a querer deixar de viver... Você e seu romance estão à altura e não ficam nada a dever a qualquer história, poesia ou enredo pensado e produzido por Baudelaire e Augusto dos Anjos entre outros. E mais, acredito, conhecendo suas biografias, que eles nos oferecem relatos em forma de arte de uma realidade vivida. Porém, alguns pontos em seu romance me deixam intrigada: por que você tratou tão superficialmente, em seu livro, desse momento tão importante em seu viver? Que acontecimentos poderiam ter feito você minimizar o passar por esse sofrimento que foi muito profundo? Teria o tempo amainado a dor, e a cicatriz desse amor em seu coração é apenas uma lembrança pesarosa? Eu sei que você entende minha curiosidade de adolescente, mas há dias venho com essas questões correndo dentro de minha cabeça e não consigo fazê-las parar, nem para descansar. Vendo a carta que minha avó lhe escreveu, vi que ela perguntou a respeito de seus tempos de escola, faço delas minhas também. A propósito, gosto muito de um professor de filosofia, ele já é um senhor de cabelos brancos, vem de terno dar aulas e é completamente maluco. O nome dele é João Carlos Soares, mas nós o chamamos de Seu Juca. Acho que já falei dele em uma outra carta, não lembro. Geralmente, no início de cada aula, ele vem com uma pergunta para nos fazer pensar, mas o que acontece é que rimos muito, quer ver?; uma vez olhando sério para a classe perguntou, "gato que nasce no forno é biscoito?", ou chegando perto de um colega perguntou, "focê cheguei agorra?". Todos olham uns para os outros e com cara de espanto e risos ficamos olhando para ele sem saber o que responder. A partir daí, ele começa a aula. Para se despedir, no fim da aula, ele sempre diz, "estão vendo, o pensamento filosófico é um caminho onde podemos brincar com a realidade e aprender". Aprendo muito com ele. Agora, o professor que eu não gosto é o de química. Ele não merece que eu escreva o nome dele e nem fale algo a respeito dele. Estou curiosa a respeito dos professores que marcaram sua passagem pela escola e se teve algum que influenciou na sua escolha do jornalismo.

Abraço,

Mariana

PS – reitero o convite de meus pais quanto a você, sua esposa e seus filhos virem passar uns dias conosco. Poderemos, nós cinco, conversar na praia a beira-mar e trocarmos histórias.

A visão

Oh! Tédio.

Sair de casa, andar até a estação do trem, pegar o trem, saltar na quinta estação, andar até a Universidade. Ir para minha sala, pegar as pastas das classes, ministrar aulas. Às vezes me parece que estamos brincando de escolinha. São poucos os alunos que tem real interesse nos ensinamentos que os professores compartilham. Oh! Tédio...

Hoje não acordei bem. Acontece toda vez que tenho sonhos com Katia Maria. Sonhos que me fazem passar boa parte do dia indolente, tendo como companhias a tristeza e o não conseguir esquecer uma garota, que por mais que o tempo tenha fluido pelo viver e muita vida tenha passado pelo portal dos acontecimentos que ponteiam nossa caminhada por essa terra, meu coração ainda bate forte por ela, como da primeira vez que a vi.

Mas, antes que o dia chegue ao seu fim e o sol dê lugar à lua e as estrelas, essa sensação de vazio que corta a carne deixará de existir... até o próximo sonhar.

Voltar para casa, oh! Tédio, só que agora é o inverso. Andar da Universidade até a estação do trem etc etc. O que anima é encontrar o Zás-Traz, aquele cachorro danado, que sempre espera por um biscoito quando chego em casa. Anima também a alegria e o calor do abraço de Gabriela e Felipe, meus filhos e do beijo amoroso de minha esposa Lúcia.

O filme chega ao fim, é chegado o momento de se recolher e passar por mais uma noite de sonhos. Como de hábito, Ronaldo antes de tomar banho e ir deitar, dá uma passada de olhos pelo armário da cozinha, pega uns biscoitos e vai ver a correspondência do dia.

Deixe-me ver, contas a pagar; nunca recebi uma carta dizendo que ganhei um dinheiro; propagandas, carta de Solange. Contas para cá, propagandas para o lixo, carta de Solange já para a gaveta. Fique esperando bem quietinha aí que eu vou voltar logo mais à noite para conversaremos.

Lúcia não deixa de notar um sorriso de satisfação enquanto Ronaldo lê a carta. A curiosidade sorrateira faz ela perguntar o que havia de tão especial naquela carta que fazia ele não conseguir manter o ar sério que sempre tem quando lê as cartas de Solange e de sua neta Mariana. Ele mostra, como sempre fez, a carta para a esposa. Ela sempre soube da história fantasmagórica-amorosa de Ronaldo por Katia Maria. Não se abalou com o que seu marido escrevera contando e nem com os comentários de Solange, e os de quem ela compartilhou a carta. Porém, ao chegar nas linhas onde o convite para uma visita saltava a vista, ela também esboçou um sorriso e comentou: "quem sabe nas próximas férias!".

Os filhos, que tinham se deitado há pouco tempo, ao escutarem a palavra "férias" vieram correndo, perguntando, "onde? Onde?".

Primeiro assunto à mesa do café da manhã:

— Pai, demora muito para as férias chegarem?

— Pai, aonde vai ser?

— Vocês não conseguiram pregar o olho esta noite, não? — Pergunta Lúcia, brincando, com um certo ar de ingenuidade, e complementando — Ficaram fazendo planos e mais planos, mesmo sem saber para onde os amigos de seu pai nos convidaram. Estou acertando até agora?

Foi como por lenha na fogueira, de bate pronto, uma voz de oito anos em dueto com uma de dez, pergunta com todo sorriso e brilho no olhar:

— Para onde? Para onde? Vai mãe responde; ô pai fala vai...

— Não podemos falar ainda, eu e seu pai precisamos conversar para decidir se vamos aceitar o convite... — Lúcia não teve tempo nem de terminar o pensamento e lá veio o dueto:

— Não precisa conversar, vai mãe, vai pai, diz que sim, que sim, purfa, purfa...

— Calma, calma, vamos mais devagar. Vou responder aos meus amigos que conversamos, nós quatro, e aceitamos passar uns dias com eles e, adivinhem onde eles moram...

Enquanto os pais disfarçadamente sorriem, o casal de petizes dá asas à imaginação e sugerem os mais díspares locais que se possa conceber.

— Eles moram na... na... na praia! — Fala Lúcia, fazendo um pequeno suspense.

A euforia foi tanta ao saber de que passariam as férias em uma praia que as duas crianças não se contiveram e saíram a dançar pela sala cantando: "Vamos para a praia, vamos para a praia, oba, oba!!!".

À tarde, chegando em casa, ao abrir o portão, a primeira coisa que Ronaldo viu foi as crianças que o esperavam e que saíram correndo para abraçá-lo. Cada uma em uma perna. Antes que Ronaldo pudesse esboçar qualquer reação, a pergunta certeira como uma flecha de Guilherme Tell:

— Já escreveu a carta? Já pôs no correio?

Com a negativa, as crianças, ao invés de esmorecerem, se tornaram mais incisivas:

— Caramba pai, não teve cinco minutinhos para escrever?

Com a insistência das crianças para que a carta fosse escrita ainda naquele dia, Ronaldo responde:

— Está bem, está bem, depois do jantar eu escreverei para meus amigos.

Com essa promessa a calmaria sucedeu à euforia infantil.

Hora do jantar.

Pai e mãe sentados à mesa, chamam os filhos, que em resposta:

— Já estamos indo, só estamos terminando de preparar uma coisa.

Ronaldo e Lúcia trocam olhares tentando adivinhar o que vem por aí e sorriem gesticulando como se dissessem, "o que nos aguarda?". Gabriela e Felipe chegam trazendo um embrulho. Questionados, os dois dizem que é uma surpresa que só vai poder ser revelada depois do jantar. Nunca um jantar foi tão silencioso e rápido na história da família. Antes mesmo de engolir a última garfada, as crianças colocam o embrulho em cima da mesa e dizem que é para o pai.

— Vai pai, abre logo, você não está curioso para ver qual é a surpresa?

Ronaldo para brincar com os filhos faz corpo mole e vai abrindo o papel que embala a surpresa bem devagar. Comenta com a esposa seu dia na Universidade e trivialidades. A filha não se aguenta e nervosa fala:

— Ô pai, deixa que eu abro...

Acelerado o desembrulhar, Ronaldo vê emergir um bloco de papel de cartas e uma caneta.

— Pronto pai, já terminamos de jantar, pode escrever a carta.

— A gente põe no correio amanhã bem cedo. — Segue Felipe.

— Muito bem, então, primeiro vamos ajudar a mamãe a tirar a mesa e colocar a louça na máquina, aí sim, depois de um pequeno descanso escreverei a carta.

Passados nem cinco minutos de descanso, as crianças pulam no colo de Ronaldo:

— Pronto pai, já descansou bastante tempo, vamos.

Ele levanta-se, vai até a mesa da cozinha e, ladeado pelos dois filhos, começa a escrever.

Caros amigos.

Espero que esta carta os encontre bem.

É com prazer que recebemos o convite para passarmos uns dias com vocês. Lúcia e as crianças ficaram exultantes. Precisamos esperar pelas férias escolares, sabem como é ter filhos na escola. Pensamos em passar um fim de semana em sua companhia. Podemos ir combinando, ainda temos tempo antes das férias.

— Pronto gurizada, a carta está escrita, só falta enviá-la e depois acertar qual fim de semana iremos para a praia, agora podem se preparar para dormir.

Com as crianças na cama, Ronaldo vira-se para Lúcia e fala que vai escrever mais um pouco antes de ir se deitar. Lúcia acena com a cabeça como que dizendo, "está bem, lhe vejo amanhã". Ela sabe que quando seu marido começa a escrever, poucas vezes termina antes do nascer do sol.

Bem, Solange, agora que fiz a vontade de Felipe e Gabriela, sinto-me à vontade para responder ao gentil convite para passarmos uns dias em sua companhia e dos seus. Vamos a nossa aula de literatura, você tem escrito com bastante substância e consistência. Vou lhe propor escrever um poema surrealista; um texto minimalista a respeito de um acontecimento que tenha presenciado em seu cotidiano fora de sua casa e uma pequena história de amor, feito? Quanto a Mariana, penso que pelos escritos que tem apresentado, com uma forte alusão ao viver juvenil e do sentimento de revolta que se inicia nesta fase da vida e que é uma manifestação espontânea e natural, poderia escrever algo tendo como foco o homem e a natureza ou o homem e o progresso material *versus* a progresso espiritual. Podem pensar, visualizar e escrever conforme o tempo que se sintam à vontade. Não se preocupem em escrever com urgência. A pressa é inimiga da perfeição, todos sabemos. Assim combinados, passarei, com sua permissão, a contar com mais detalhes a história que apresentei no meu romance, de como os acontecimentos narrados se sucederam e da resultante que eles provocaram neste tempo presente. Como lhe escrevi na carta anterior, aos dezesseis anos eu estava vivendo um amor abençoado pelos Deuses, quando se abateu sobre ele a catástrofe que tirou a vida de Flavia, meu amor angelical, e eu fiquei à deriva por um bom tempo. Tudo que me diziam eram palavras ao vento, tudo o que me era mostrado, em meu sentir, não passava de meros fantasmas desbotados e sem a mínima graça ou apavoramento. Sabe qual era minha realidade? Era como ser um cadáver enterrado em uma cova rasa, envolvido por uma atmosfera de odores de flores mortas. Esse foi o ser em que transformei sem Flavia. Tudo era tristeza e solidão. Perdi a clareza com que via a vida e todos seus encantos, meu andar se fazia pelas sombras. Mas, como popularmente se acredita que o tempo a tudo cura, para mim, era indiferente. Ele podia acelerar ou retardar seu caminhar, que para mim não fazia a menor diferença, assim como se a lua sentisse a falta da noite. Ou não. Um ano, trezentos e sessenta dias, desde que Flavia se fora para o paraíso, se passaram com a rapidez do andar de um caracol. O tempo de se dedicar ao estudo para fazer frente aos exames de vestibular, chegara. Em meu quarto, um móbile pendia do teto com fotos de Flavia. Pouco eu ia ao educandário, Colégio Nóbrega, que era de padres, e quando ia era apenas para me atualizar sobre a matéria que estava sendo dada e pegar apostilas. Pouco me interessava encontrar com os colegas, o que queria era ficar o menor tempo possível no educandário. Preferia estar em casa e entre um estudo e outro, me deixar ficar deitado em minha cama olhando para as fotos de Flavia em evoluções no móbile e sonhando como poderia ter sido minha vida com ela. Coisas de um ser apaixonado que divaga entre sombras de um momento que se foi. Os dias iam passando cinza, como se tornaram desde que fiquei só e eu os deixava seguirem seus caminhos, pouco me importando se era sol ou era lua, a única coisa que me prendia a atenção eram os estudos, aos quais me dedicava como nunca antes. Certo dia, sonhei que Flavia vinha até mim e me olhando ternamente nos olhos, dizia, "Ronaldo querido, estou bem, pode ficar tranquilo. Até um dia meu amor". Acordei. Senti toda a paz do mundo inundar meu Eu. O sentimento por Flavia que me atormentava, como em um passe de mágica, desapareceu. Isso foi pouco antes de começarem as provas do vestibular. Nesse mesmo tempo, meu pai anunciou que iríamos mudar para outra cidade em outra região do país. Quem sabe não estaria aí, um viver mais ameno onde as más lembranças que acompanhavam a imagem de Flavia se dissipariam por completo e apenas as doces lembranças me fariam companhia? No dia seguinte ao comunicado de meu pai, fui até o colégio para fazer minha inscrição para o concurso do vestibular. Na hora de preencher o formulário, no espaço onde era para colocar o curso desejado e, pela ordem, as possíveis faculdades que gostaríamos de frequentar, eu por um momento, titubeei. Deveria colocar o curso que deixaria minha família feliz em ter-me como profissional, ou colocar aquele que meu coração abraçava? Foi uma decisão difícil, mas acabei por optar pelo que eu sempre confidenciava desejar a meu coração, que nessa hora batia descompassado. Encontrei alguns colegas, andamos pela escola em um de nossos derradeiros dias nela. As conversas giravam, principalmente, em torno das provas que estavam, já, em nossos calcanhares. Fomos para a cantina, nos sentamos na amurada que dava para o pátio interno e tomando um café, deixamos as trivialidades tomarem conta de nossas línguas, grupinhos que se formavam em cada série que estudávamos, rimos ao lembrar dos colegas esquisitos, falamos dos professores, seus trejeitos, seus tiques e suas presenças de espírito quando acontecia algo imprevisto durante alguma aula. Lembramos dos mestres que nos eram simpáticos e que fariam parte de nossa história de vida, e também, de outros, não simpáticos que não teriam registro em nossas lembranças futuras. Para mim foi um momento em que relaxei um pouco e por um pequeno espaço de tempo não fiquei pensando, como vinha fazendo, em Flavia. Mesmo quando algum dos colegas, perguntava o que estivera fazendo a mais, nesse tempo em que desapareci, pois não acreditava que eu sumira apenas para estudar e completava comentando que sentiram minha falta, eu tentava desconversar ou simplesmente inventava alguma desculpa esfarrapada. Então, por um momento, sem pensar, me desliguei da conversa e comecei a perceber que minhas histórias, por mais imaginativas que fossem não mais convenciam ninguém, e tomando coragem, contei pela primeira vez, para outras pessoas, como me sentia sem Flavia e como a depressão fizera morada em minha alma.

Todos entenderam o porquê de eu ter me comportado assim, estranho, e ter me tornado praticamente um ermitão. Um dos professores que tivemos, ao passar por nós, disse que os convites para o baile de formatura da turma estavam prontos e que deveríamos ir até a secretaria do colégio pegar os nossos. Fomos. Pegamos os convites e nos despedimos, mas não falei para ninguém que iria mudar para outra cidade. Coisas inexplicáveis que acontecem.... Encontrei ainda pelos corredores do colégio alguns colegas. Outros nunca mais. Solange, veja como o destino, no qual passo a acreditar, traça os caminhos que devemos percorrer durante a existência em uma vida, encontrar os colegas, conversar e rir muito, fez, acredito que, como já disse, a perceber meu eu começando a vibrar novamente e minha vida a dirigir-se de volta para o mundo que eu havia abandonado. Era um dia ensolarado e me sentindo leve como há muito não me sentia, fui saindo do colégio. Estava indo para casa. Certas coisas acontecem sem que percebamos e quando nos damos conta, a mudança já se faz presente. Comigo não foi diferente, para sair do colégio era preciso passar por um largo corredor no meio de um jardim. Neste jardim havia alguns bancos onde era costume de praticamente todos os alunos sentarem para descansar, conversar e até estudar. Pois bem, comecei a andar por esse corredor e em um relance pude notar uma garota sentada em um dos bancos com o corpo inclinado para trás apoiado nos braços esticados e as mãos pousadas sobre o assento como bases de colunas gregas. Sua cabeça pendia para trás, fazendo com que seus longos cabelos negros, soltos, lembrassem suave cortina de veludo que emoldurava seu rosto e seus ombros. Seus olhos estavam fechados e ela apenas apreciava o carinho do sol. Continuei em meu caminho para o portão de saída, e ao me aproximar do lugar onde estava a garota, não sei, não lembro de qualquer ruído ou acontecimento que a fizesse levantar a cabeça e abrir os olhos. Nesse momento nossos olhares se cruzaram, e por um tempo não maior que um piscar, vi em seus olhos não as pupilas, mas uma estrela no lugar de cada uma, e as duas brilhavam mais que o planeta Vênus no firmamento em um céu sem luar, acredite. Ela, então, fechou novamente os olhos e voltou a se entregar ao sol. Eu continuei meu caminho e fui embora pensativo, meio incrédulo com o que tinha acontecido entre eu e uma garota que nunca tinha visto ou percebido que existia no colégio. Nunca eu tinha presenciado ou vivenciado algo dessa magnitude. Foi um momento de pura fascinação. Esse tipo de experiência aconteceu com você e o Humberto? Veja que interessante, para quem estava vendo a cena de fora, poderia pensar que aquele encontro fora marcado e precisamente cronometrado. Hoje ainda lembro do encontro que tive com aquela garota naquela tarde e desde então me pego questionando, "por que tive que ir justo naquele dia ao colégio, se as inscrições estavam abertas por duas semanas e eu não tinha marcado para me encontrar com ninguém em especial? Por que fui embora no tempo certo para encontrar a garota na saída? O que fez ela sair de sua postura, abrir os olhos e me fitar quando me aproximei? Será que ela também viu estrelas em meus olhos?". Perguntas, perguntas que nunca, acredito, serão respondidas e a curiosidade ainda permanece... mesmo após todos esses anos. Você, Solange, deve estar pensando, "o que pode ter havido de tão especial nesse encontro com essa garota que ele viu estrelas em seu olhar, e até hoje, decorridos mais de cinquenta anos, ainda se sente encantado?". Bem, vou parando por aqui com a minha história, preciso responder ao questionamento de Mariana sobre os professores que marcaram minha passagem pela escola. Depois volto à continuação de minha história com a garota que tinha o brilho das estrelas no olhar. Mariana, eu gostei tanto da escola que entrei nela com sete anos e até hoje não saí dela (risos). Tenho sim lembranças de professores que contribuíram verdadeiramente para minha formação intelectual e como pessoa. Esses nos são mais fáceis de lembrar através de seus exemplos como pessoas, e como nos orientaram, também, nas artes do viver. Já outros, ou apenas passaram em nossas vidas ou o que deixaram são momentos que não fazemos a mínima questão de lembrar. A professora que nunca, até hoje e jamais vou esquecer é a minha primeira professora, Dona Diva Terezinha, aquela que eu via envolvida por uma aura mágica que me fazia ficar deslumbrado. Minha mãe cedeu o lugar de mulher mais bonita do mundo para ela. Com o passar dos anos a imagem dela evanesce, mas o que ela plantou em minha alma, ler, escrever e tratar a todos com ternura, permanece. Para mim, um professor, também inesquecível foi o que tive na faculdade, ele dava aulas de redação jornalística. Em um semestre ele me deixou de recuperação e deu tantos trabalhos para eu fazer durante as férias que não tinha quase tempo para respirar. Fiquei revoltado, pois havia alunos menos interessados em estudar do que eu e não ficaram de recuperação. Ao voltarmos das férias, entreguei os trabalhos, e ele passando os olhos por eles, me chamou para tomarmos um café na padaria da esquina, pois não queria falar o que precisava para mim dentro da faculdade. Chegando lá pedimos os cafés e em pé apoiados nos cotovelos sobre o balcão ele me falou, mostrando algumas crônicas que eu escrevera, "viu só, você tem grande capacidade para escrever. Deixei você de recuperação porque vi que você é inteligente e tem potencial, penso que por isso mesmo tem uma certa preguiça que atrapalha. Quanto aos outros que não ficaram de recuperação, apenas um ou outro vai ser alguém no jornalismo, mas acredito que a maioria vai ser um profissional medíocre. Agora fica com você, querer ser um jornalista que escreve para pasquins ou um jornalista escritor de matérias que são levadas a sério e que formam opiniões". Alfredo Silva era seu nome. Ele sim, foi para mim um professor com P maiúsculo, pois devo à sua orientação o que sou hoje. Agora, há sim, professores que embora tenham feito parte de nossa história de vida e não deveriam ficar no esquecimento, mas nós não fazemos o mínimo esforço para eles serem personagens de nossas conversas ou lembranças. Concordo contigo quando escreve que, *"ele não merece que eu escreva o nome dele e nem fale algo a respeito dele"*. Veja, existem professores que apenas são professores e existem professores que são realmente mestres, esses fazem a diferença. Vou repetir para você o que falei para sua avó: vejo nos escritos que você tem apresentado o vigor do viver juvenil e do sentimento de revolta que é natural e uma manifestação espontânea nesta fase da vida. Poesia, acredito, é o meio que encontrou para sua expressão literária. Eu gostaria de ler alguns poemas de sua autoria, como já falei, tendo como foco o homem e a natureza ou o homem e o progresso material *versus* a progresso espiritual. São apenas sugestões de temas. Você pode escrever usando temas que digam mais ao seu sentir. O importante é escrever, essa foi uma lição que aprendi com meu professor Alfredo. Sugeri também para sua avó escrever seguindo algumas correntes literárias. Ao contrário de sua avó, você não precisa se ater a nenhuma linha de escrita, escreva da forma que pensa expressar melhor o seu pensar. É hora de me despedir, o relógio marca três e dez, e às seis e meia ele me chama para um novo dia. Mais uma vez, a família Horsha agradece o gentil convite para partilhar uns dias na companhia da família Souza.

Grande abraço a todos,

Ronaldo.

A campainha toca, Sonia atende, é o carteiro que, entre outas cartas, traz a carta que o caseiro da casa da praia recebera e a enviara para a casa da cidade. Ela pega os envelopes que ele lhe dá e entre eles, vê que há uma carta com o carimbo de registro. Ela retorna para a casa. Lá dentro coloca o que trouxe sobre a mesa de centro, como é o costume. Mariana foi a primeira a chegar em casa, vindo do mesmo colégio que sua avó estudara, o tradicional colégio em que gerações de sua família estudaram, o Colégio Nóbrega. A menina viu a carta em cima da mesa e, curiosa, a pegou e por pouco não resiste à tentação de abri-la. Qual seria o novo capítulo que Ronaldo contaria de sua história de vida? Para a menina, nesse momento, sua curiosidade era muito maior do que saber o que ele falaria de seus escritos. Ela admirava sua avó e Ronaldo se comunicando dessa maneira. Embora admirasse, sempre achou esse jeito de se comunicar algo um tanto bizarro nessa época de internet. Cartas só fazem sentido em filmes de época, que retratam costumes de amor cheios de filigranas. Assim ela via.

Essa carta vem cortar o longo silêncio que se instalou desde a última carta que Ronaldo escrevera. Katia Maria e Mariana já estavam começando a pensar que alguma coisa importante poderia estar acontecendo com Ronaldo, saúde, trabalho ou mesmo que uma delas teria escrito algo na última carta que enviaram para ele que o fez sentir-se desconfortável e, talvez, por causa disso não gostaria mais de manter a correspondência e tivesse decidido parar com as lições de literatura...

Tamborilando com os dedos na carta, pensando se vai abri-la ou não, Mariana consegue, usando todas as suas forças, superar a comichão que vem junto com a curiosidade que toma conta de si e esperar sua avó para abrir o envelope.

Tinha que acontecer justo nesse dia, a carta não poderia ter chegado um dia antes ou um dia depois? Katia Maria saíra e estava demorando mais que o de costume. Mariana impaciente, anda de um lado para outro da casa, ela não sabia que sua avó fora encontrar-se com uma amiga dos tempos de escola para irem ao Jasmim Encantado, uma casa de chá, e passarem alguns momentos durante a tarde, simplesmente conversando sem se preocuparem com a hora de voltar para casa.

O que mais causava angustia na menina era o fato de que nessa carta poderia estar a continuidade da história de Ronaldo. E esse sentir só aumentava com o passar do tempo. "Vó, Oh! Vó, onde estás que não chegas logo?

Você não vê que essa sua netinha está à beira de abrir o envelope? Meu coraçãozinho já está quase não aguentando mais...".

Nesse momento um ruído corta o ar, é o portão da garagem sendo aberto. Ao escutar, Mariana pega a carta nas mãos e sai correndo, pensando em encontrar a avó, mas óh! decepção, é seu pai quem está chegando. Ela soca o ar e resmungando sai batendo o pé como fazia quando era criança e quando algo não saía como era de seu gosto. Ela vai para a sala de recreação. Chegando lá, liga a televisão e se atira no sofá meio emburrada. Assiste um programa infantil. Inquieta ela não presta muita, melhor dizendo, nenhuma atenção ao que acontece no programa, só pensa na carta que tem com ela. Torcendo para que mais um capítulo do conto de amor platônico que dura mais de cinquenta anos esteja nas linhas a sanguínea nas folhas de seda, ela inquieta, nem se lembra de pensar nas respostas que Ronaldo deu aos comentários delas duas e, também, o que achou dos escritos que elas mandaram. "Justo hoje minha avó tem que demorar", bufa a menina, baixinho por entre os dentes.

Anoitece.

Sonia começa a acompanhar o trabalho das copeiras em arrumar a mesa para o jantar. Mariana, vendo o tempo passar e não se contendo fala para o pai:

— A avó está demorando muito, não aguento mais, vou abrir a carta.

Nem bem ela termina de falar, Katia Maria entra pela porta da frente. De onde estava, na outra sala, quase gritando a menina pergunta:

— Vó, onde a senhora estava? Adivinha o que o carteiro trouxe?

E como um furacão, corre para a avó mostrando a carta:

— Vamos abrir agora? Não aguentava mais, esperei a tarde inteira pela senhora para ver o que está escrito...

Katia Maria responde que estava com Catarina Cristina, sua amiga de escola desde os tempos do primário, e que no calor da conversa, nenhuma das duas viu o tempo passar. Estava explicado o porquê da demora.

Humberto entra na conversa e fala para Mariana:

— Agora vamos deixar sua avó ir tomar um banho e se trocar para o jantar, depois leremos a carta.

Novo muxoxo da menina que sai segurando ar nas bochechas.

Durante o jantar, Mariana parece que precisava tirar o pai da forca, tamanha era a velocidade com que tomava os pratos que haviam sido servidos.

Agora sim, pós jantar, todos sentados no sofá e nas poltronas da sala de visitas, a carta vai, finalmente para Mariana, ser aberta. Com voz solene, Katia Maria antes de começar a leitura comenta:

— Vamos começar pela apreciação dos escritos que mandamos e das novas propostas de textos feitas por Ronaldo...

— Que coisa! A senhora só pode estar me provocando, por favor, veja logo se ele escreveu a continuação do que realmente aconteceu no romance...

— Deixe-me ver.... sim, a continuação está aqui, mas antes precisamos ver a parte de literatura — diz Katia Maria rindo da neta que, levantando de onde estava sentada, vira as costas e emite uma série de sons ininteligíveis.

— Ô mãe, não faz isso com a menina. — Pede Carlos.

Antes, tudo isso foi pensado para ser apenas um romance para adolescentes, mas cada vez mais a realidade se apresenta como verdade incontestável. Katia Maria é a musa inspiradora do conto. Ela, o amor platônico de Ronaldo na vida real.

— Estou brincando, estou brincando, sente-se minha neta e vamos ao novo capítulo, depois veremos a parte de literatura. Essas palavras estão sendo contadas como Ronaldo começou a sair do casulo em que ele mesmo tecera em torno de si. Sem ele procurar, de modo tranquilo e até mesmo mágico as coisas foram acontecendo, e o sentimento de perda irreversível foi perdendo a força deixando-o livre para ter em sua memória apenas os bons momentos que passara com Flavia. Prestem atenção, acho que aqui começa, de verdade, a situação que deu origem ao romance escrito por Ronaldo; ele conta que viu uma garota ao sol em um dos bancos no corredor do Nóbrega e que seus olhares se encontraram e ele viu estrelas em seu olhar.

Sonia, que estava junto, fala:

— Quem diria dona Katia Maria, incendiando corações na roda da vida. Queria ser uma mosquinha para estar na escola com ela e vê-la desfilando pelos corredores, enquanto os corações dos rapazes ardiam em chamas e as meninas torciam para que ela desse um escorregão...

— Eu, Katia Maria, de fato, gostava de tomar sol recostada em um daqueles bancos sentindo o calor e apreciando o perfume das flores nos canteiros...

— Vô, — pergunta Mariana — você também viu estrelas nos olhos da vovó?

— Sim querida e ainda hoje vejo nos olhos e ao meu redor quando ela me dá uns cascudos — respondeu Humberto, rindo a larga.

Fechando a mão e brandindo o punho na direção de Humberto, Katia Maria ameaçou rindo:

— Quer ver estrelas agora e sem demora?

— E você pai, viu brilhar os olhos da mamãe?

— Esse momento ímpar, demorou a acontecer, como já contamos. A luz do sol só a envolveu e iluminou em uma aura de luz dourada depois de um certo tempo que nos conhecíamos. Minha anja...

— Puxa pai, ele ganhou do vovô e do Ronaldo juntos... pode até escrever poesias... pai o senhor é um poeta!

— Seu pai, Mariana, apesar da figura que era, foi sempre um galã, sempre dizendo coisas bonitas e inesquecíveis. Lembro da primeira vez que ele me chamou de flor de maracujá. Fiquei chateada porque pensei que a flor era como o maracujá, de gaveta, todo murcho, mas quando ele me mostrou a foto da flor, me derreti. É uma das flores mais belas com que a natureza nos brinda.

— Muito bem, e você, minha netinha, — sarcasticamente pergunta Katia Maria — não quer saber o que vi em seu avô quando nos vimos pela primeira vez?

— Um Hans ou um Fritz — Mariana, moleca, respondeu de bate-pronto.

Todos riram da espontaneidade da menina.

Katia Maria, fingindo estar séria, retoma o fio da meada que os unia e continuou a leitura da carta:

— O mais que Ronaldo escreve é que na próxima carta conta mais um pouco de sua história. Agora vamos à literatura.

O avô de Mariana diz:

— Vou deixar vocês duas com suas lições de literatura e suas imaginações. Vou assistir um filminho antes de dormir, quero rever um clássico. Depois quero ver suas criações artísticas, não se esqueçam de me mostrar, eu sou o maior fã das duas, vocês sabem. Verdade!

— E não se esqueçam de nos avisar quando chegar a próxima carta, queremos saber como continua a epopeia de dona Katia Maria e seu admirador, agora não tão secreto. — Carlos fala pegando Rose pela mão e os dois seguem o pai para a sala de recreação.

Enquanto Humberto pega na estante o DVD com o filme que quer assistir, Rose comenta:

— Quem diria, a sogrinha despertando paixões ardentes e desenfreadas por onde passou.

Carlos rebate:

— Você já não viu fotos dela quando era jovem? Ela era muito bonita e, até hoje, continua bela como uma deusa do Olimpo.

Rose fita o marido e, brincando, lança um olhar cortante para ele.

— Você também Rose querida, você também continua tão bela como quando nos conhecemos. — Emendou rapidamente Carlos, se fazendo acompanhar, também, de um certo olharzinho zombeteiro.

Humberto riu dos dois ao mesmo tempo que punha o DVD para rodar. O filme começa, é um épico dos anos mil novecentos e cinquenta *Demétrius e os Gladiadores*, estrelando Victor Mature e Susan Hayward.

Avó e neta entram na sala escura, onde o filme está bem no início, ainda nos créditos. Trazem nas mãos tigelas de pipoca, servem a todos e sentam-se para assistirem ao filme.

— Ué, vocês não iam ficar confabulando a respeito do que irão escrever para Ronaldo? — Pergunta Rose logo escutando um pedido de silêncio vindo de Humberto que em seguida lembra às três mulheres que se quiserem conversar devem ir para a outra sala. A partir de então só se ouve, além dos diálogos, barulhos e ruídos do filme, o barulho das pipocas sendo trituradas pelos quase incontáveis dentes presentes à projeção.

Findo o filme, mais um dia termina exatamente como foi o de ontem: jantar, conversar, ver um filme e ir dormir, igual, sem muitas diferenças. As surpresas que nos reserva o destino, são poucas e, a vida continua... Orfeu retorna para sua alcova.

Novo dia amanhece.

A função matinal da casa finda e cada um segue seu caminho. Katia Maria conversa com Sonia a respeito das tarefas do dia e depois vai para o escritório, em casa, pensar nas propostas de Ronaldo. Sentada, absorta em pensamentos, procura palavras para a primeira proposta, um poema.

Surrealista! Ainda não visualizando em sua tela mental concordâncias que pulem para as folhas de papel à sua frente, ordena para si própria, pensar, pensar, pensar... Riscos, rabiscos e folhas amassadas. Dentre uma de todas as folhas emerge:

FOLHAS

Esperando cair

As folhas de prata

Da árvore de alumínio

Esperando, esperando

Esperando cair a noite

Pesada do céu infinito

Deixando o tempo passar

Pelas folhas de prata

No céu de alumínio

Que paira

Sobre a árvore infinita

Esperando, esperando...

Caramba! E eu que sempre pensei que escrever era moleza, bastava sentar e começar, mas só para escrever esse poeminha de doze pequenas linhas passei quase a semana toda. Nunca imaginei que concretizar uma ideia através de palavras nos fizesse usar tanto o cérebro, a criatividade e tomasse tanto de nosso tempo e de nossa energia. Escrever não é só ter imaginação, escrever pede, também, dedicação e disciplina, dez por cento de inspiração e noventa por cento de suor. Agora sei o que os artistas querem dizer.

Já se passaram alguns dias desde que escrevi, ou melhor, dei à luz ao poema surrealista. Sim, se posso fazer essa comparação, dar à luz, escrever é um trabalho semelhante a trazer uma criança com seus sentimentos e expectativas próprias e as depositadas pelos pais, ao mundo. Escrever é parir imagens, sentimentos e expectativas em um corpo formado por letras e palavras. Estou pensando em como trabalhar uma ideia com o mínimo de palavras descrevendo um fato observado no cotidiano. Mas, por mais que olhe, observe, nada motiva minha criatividade a dar ordens para as palavras que estão dentro da caneta entrem em formação sobre a folha de papel. Às vezes, quando me olho no espelho parece que posso ver colunas de fumaça saindo da minha cabeça. Agora entendo o porquê de Beethoven muitas vezes jogar um balde de água na cabeça em certos momentos em que compunha suas obras. Não vou dizer que passo as vinte e quatro horas do dia pensando nos escritos, mas que eles ocupam boa parte do tempo em que estou acordada, ocupam. É fato. Dias atrás, sentada na espreguiçadeira no terraço do meu quarto, olhando para o mar, que em seu plácido balé, ia e vinha ao sabor dos ventos, senti por um momento o despertar para a possibilidade da liberdade das ideias que moram em mim terem a tranquilidade de irem e virem como bem lhes aprouver. Algo entrou em erupção dentro de mim com a força de um tropel de uma manada de cavalos, por que continuar a martirizar minha imaginação com temas cotidianos e triviais? Por que não escrever algo que tenha relação com os sentimentos mais profundos do ser humano que, ao ser tocado em seu lado emocional, experimenta deleites ou martírios impensáveis? Amor. O sentimento cantado e declamado pelo homem desde seu aparecimento em tempos imemoriais na face do planeta. Penso que, enquanto um homem e uma mulher se sentirem atraídos um pelo outro, haverá declarações cheias de sentimentos, poemas, serenatas. Músicas cantarão a imortalidade do amor e romances contando amores possíveis e amores impossíveis, trarão batimentos acelerados em corações sensíveis e lágrimas aos olhos daqueles que sabem o que é amar. Romeu e Julieta. Shakespeare. Ódio. Muitos acreditam que o ódio é o oposto do amor, engano puro. O sentimento oposto ao amor é o desprezo. Desprezar uma pessoa é fazer brotar nesse alguém, sim, o sentimento de ódio. Escrever sobre o desprezo, o ódio? Em meu pensar, acredito que um artista, seja ele pintor, músico ou escritor deve ter como princípio criar obras que tragam beleza e harmonia a quem as aprecia. Mesmo tendo como tema ódio ou desprezo. Não me sinto preparada para assumir tal responsabilidade ainda. Compaixão? Não... Morte? O que é a morte? É um ser coberto por uma pelerine negra, com um capuz cobrindo sua cabeça e portando um alfanje em sua mão? O que ela vem oferecer para o homem? Apenas ceifar sua vida? Atemorizar? Ah!... Sofrimento. Sofrimento para todos aqueles que ficam lamentando e chorando por uma vida que se extinguiu. Perfeito. Achei o tema para meu texto minimal: o maior medo do homem, a morte. Especialmente de alguém a quem se tem afeto. Agora é só botar a cabeça para funcionar. Fico pensando, onde encontrar motivação para escrever sobre esse tema? Como não fazer algo que fique parecendo um arremedo, uma caricatura de Romeu e Julieta? Pobre de mim...

Tomando café depois de acordar essa manhã, minha mente iluminou-se com a ideia de onde poderei encontrar, possivelmente, a fonte de onde jorra o leitmotiv para minha escrita. A própria história de Ronaldo e Flavia. Onde mais achar tanta dor provocada pela morte?

PEQUENA ORAÇÃO A ALGUÉM QUE PARTE

A noite vem, e com ela se vai alguém.

Agora e na hora de nossa morte,

Amém.

Ao mostrar para Mariana, a menina exclamou:

— Caramba vó! Que tétrico. Você passou esses dias todos queimando os miolos e escreveu, isso?

— Você acha que foi sentar e *Hocus Pocus*, as palavras saíram como água despejada de uma garrafa? Não! Você nem imagina a quantidade de tinta e papel que gastei para chegar a esse resultado, fora a elaboração mental que não foi nem um pouco simples, embora estando o texto pronto possa parecer que sim. Sabe como comecei? Depois de quebrar a cabeça por vários dias para achar o tema, me ative à escrita automática, lembra-se do exercício que fizemos? Daí, fui reduzindo o texto de quase duas páginas e meia até ficarem apenas pouco mais que três linhas. Nesse ponto, a coisa complicou porque foi preciso um esforço, não diria sobre-humano, mas muito grande para coordenar a ideia principal do texto com as frases que ficaram. Você, cara netinha, pode avaliar a atenção e o trabalho que isso exige? Pois bem, não foi um dia nem dois que levei para escrever essas três linhas.

— Desculpe vó, foi um falar sem pensar. Mesmo tendo um clima tétrico, o que a senhora escreveu tem uma profundidade e um toque que é um direto de direita na ponta do queixo, como diria o vovô. Vou lhe confessar, — eu também passo por uns tempos em que escrever torna-se difícil, parece que as ideias murcham, a caneta se recusa a deixar as letras saírem e o papel se torna avesso a qualquer tentativa da criatividade. A senhora vai mandar três escritos para o Ronaldo, não? Então eu também mandarei. Escolherei dentre os que tenho escrito, já que ele me deixou mais ou menos livre quanto ao tema e à forma. Por que será que trata nós duas de modo um tanto diferente, uma da outra? Gostaria de saber.

— Ora, guria, em primeiro lugar há uma diferença entre nós, você tem a ousadia da juventude e eu tenho a sabedoria que só a idade traz. Em segundo lugar, penso que, quanto a mim, ele deseja complementar minha cultura literária mostrando os caminhos que uma obra percorre para emergir da intimidade dos meandros da imaginação do autor até o momento de sua apresentação ao mundo. Ronaldo parece gostar do que escrevo, creio que é por isso que suas propostas, cada vez, são diferentes e com um grau de dificuldade crescente. Uma vez perguntei-lhe o que achava de eu escrever um livro de crônicas sobre meus tempos de escola, e ele respondeu que, naquela ocasião, ainda era cedo para dar uma opinião, que eu tivesse um pouco mais de paciência que na hora certa ele responderia.

— Vó, por que não pergunta agora de novo? Quem sabe a hora não chegou? Você pergunta, como quem não quer nada, do que pensa Ronaldo a seu respeito como escritora e o que ele pensa a meu respeito?

— Você, como já falei e Ronaldo também, é jovem e tem a energia e a rebeldia da idade. Ele sabe que você olha meus exercícios e faz deles, seus também. Além do que ele deseja para mim, ele deseja para você também e mais, a maior liberdade em relação a mim, a escolha dos temas, a forma de desenvolvê-los e apresentá-los. No meu modo de ver, só pode ter como objetivos polir sua ousadia e observar e aprimorar a estética no seu modo de escrever. Vou, como quem não quer nada, como você falou, perguntar sobre você, está bem?

— Mariana, você já viu minha pequena história de amor, que escrevi, como sugeriu nosso amigo? Pensei muito nela, pois não queria escrever algo trivial como feijão com arroz. Pode até parecer que ela tenha um dedo de Edgar Allan Poe, muito sutil por assim dizer, mas o que escrever, sem ter na mente um autor como ele que faz morada em nosso corpo sensível?

— Vó! Você está se revelando uma verdadeira poeta, percebeu como articulou sua fala a respeito da influência de Edgar Allan Poe na sua escrita?

VELHA AMIGA

A chama de uma vela dança hipnoticamente ao som de uma velha canção espalhando sombras que se movem, como se possuíssem vida própria, pelas paredes no sombrio quarto. Um caixote de frutas serve de assento para um homem que está caído, debruçado sobre a mesa, também feita de caixotes de frutas. Sobre a mesa, sua cabeça apoia-se em seus braços que tem entre eles dispares folhas de papel, catados ao léu. Entre seus dedos inertes, um toco de lápis pende. Na folha sobre todas as outras, um poema inacabado. O cantar, interrompido, para um amor que brota do interior das mais profundas cavernas de seu coração. Cavernas que abrigam as imagens e o calor de uma paixão vívida pelo amor de uma mulher que não mais está entre os mortais.

Tempo, quem se importa? Tempo, viver que a ele não faz a mínima diferença. Viver, o que se torna viver sem ela? Esquecer o tempo, esquecer o que foi levado, esquecer... esquecer... como? Como espectro que se tornou, o homem é invisível por onde passa, ninguém se interessa pelos sentires de uma figura esquálida que traz em sua face as marcas de uma tristeza sem fim. Ele simplesmente caminha pela vida sem um olhar acolhedor ou uma palavra amistosa, de quem quer que seja. Para o mundo ele é ninguém. Não há interesse ou querer saber de que cor são seus versos...

Ah! Se soubessem o quanto estão perdendo. Se ao menos parassem, nem que fosse apenas por um breve momento, para apreciar suas palavras, seus olhares, seus poemas, suas histórias e os contos escritos em infinitas noites em claro. Sempre ao som da mesma velha canção que se repete ao infinito no correr da agulha sobre o disco na vitrola e à luz da velha, pobre amiga, que muda e solitária permanece, como fiel companheira, ao seu lado até que o raiar do dia venha fazer com que ele cuidadosamente a apague para depois se recolher.

O sol neste dia não se encontrou com ele. Ele adormeceu debruçado, como sempre sobre a mesa.

Pela última vez.

E, assim que a chama que dança sobre a vela terminar por consumi-la, estarei com ele, pois eu sou sua companheira de mil e uma noites.

A vela.

— Dona Katia Maria, o que é essa história? O começo dela em nada faz pensar que se trata de uma história de amor. É bem diferente do tradicional. Eu esperava que você fosse escrever algo bem água com açúcar, daquelas em que se rima amor com flor, amor com dor... parabéns vó, Ronaldo está conseguindo trazer sua alma escritora à tona e a se revelar com toda sua energia.

— Ora, netinha, tudo não passa de dedicação ao escrever que para mim, agora, é um prazer intelectual. Preciso agradecer a sua amiga que lhe emprestou o livro de Ronaldo, sem ele eu não teria descoberto como escrever é agradável, relaxante e compensador para nosso eu. Mal posso esperar para ver o que você escreveu minha netinha, só quero ver o que sua veia artística jovem e ousada aprontou.

— Ó incrédula dama, aguarde e verás. No tempo certo terás nas mãos os mais magníficos poemas já escritos em toda a história da humanidade. Não me aguento quando falo assim, tenho que rir....

Duas ou três semanas se passam...

Mariana segurando algumas folhas com escritos impressos, acena para Katia Maria que está na cozinha escolhendo o menu para o jantar.

— Ó vaporosa dama, — Mariana fala dirigindo-se para a avó — aqui estão meus novos poemas, leia-os e se torne crédula da capacidade escrevinhadora desta que vos fala.

Katia Maria pega os poemas, os coloca em um canto sobre um dos balcões e fala:

— Assim que terminar aqui vou lê-los, está bem?

Avó pronta para leitura. Avó e neta estão sentadas, uma no sofá, outra em uma poltrona na sala de estar.

Mariana, poema um:

FELIZ

Você está errado

Pense bem

Faça uma pós-graduação

Estude, estude, estude

Não use colares ou pulseiras

Calças desbotadas e

Camisetas bordadas

Cabelos compridos e tênis

São sinais de

Irresponsabilidade

Você já não tem

Mais quinze anos

Não é mais criança

Já é uma mulher

Estude medicina ou engenharia

Não perca tempo

Com poemas, música

Ou outras coisas

Nós sabemos

Somos mais vividos

Faça o que mandamos

Nós entendemos de vida

Vá por nós

Você será grande

Terá dinheiro, joias, ouro e prata

Calças desbotadas, camisetas bordadas

Cabelo comprido, tênis

Poesia, música, pintura

Esqueça tudo isso

Não levam ninguém a nada

Você será grande

Terá ouro, prata

Dinheiro, joias

Ouça, faça o que mandamos

E você será feliz

Muito feliz.

— Guria, — Katia Maria arregalando os olhos em uma expressão de surpresa — você é danadinha, hein? Quem poderia imaginar que este poema sairia de sua cabecinha! Você colocou um tema que ouvi muito na minha adolescência, digo, nas reclamações de colegas que os pais severamente os impediam de viverem o tempo em que estávamos. Houve um que me marcou, o Denis, que estudava no colégio militar. Ele gostava muito, demais mesmo, de música, ele era um violonista nato, não confunda com tocador de violão. Detestava o colégio em que estudava, mas não podia estar em outro, pois deveria seguir carreira no exército. Era obrigado pelos pais e pela família. Seus ancestrais todos tinham sido oficiais superiores do exército, inclusive um deles tinha sido comandante de guarnição na guerra do Paraguai. Não acredito que ele tenha sido muito feliz...

Mariana, poema dois:

MENINO

Menino
A morte
Te levou
Mas
Mesmo assim
Continuo
Amando
Teus olhos
Parados
Tua carne
Flácida
Menino
Tua face
Pálida
Teus lábios
Roxos
Fazem-me
Sentir
Tão bem
E
Nada
Neste mundo
Atrai-me mais
Que
Teu corpo
Frio
Inerte
Em decomposição
Menino
Eu preciso
Do
Teu frio
Amor
Para morrer

— Caramba, que poema mais tétrico. De onde você tirou essa ideia? Sei de muita gente que não vai conseguir lê-lo até o fim, e se o fizerem vão perguntar, "é verdade, você quer morrer por ter perdido um amor?". Minha neta, você está me saindo uma poeta de primeira. Esse sentir que expõe de forma tão ácida, se assim posso dizer, não se pode perceber em sua doce meninice. Gosto desse modo de ser, mostra que você, embora caminhe por um caminho cor de rosa, vê a vida por uma ótica que se mostra em seus mais densos aconteceres. Vamos ao próximo. Eu sei que você se tornou uma máquina de escrever desde que começamos a estudar literatura. Penso que achou um caminho para um tesouro, vamos ver o que vai acontecer daqui para a frente, minha querida capitã pirata...

Mariana, poema três:

ELE

Não devo amá-lo e amo-o com loucura

Procuro esquecê-lo e trago-o na lembrança

Meus dias são sem sol, as noites mais escuras

Há apenas um tênue raio de esperança

Em meu mundo tudo amarguro

Será que meu sofrer não O alcança

Tudo cansa por fim nesse viver escuro

Só esse amor infinito não se cansa

Essa noite em que vivo jamais finda

Pois quanto mais procuro esquecê-lo

Sinto que o amo mais ainda

— Esse poema parece ter sido escrito por sua bisavó em sua adolescência. Lá pelos idos de mil e novecentos e ... . O que aconteceu? Viajou no tempo?

— Acertou, esse foi o primeiro poema que escrevi, baseado em um que li no diário da bisa. Tomei licença para me apoderar da inspiração de suas palavras. Não acredito que esse poema que ela escreveu retrate uma verdade, pelo que conheci dela, e sim, provavelmente, o resultado de um exercício proposto pelo seu professor de português na escola.

— Sim, naqueles anos o ensino era completamente diferente do que é oferecido hoje. As moças tinham que aprender a serem dóceis, prendadas nas artes do bordado, da poesia, do canto e, se possível, tocarem algum instrumento considerado feminino como, por exemplo, piano ou violino. Flauta, viola de gamba, oboé nem pensar. Lembravam o genital masculino e não era de bom tom uma moça de família se dedicar a um instrumento assim.

— Viola de gamba, vó?

— Porque a posição em que ela fica para ser tocado é entre as pernas do músico. E uma moça jamais deveria se sentar de pernas abertas. Moral de época. Ainda bem que os tempos passam e os costumes mudam. Se você vivesse naquela época, seria uma proscrita pela sociedade pelo seu modo de pensar. Andei pensando e tenho uma proposta para você, que tal se escrevêssemos uma carta a quatro mãos para Ronaldo?

— Gostei, assim poderemos perguntar sobre a história verdadeira, que ele diz ter vivido, e que deu origem ao seu no romance, sem despertar suspeitas de que você é a Katia Maria, lógico. Podemos nos sentar para escrever amanhã depois que eu voltar da escola.

Mariana chega da escola com um brilhar nos olhos maior do que a de uma criança à frente de seu bolo de aniversário, pronta para apagar a velinha. Ela vai até a avó com um sorriso, que até pode-se dizer arisco, e fala:

— Escrever a quatro mãos... que tal se cada uma de nós escrever uma palavra como se estivéssemos em um exercício de escrita automática?

— Você acha mesmo que vai funcionar? Loucura. Nem nós mesmas vamos, depois, conseguir entender o que escrevemos...

— Ah! Vó, vamos pelo menos tentar...

— Bem, não custa nada tentar...

Ronaldo,

passar quatro mãos Mariana essa carta e eu a pensar em cada mas não deu certo escrevendo a folha de lá para cá chegamos uma parágrafo ficou com sua caneta muito escrevendo tinta cor confuso cada uma não conseguimos nos estamos então e depois a acertar por isso decidimos uma mescla que uma computador iria faríamos dos cada dois escritos que encontramos no desculpe digitar sua parte maneira estamos mas escrevendo foi a única.

E, o que achou do nosso texto a quatro mãos? Pensando na escrita automática, cada uma escreveu uma palavra. Foi muito divertido, rimos pensando na expressão que você faria ao ler... Gostamos muito que vocês aceitaram nosso convite para passar uns dias conosco. Quando vocês veem? Esperamos que não se demorem. A época agora é fantástica, a estação das chuvas passou e o sol brilha o dia inteiro. Seus filhos devem estar com a comichão a toda... pense neles, não os faça esperar muito, por favor. As lições que você nos mandou, pelo menos quanto a mim, Solange, deixaram de cabeça quente, pois não quis escrever nada que fosse trivial demais e isso me fez demorar um pouco mais que o de costume para dar corpo à minha imaginação. Por fim, depois de muito pensar e ler autores que me seduzem, consegui trazer para a luz meus pensamentos em palavras compondo textos que para mim tem significado, e gostei deles. Agora, penso que estou começando a ver um caminho pelo qual só me alegrarei de percorrer.

Já eu, Mariana, me identifiquei tanto com escrever poemas que apenas o que precisei fazer foi procurar aqueles, dentre os vários que nasceram de minha criatividade e que habitam meu caderno, para dar conta de suas propostas. Meu pensar agora se dá na forma de poemas. Presunçosa eu, não? A primeira professorinha, aquela que me mostrou o mundo de uma forma diferente daquele que nos encontramos quando pré-escolares, é para mim, e sempre será uma anja inesquecível. Ela desvelou um mundo onde, pela leitura e escrita, pode-se viajar para lugares inimagináveis sem ter que precisar de um tostão. A imaginação é como uma locomotiva, que quando alimentada pela leitura, é o grande veículo que nos leva por campos, sejam eles reais ou de contos de fadas. Por isso acho que aqueles que dedicaram e se dedicam seu viver a ensinar a ler, escrever e contar devem fazer parte da galeria de seres ó concour da humanidade.

Puxa, seu professor de redação jornalística, foi na expressão da verdade um Mestre, com M maiúsculo. A esses devemos reverenciar sempre. Ele merece estar na galeria junto com os alfabetizadores. Vou passar a pena para minha avó, depois volto.

Agora quem vos fala através da pena dessa caneta é Solange. Creio que você já está acostumado a esses escritos como, "através da pena da caneta", embora tudo esteja digitado. Bem, os contos e poemas que Mariana e eu escrevemos estão em folhas separadas da carta. Estamos esperando a opinião de seu olhar crítico/cuidadoso, como duas meninas na véspera de natal esperando pela surpresa dos presentes. Você deve ter notado que escrevemos apenas o essencial a respeito dos exercícios de literatura, não? Pois bem, é que a curiosidade em saber o que vai acontecer em sua história é tão grande que não conseguimos nos conter em apenas ficar conversando sobre o que já nos contou. Já devo ter comentado que até Humberto, meu marido, meu irmão e sua esposa e Sonia, nossa governanta, passaram a se interessar pelo lado real do *Amor em Escarlate*. Isso não acontecia antes porque eles ainda pensavam que nossa correspondência era apenas relativa ao estudo de literatura e que a história não passava de exemplo de como se trabalha um texto literário. O pensamento de que tudo não passava de capricho, agora deixou de existir e, quando chega uma carta sua, eles logo perguntam, "quando vamos ter a continuação da história de Ronaldo?". Coisas da vida. Os três estão lendo seu romance. Pelo tempo que nos conhecemos, pela correspondência que trocamos e pela conversa que temos, acredito que você não vai ficar chateado com tantas perguntas que fazemos, é que sua história de vida, no mínimo é incomum, podemos falar e isso nos faz ficar com pulgas atrás das orelhas e olhe que não são poucas ou silenciosas. Um romance como o seu, se é o produto da imaginação de um artista, ninguém ao lê-lo se emocionará além da conta. Mas, se é o produto de uma real vivência, tudo muda de figura e o toque nas emoções é muito mais profundo, o que faz com que os sentimentos aflorem com mais energia. Não se pode ficar indiferente a um romance como este. Então, falando a respeito da "nova" introdução de seu romance, rapaz, não diria que é diferente do livro, mas é muito mais completa, metafísica mesmo. Como reza a moda, conspiração do universo. Mas, daí a nascer um sentimento tão forte, como você retrata no romance, lhe confesso, acho algo um tanto fantasioso. O que me impacienta é não conseguir imaginar o que aconteceu que você, como escreve em seu romance, tendo visto a garota das "estrelas no olhar", não mais que duas ou três vezes, se apaixonou perdidamente por ela. Tão perdidamente que até os dias atuais, segundo suas palavras, "ela encontra-se tão viva e deslumbrante em minha mente como da primeira vez que a vi". Você, desculpe, mas não precisa responder se achar que estou sendo enxerida, não extrapolou os limites de um "amor à primeira vista", que foi sentido de forma unilateral, para criar e dar um sentido mais emocional a história do amor platônico que atravessaria o tempo? Essa é a questão que me faz a curiosidade desperta.

Assim termina Solange que passa para a neta a escrita. A menina, tocada pelo mesmo sentimento que a avó, pede: Ronaldo, gostaria que pudesse ajudar a mim, Mariana, a compreender esse sentimento que se tornou seu companheiro de uma vida. Para mim que agora já tenho dezesseis anos, completados no mês passado, é difícil visualizar como um amor dedicado a uma garota que, penso, nem imagina que você existe pode durar tanto tempo. Meu avô em suas considerações, ele é engenheiro, deixa claro que, dificilmente acredita em sua história, pois não é difícil para uma mente especialmente brilhante produzir um romance deste naipe. Ver garotas tomando sol nos jardins do colégio é a coisa mais trivial que pode aconte-cer, nada de novo. Ver estrelas no olhar das meninas não remete a nenhum acontecimento especial. Sendo assim, ele pediu que nós lhe transmitíssemos sua solidariedade pela passagem de Flavia, que acredita ter sido real. Embora cético, ainda, na história desse romance, ele disse que vai esperar um pouco mais para dar uma opinião mais consistente. Meu pai, minha mãe e nossa governanta, como estão se inteirando da história agora, não tem ainda questionamentos a respeito, mas já deixaram bem claro o aviso para que você se prepare que eles estão vindo. Mais uma questão: por que você não escreveu seu romance como agora está fazendo para nós? Você pensou que ele iria ficar maçante com tantos detalhes? Que surpresas guarda para nós no próximo capítulo de *Amor em Escarlate*?

Agora sou eu, Solange, de volta: não esqueça de ver uma data para combinarmos a visita da família Horsha.

Lembranças a todos,

Solange.

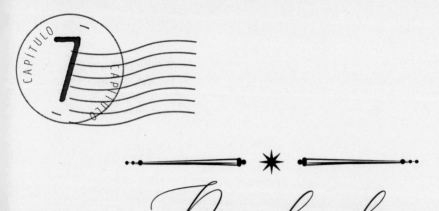

Descobrindo

Embora não estivesse se correspondendo com Katia Maria (que ele pensa se chamar Solange), e sua neta Mariana há mais do que vinte e um meses, Ronaldo se sentia à vontade para confidenciar os detalhes mais ínfimos da sua história de vida. Ingênuo? Não. Encontrara, em seu pensar, as pessoas certas para compartilhar a experiência de vida que teimava em acompanhá-lo. Quem sabe, se eu contar nos mínimos detalhes, abrir meu livro mais importante para alguém em quem eu possa acreditar e que não me julgue um doidivanas, não sepultarei em mármore de Carrara esse epitáfio que me marca?

Ele, lembrando-se de quando, no primeiro colegial, foi chamado pelo padre psicólogo do colégio para uma conversa. O padre, irmão Sérgio se bem me lembro, inicia a conversa com uma pergunta, "você, por acaso está passando por um momento difícil em sua vida?". Ronaldo responde, "não". O padre, "está usando drogas?". A resposta é não, mas o que passa pela cabeça de Ronaldo é, "onde essa droga de padre está querendo chegar?". De modo mais incisivo, o padre fala, "você sabe por que estamos tendo essa conversa?". Na mente do rapaz o que se desenha é, "não sei, não quero saber e tenho raiva de quem sabe". A resposta que sai de sua boca, "não".

— Escute o que eu, irmão Sérgio, não como padre, mas como amigo, tenho a lhe dizer.

Ronaldo fitando o padre e fazendo ouvidos de mercador lhe dá atenção:

— Temos acompanhado seus estudos, seus interesses, seu desempenho, e vemos que você é inteligente, acima da média dos estudantes de sua idade, esperto e com uma criatividade ímpar. Na verdade, o que nos intriga é, por que você que poderia estar entre os alunos que mais se destacam no colégio pelas excelentes notas, não está. Suas notas variam do médio para o sofrível, algo incompatível quando vemos algumas de suas "tiradas" nas provas. O que você tem a dizer a esse respeito?

Ronaldo apruma-se na cadeira, pensa por um breve instante e começa:

— Não me interessa estar entre os primeiros, não vejo graça nenhuma. Minhas notas estão de bom tamanho para eu passar de ano, então não me preocupo com esse tipo de coisa. Prefiro guardar meus neurônios e não *queimar foifati*, como diz nosso professor de ciências, para coisas mais interessantes.

O padre encerrando a conversa fala:

— Respeito sua posição, embora ainda ache que algo acontece com você. O meu papel aqui é orientar, então, lhe peço mais dois minutinhos de sua atenção. Vou lhe mostrar um exercício simples, e se quiser fazê-lo, ótimo, se não, ótimo também. Fica a seu critério. É o seguinte, pegue uma folha, pode ser qualquer uma, pegue uma caneta ou lápis e escreva tudo que está se passando contigo, como se conversasse com um amigo do peito. Escreva também as emoções que estão lhe acompanhando. Não precisa mostrar o que escreveu para ninguém, se não quiser. Jogue o escrito em uma fogueira e queime-o simplesmente, ou você ainda pode jogá-lo no mar para que ele seja levado pelas ondas. Bom, eu precisava ter essa conversa com você, não fique pensando que alguém me mandou ter esse papo, eu o tive porque alunos como você me preocupam e esse é o meu jeito de procurar ajudar. Estarei sempre aqui se você precisar, pode contar comigo, incondicional-mente. Vai na luz do Senhor.

Ronaldo lembra-se desse episódio e se sente revivendo o encontro com o padre, ele recorda que se despediu do padre educadamente e saiu pensando na ideia maluca que lhe fora proposta. Coisa de padre...

Depois de meio século, Ronaldo repensa no que o irmão Sergio sugeriu e dando à proposta dele crédito, escreve sua experiência amorosa, embora platônica. Não jogar os escritos no fogo. Não os deixar ir ao sabor das ondas. Não os destruir. Por que não os transformar em um romance? Sim, por que não escrever um romance e dar ciência ao mundo de seu percurso, pelos caminhos mirabolantes, nas terras do amor?

Conjecturando, ele considera e acrescenta em seu pensar, "que número de pessoas podem vir a ler e se emocionar com minha história e, quem sabe Katia Maria, também, não venha a lê-la e a me reconhecer nos desenhos que colocarei no romance, aqueles que desenhei nas cartas que lhe mandei?

O que estou a pensar? Por que pensar que os leitores venham a acreditar que as letras e linhas trazem em seu bojo a real história de um personagem, mesmo colocando na vinheta de introdução a verdade? Eles verão no romance apenas o produto da imaginação abstrata de um escritor e que Romeu longe de sua Julieta no tempo e espaço existe apenas nas páginas de um livro? Ah! Se soubessem da verdade... Katia Maria saberá... será? Sei que é mais fácil herdar um castelo medieval na Escócia do que ela vir a ler meu livro. O que me aguarda nas entrelinhas do conspirar do universo?".

Recostado no sofá abraçando Lucinha, assiste a refilmagem de *A Ilha das Pérolas*. Pouco presta atenção no filme. Viaja a bordo de memórias de um inesquecido amor passado. Lá, já se vão seus últimos cinquenta anos, dezessete mil e seiscentos dias, em que ele acorda, e em quase todos eles lembra dos sonhos que sonhou com Katia Maria...

Lúcia cutucando Ronaldo interrompe seu pensamento:

— Está dormindo? Meio filme já se passou e só faltou você roncar...

Ele de um sobressalto se arruma no sofá e ainda meio fora do filme pensa a respeito dos dezessete mil e... dias; agora que assumi contar em todos os detalhes os acontecimentos pelos quais ainda passo, não me importa se Solange e Mariana pensarão que é um romanesco conto da carochinha. Em absoluto. Eu conto, cabe a elas a decisão de acreditar ou não. Faço minhas as palavras de "Carlito Velho Goodfellow", personagem do conto *Tu és o Homem*, de Edgar Allan Poe: *"Tenho uma consciência limpa, não tenho medo de homem nenhum e sou completamente incapaz de praticar uma ação indigna."*, eu...

Novo cutucão traz Ronaldo, novamente, de seu estado de ser absorto em pensamentos para a realidade do mundo. Cutucão acompanhado da pergunta:

— Dormiu de novo? Só assistiu o comecinho, não é? Só dorme? Desligue a TV enquanto preparo um café para tomarmos antes de irmos dormir. — Fala Lúcia.

Deitado na cama ao lado da esposa, olhando para o teto, Ronaldo formula o último pensamento antes de adormecer, "assim que tiver um tempo livre, escreverei para Solange e Mariana...".

O sol nasce e se põe em sua inexorável marcha para o futuro. Pois bem, em uma manhã de certo dia de semana, um telefonema da universidade quebra a rotina:

— Professor Ronaldo? Aqui é Sandra, secretária da Reitoria, quero lhe transmitir com pesar que nosso Reitor faleceu esta madrugada de um ataque do coração. O velório está sendo no crematório da Vila da Paz, nesse momento. O corpo vai ser recolhido exatamente ao meio dia. — Com a voz embargada, Sandra, a secretária, continua — a universidade estará com as aulas suspensas por três dias em luto. Contamos com sua presença na derradeira homenagem ao Reitor.

Ela desliga. Ronaldo por um momento teima em acreditar no que aconteceu. Ao contar para Lúcia, ele fala:

— Ainda ontem no fim do expediente nos despedimos e ele, brincando e sorrindo como era seu costume, gracejou, "durmam bem, sonhem comigo e não caiam da cama".

— A única coisa de que podemos ter absoluta certeza, a finitude do corpo físico nesta vida. Ou como preferem muitas pessoas, morte. É, um dia estamos aqui, no outro fazemos a passagem de volta para o plano espiritual de onde viemos. Os que continuam nesse planeta são os que sofrem. — Observa Lúcia.

Com dias de luto na universidade, Ronaldo encontra o tempo para escrever a carta para suas amigas.

Acordando depois do horário, tomando o café com calma, e como de costume, entrelaçando os dedos das mãos, esticando os braços e estalando os dedos, ele fala para si mesmo, "mãos à obra, a carta nos espera".

Prezadas amigas,

Espero que esta vos encontreis bem e com saúde, assim como aos vossos. É com imenso prazer que escrevo essas mal traçadas linhas, depois de tanto tempo, me desculpem pela demora em voltar. Faço dessas linhas minhas portadoras de comentários da apreciação que realizei dos poemas e textos que vós escrevestes, produções intelectuais oriundas dos tão bem assimilados ensinamentos deste que vos escreve. Envio também notícias sobre o que o destino me tem apresentado. E, aproveitando tão aprazível momento, declamarei, em verso e prosa, singular episódio em sequência ao já anteriormente narrado, pedaço da história por mim protagonizada nesta vida que a mim foi dada pelos meus saudosos genitores, minha mãezinha e meu paizinho.

Que tal? Gostaria de ser uma mosquinha pousada entre os ombros das duas para vê-las lendo os primeiros parágrafos desta carta. Só de imaginar não consigo segurar o riso... pensei em escrever desta forma, com essa linguagem, para fazer frente a sua escrita a quatro mãos. Isso é bom, quebrar um pouco o tom sério que às vezes nossas cartas portam. Escrevendo lembrei de minha professora do quarto ano primário, Dona Celina Fornea no Grupo Escolar Leôncio Correia, que nas aulas de redação e de composição nos ensinava a escrever dessa maneira. Ela era uma senhora, gentil e educada, que tinha prazer em nos passar o conhecimento que adquirira em seus anos de estudo e, embora estivéssemos em plenos anos mil novecentos e sessenta, a orientação narrativa e o palavreado era do fim do século dezenove. Só depois que me formei e comecei a trabalhar é que vi que seus ensinamentos, que na época eu achava muito chatos, eram de grande valia e por causa deles me fiz destacar entre outros colegas de profissão. Achei um barato a ideia que vocês tiveram de escrever a quatro mãos, não como uma sinfonia, mas como um dueto jazzístico. Ficou espetacular. Parece que se está lendo a transcrição de uma conversa entre os instrumentos. Podem continuar nesse diapasão. Não se preocupem em manuscrever as cartas, basta que elas sejam enviadas em envelopes via correio, dessa forma mantemos o romantismo de tempos idos. Eu guardo todas as cartas que vocês têm escrito, é um hábito que adotei desde que comecei a lecionar e tomei contato com trabalhos, que em resposta às questões por mim propostas, apresentavam uma qualidade excepcional, uma criatividade ímpar ou no mínimo reflexões curiosas feitas por alguns dos estudantes com quem tive o prazer de compartilhar meus conhecimentos. Estivemos, Lúcia as crianças e eu, olhando no calendário e vimos que no mês que vem, o aniversário da independência vai cair em uma quinta-feira. Na universidade, bem como no trabalho de Lúcia e na escola das crianças a sexta-feira vai ser emendada, logo pensamos em lhes fazer uma visita, chegando na sexta-feira, mais ou menos no início da tarde e partindo no domingo à tarde, o que acham? Se vocês já tiverem programado algo para esse feriado, não tem problema, podemos marcar a visita para outra data. Vocês duas tiveram a curiosidade de comparar seus primeiros escritos com esses últimos? Se não, façam isso, é importante para avaliarem o progresso que tiveram nesse tempo desde que começamos. Algumas questões para as duas pensarem e dialogarem a respeito:

- está mais fácil ou mais difícil escrever, colocar as ideias no papel?

- como é a ocorrência de temas para os escritos?

- há um tema que predomina nos pensamentos?

- como é a necessidade de escrever, tranquila, intensa?

- qual é a visão que vocês têm quando pensam nos tempos vindouros acompanhadas por esses novos conhecimentos e fazeres?

Bem, vamos as apreciações do material que enviaram. Começarei por Solange,

FOLHAS - poema surrealista

esperar – sinônimo de aguardar? Sinônimo de desejar? Se um, o cair das folhas de prata, no chão? O cair da noite, também no chão? Juntos? Separados? Quem cai primeiro? O tempo que passa entre umas e outra, não importa, pois é sabido que o cair acontecerá, mais cedo ou mais tarde. Sem dúvidas. A árvore de alumínio, de porte infinito, é um apêndice produzido pelo derreter, semelhante à lava de vulcões, do céu igualmente infinito e feito de alumínio? Faz a ligação do firmamento infinito com a terra finita que serve de abrigo para as folhas de prata que caem da árvore de alumínio? Do abrigo terráqueo, as folhas de prata sublimam formando outro céu de alumínio de maior amplitude do que o que origina a árvore de alumínio? É a mesma árvore que cresce ou é nova árvore que engloba a árvore ancestral? É um ciclo que se repete ao infinito ou é uma espiral que adentra no tempo? aguardando... ... . só aguardando... ... ... só. Se outro, desejar, de onde vem esse desejo? Onde dentro do meu corpo se origina esse sentir? Das profundidades do cérebro, do mais profundo olhar, das profundezas de minhas entranhas? Que caminhos ele percorre para chegar ao meu coração, ou seria à minha pele? Pelo branco dos ossos, pelo vermelho sangue, azul, que circula pelas veias? E, esse desejar transformado em vontade, me faz marionete com os fios pendurados no cabide, esperando? A espera para, furtivamente, pegar uma folha de prata e guardá-la enfincada no meu peito assim que a noite cair também. É de mais pura prata luminosa a folha que (não) vai permitir meu corpo ser esmagado pelo peso da noite do céu de alumínio. O tempo que passa é infinito como a árvore das folhas de prata infinitas em seu Ser levadas pelas emanações invisíveis que se desprendem de meu suspirar. Desejar. Apenas...

Solange, como pode ver, não fiz uma apreciação acadêmica de seu poema. Seu poema escrito em não mais que doze linhas, da forma como você o compôs amplia as margens de interpretações que se pode fazer das imagens que ele traz. As questões e respostas que coloco não são simples escrivinhações, elas são elaboradas, propositalmente, procurando alinhá-las com a sua interpretação. Acredito que houve certa estranheza de sua parte quando começou a ler minha apreciação pouco ortodoxa. Solange, veja, se você ao escrever um novo poema, procurar fazê-lo baseando-se nas respostas às indagações e tecendo reflexões sobre as afirmações que escrevi, poderá perceber que "Folhas" pode ser o início de algo sem fim, de escritos e mais escritos sem um ponto final para acabar. Da gestação de uma visão, um poema de doze linhas é trazido à luz. Palavras delicadamente escolhidas ou pinçadas ao acaso levam a horizontes impensados. Assim um livro tem seu primeiro momento de existência.

Passemos ao texto minimalista,

PEQUENA ORAÇÃO A ALGUÉM QUE PARTE

Três linhas! A sonoridade que você conseguiu com o jogo de palavras, a princípio nos faz vir à mente os poemas haikai. Quem sabe se usarmos da criatividade que nos é concedida não podemos transformar essas três linhas em um verdadeiro poema haikai? Analisando, - sua escrita apresenta uma estrutura diametralmente oposta aos preceitos que orientam a escrita de um poema haikai; - a estrutura de escrita haikai é apoiada em três pontos, linguagem simples, sem rima e apenas três versos. Sendo que eles devem portar dezessete sílabas poéticas; cinco sílabas no primeiro verso, sete no segundo e cinco no terceiro. Logo, embora seu poema tenha uma linguagem simples, apresente a possibilidade de ser escrito em apenas três versos, ele nos oferece à audição, rimas e tem mais de dezessete silabas poéticas. Aqui fica um desafio, fazer a transcrição de linguagem do minimal para o haikai. Voltando nosso pensar para a direção do minimal, eu, na carta anterior lhe pedi que escrevesse um texto minimalista. Quando vi as três linhas, fiquei atônito. Três linhas! Em meu imaginar você escreveria um texto de cinco ou, no máximo, até sete ou oito linhas, recheado de palavras de significados mil, para concretizar uma narrativa densa como uma sopa de ervilhas. A morte, mesmo temida e não desejada, está sempre nos acompanhando, quem sabe camuflada em nossa sombra? Bem, aqui você vê a noite, presumida, escura e sem lua, como a morte em si. Ao ser iluminada pelo raiar do sol, a noite se vai, não só, mas levando com ela uma alma. Alguém. Esse "alguém" não seríamos nós, os leitores? Amém. Você, Solange, conseguiu dentro do espírito minimalista compor com o mínimo de palavras possível, fantásticas três linhas. Explico, dificilmente haverá quem ao ler essas três linhas não deduza a continuidade da ideia, mas a partir do primeiro ponto final, a realidade se instala na mente e ativa a imaginação, estarei lendo agora a hora de minha morte? O coração não permanece estável... esse é o princípio primeiro pelo qual um autor deve pautar seu trabalho, trazer à tona emoções. Parabéns. Agora vejamos o que pude ver nas linhas e entre linhas da pequena história de amor, "Velha Amiga", em primeiro lugar, penso que ela poderia ser um pouco mais longa, algo em torno de quinhentas palavras. Você escreveu exatas trezentas e setenta e uma palavras. Não, não quero dizer com isso que a história não atendeu ao que solicitei, nem que não ficou boa; só acho que ela poderia ter tido um desenvolvimento maior dos fatos em algumas partes. Pude sentir, ajudando você a esgrimir com a caneta, a mão de um "escritor fantasma", um tal de Edgar Allan Poe. Conhece? É um de seus escritores favoritos, não? Não se preocupe, o começo é assim mesmo, seguimos os passos de nossos ídolos, lembra-se de quando começou a aprender a escrever, ainda na infância? A letra da professora era a mais bonita que se tinha visto e procurava-se imitá-la. Com o tempo e experiência fomos desenvolvendo nossa própria caligrafia e imprimindo nela nossa personalidade. Assim é também com a escrita literária, com o tempo, com paciência e dedicação vamos desenvolvendo os músculos das asas que nos levam a planar pelo espaço onde ações e sentimentos de personagens fictícios, ou não, são transpostos da vida real ou da imaginação para o plano artístico das palavras. A caracterização da atmosfera do ambiente onde se desenrola a trama é bem colocada, logo no começo, penso que poderia trazer um detalhamento maior do local. Algo como maiores detalhes a respeito da vela, da velha canção, se disco, qual seu estado? A vitrola, alta fidelidade, vuco-vuco? Que tipo de dança as sombras fazem e o que elas provavelmente provocam no homem "sentado no caixote de frutas". Por que caixotes de frutas? Que tamanho dos caixotes? Que folhas de papel? Papel de pão, papel de maçãs, jornal? Cantar? Penso que ele está a escrever poemas. "Profundas cavernas do coração", bela imagem, faz pensar e, mesmo visualizar um amor grandioso, insuperável, impossível de ser substituído. Inesquecível. Tempo, elemento desprezível, que teima em dirigir a vida. A vida de seres que não se entregam a seu domínio. O homem caído. Ser ninguém, não há quem se importe. Por que gastar um olhar com um sujeito tão estranhamente esquisito? Quem se importa...? O importante é o coração. O que importa são os versos. Os outros, pessoas? Não importam, simplesmente. A luz da vela, seu calor nas noites, sua luz, seu calor. Isso sim importa. Adormecer e sonhar com a mulher amada? Adormecer e não mais acordar? Ser recebido pelo amor inolvidável? Deixar que a "velha amiga" seja o ponto final nos poemas e se junte aos amantes em uma nova região do amar? Os poemas do homem caído, como são eles? Como articula as palavras? Como o homem descreve seus sentimentos? Caligrafia impecável, garatujas? Escrito arquitetônico? Escreve só a noite? Durante o dia? Você percebe como se pode escrever atendo-se a detalhes? Um conselho, escreva sempre sem perder de vista o pensamento de que, o leitor não tem ligação telepática com você. Explico, quando você escreve para si, não precisa de muitos detalhes na história porque sabe exatamente o que está acontecendo: a trama, os lugares, os personagens e suas interações, mas o leitor é como uma memória em branco, desconhece cem por cento o que você visualizou e colocou em palavras, sendo assim, quanto mais detalhes fornecer, mais o texto vai prender quem o estiver lendo. Não esqueça nunca que a imaginação daqueles a quem você quer oferecer um momento de prazer pela leitura, precisa ser alimentada com as mais finas iguarias. O único cuidado que se precisa ter é de não tornar o texto redundante, repetitivo. Isso mata qualquer escrito por mais interessante que seja o tema. Conselho número dois, leia e releia várias vezes o que escreveu, com esse procedimento você poderá detectar as repetições, melhorar a escrita de algum parágrafo e mesmo acrescentar detalhes novos que surgem normalmente em nossa mente quando fazemos esse tipo de revisão. Um caderno de poemas? Bela surpresa! Mariana, guria, um caderno! Espero que muitas e muitas folhas e que todas, estejam portando suas poemizadas visões de vida.

FELIZ

Os mais velhos aconselhando os mais novos. Conselhos que impõe a continuidade de um *status quo*, teimando em preservar, ao custo de tristes existências, um sentido de viver trazido em suas entranhas o que foi herdado de forma autoritária "Nós sabemos Somos mais vividos Faça o que mandamos... Vá por nós". Penso que essa fala se repete a cada geração desde que o mundo é mundo. Da Grécia antiga nos chegam em tratados de filósofos, relatos onde a juventude é julgada como "irresponsável e displicente em relação aos costumes tradicionais", e a pergunta atravessa os tempos, "o que esperar do mundo dirigido por uma geração sem respeito pelos princípios que nos trouxeram até aqui?". As últimas três linhas são emblemáticas, "ouça, faça o que mandamos E você será feliz Muito feliz". Apenas refletindo, porventura, quem ordena a obediência incondicional, nunca questionou a validade do que foi obrigado a seguir e passou o tempo todo guiando sua vida segundo o que prega, repetindo o conselho pelo qual ordenou seu viver? Essas pessoas são felizes? Ouro, prata, dinheiro, joias, indiscutivelmente tem importância quando se pensa no conforto que podem propiciar quanto ao viver material, do qual não se pode escapar. Poesia, música, pintura são manifestações do espírito humano. Trazem em seu âmago energias que emanam pela atmosfera terrestre trazendo para o trabalho de viver leveza e harmonia, tornando-o não tedioso e pesado. Lembra-se da fábula da cigarra e a formiga, de Esopo? Pois bem, já há muito tempo pensei em um final que se estende para além do inverno fatal para a cigarra, quando chegou a primavera depois de intenso inverno, as formigas voltaram ao trabalho. A princípio não perceberam um mal que começou a estender sua sombra sobre elas. Com o passar do tempo, porém, começaram a se dar conta de que uma imensa falta de vontade de viver abatia-se sobre todas. Não entendiam qual era sua origem, já que nada havia mudado na rotina da vida no formigueiro. Aos poucos, o número de formigas foi diminuindo, diminuindo... a última formiga, pesarosa, diz em sua derradeira fala que falta nos fez a cigarra, seu canto fazia com que nosso trabalho não fosse tão penoso e deixava nossa vida mais leve e alegre. Se soubéssemos...

Acredito que desde eras ancestrais aqueles que tem a sensibilidade aflorada são considerados avessos aos trabalhos a que se dedicam os simples mortais. Você, se vier a se tornar escritora, vai ouvir e muito essa pérola, "você é escritora, sim, mas só escreve ou trabalha também?". Tempo é dinheiro, é o dito e aqueles que o aceitam sem refletir são os que não sabem de que cor é o brilho do sol no outono, como são as formas das flores que nascem na árvore em frente à janela de seu quarto ou o que diferencia uma pomba de um quero-quero. Sinto muita tristeza por pessoas assim, em meu ver, apenas um limitado cérebro a bordo de um corpo.

MENINO

Amor infindável. O tempo não tem poderes sobre os amores. Desafiar as leis da vida. A não entrega do ser amado para a Senhora Morte. Corpo em coloração transmutada, flacidez avançando pós rigor mortis. Volta ao pó primal. Frio que entorpece e faz abrir os braços em um gesto de boas-vindas para aquela que levou o ser amado. Abraçar a Senhora do Destino Final de tal forma que em fantasmagórico jogo de vida e morte, em fervorosa e resoluta decisão, o que só interessa é ter o ser amado de volta a vida ou ir juntar-se a ele. O abraço da menina enamorada na morte usurpadora cria a imagem de dois corpos que se fundem, dando vida a um novo e uno ente. A última e desesperada tentativa para seguir ao encontro daquele que foi levado para viver em outra dimensão. Não mais forte que a Morte, a menina ao ser vencida suplica, "menino, eu preciso do teu frio amor para morrer".

Neste poema você traz um formato que, embora não de todo inusitado, tem o poder de instigar a imaginação. Ler esse poema e se permitir entrar em seu clima. Ter a sensação de estar fazendo parte de um séquito que acompanha um funeral. Digo isso porque quando o lemos, o ritmo que os pulmões, em seu inflar e exalar, impõe à inspiração e faz com que a marcha do tempo de leitura seja lenta, arrastada. Esse respirar favorece a atmosfera que envolve o conto no poema. Acredito que muitos poucos que lerem esse poema ficarão impassíveis perante as palavras e a forma com que você o construiu. Em todo o tempo que me dedico ao jornalismo e à docência encontrei poucos escritos que me fizeram parar e refletir a respeito do que lia. Esse seu poema, Mariana, é um deles. Apenas para ilustrar, vou lhe contar de um aluno que tive no segundo ano do nível médio. Seu nome era Victor, a redação que ele fez em uma prova de literatura se tornou inesquecível e ele entrou para a minha galeria de alunos escritores medalha de ouro. O tema proposto para a redação era AIDS; o limite para o tamanho do texto era de trinta linhas. O que ele escreveu de tão especial que me deixou boquiaberto? Usando apenas duas palavras, escreveu, "AIDS: perigo, perigo, perigo..." e assim por diante, foi escrevendo a palavra "perigo" até a vigésima nona linha, na trigésima e última linha ele escreveu, "... perigo, perigo, perigo: MORTE".

Penso que você está curiosa para saber por que de eu ter considerado esse texto, simplório em sua aparência, algo de uma magnitude especial. Lhe digo, foi pelo seguinte, Victor conseguiu, com apenas duas palavras, "perigo" e "morte" sintetizar toda a neblina de negra energia que a simples menção, aids, faz baixar e envolver a qualquer ser humano, por mais frio que seja. Continuando a análise, a palavra **perigo** em sua essência é advertência que faz todos os sentidos entrarem em estado de alerta. Prenuncio de um possível mal portador de intensa gravidade. **Morte**, essa palavra, creio, dispensa comentários, pois é a única certeza que temos nesta vida.

Quando ela se apresenta, na forma de uma enfermidade terminal, lágrimas e lamentações marcam os caminhos do pesar que todo ser humano, sem exceção, alguma vez em sua peregrinação por essa terra experimentou ou vai experimentar. É em essência, fidedigno representante do minimalismo. Mas, pode perguntar, minimalismo não é atingir o máximo de expressão com o mínimo de discurso? Sim, esse texto poderia ser escrito, AIDS: perigo: Morte. Que a mensagem também seria passada, porém com a repetição da palavra "perigo", a mensagem sofre uma potencialização que a faz ter uma força maior e consequente maior impacto. Pergunto, será que Victor pensou nisso quando escreveu? Respondo, penso que não, acredito que ele teve um daqueles momentos que chamamos de brilhante. Assim é a arte de escrever. Há um poeta do início do século vinte que você precisa conhecer, é Augusto dos Anjos, que é considerado como um viajante entre o simbolismo, o parnasianismo e o pré-modernismo. Seus poemas trazem uma temática, que para a época foi ousada, desânimo, pessimismo e inclinação para a morte. Mariana, acredito, mas não muito, que você tenha visto obras dele, ou mesmo algum comentário nas aulas de português ou literatura. Você poderia comprar um livro de poemas dele, para simplesmente conhecer seu modo de pensar e de escrever. O primeiro que ele escreveu foi "Eu e Outros Poemas".

ELE

Depois de ler os dois poemas, Feliz e Menino, quem diria que o terceiro poema foi escrito pela mesma Mariana? O cenário que nos vem à mente quando lemos esse poema é o de um sarau do início do século vinte, com moças em seus vestidos de babados e os rapazes em suas fatiotas, todos em elegante e, ao mesmo tempo tímida e provocante postura. Enquanto a autora do poema o recita, com certo rubor nas faces, olhares cruzam o ar como faíscas que saltam dos olhos dos rapazes para os das moças e vice-versa. A emoção acompanha cada palavra que a jovem pronuncia. Emolduradas pelo claro batom em seus lábios, são como pequenos pássaros celestiais que sussurram cantos de amor e paixão nos ouvidos dos partícipes. Os corações das mocinhas vão batendo sempre mais e mais apertados, acompanhando de perto a narrativa em versos, enquanto os rapazes trocam olhares de mofa onde se pode ver bem o que se passa em suas cabeças: "como as moças são sentimentais, se emocionar com um poema!". Mariana, querida, cada um desses poemas que me enviou tem uma direção literária, eu poderia até mesmo dizer que cada um foi escrito por uma pessoa diferente. Ruim? Em hipótese alguma. Pelo que conheço, até aqui, de você e de seu trabalho, vejo que você encontra facilidade em fluir pelos diversos veios literários para se expressar. Apenas um detalhe, se você gosta e sente prazer na expressão escrita, pratique, escreva muito. Tenha sempre consigo uma caderneta e uma caneta, só as tire da bolsa para anotar alguma ideia, ideias surgem onde quer que vá, nos mais inusitados lugares em que estamos e a qualquer tempo, faça delas suas companheiras inseparáveis. Não precisa anotar tudo o que vier à sua mente, pode ser uma palavra ou uma pequena frase, elas são marcações que vão lhe trazer à memória o pensamento inteiro que se apresentou e então, você vai poder desenvolver a ideia em um texto, um poema ou um conto.

Hora do exercício para Solange e Mariana:

Escrever um texto com quinhentas palavras com o tema "Uma Notícia de Jornal". Orientações:

1 - escolher uma notícia verdadeira em um jornal impresso

2 - resumir a notícia

3 - escrever o texto-comentário

...

Arroz, purê de mandioquinha e carne de panela. O olfato de Ronaldo registra a combinação de aromas que emanam dos pratos. Ele é seduzido e fala para as mãos invisíveis das prazenteiras emanações que foram buscá-lo, "estou indo, deixa eu terminar o pensamento... só mais uma linha...".

Decorrido o tempo de almoço, Ronaldo olha em torno de si por alguns momentos, em silêncio. Não esperou mais para retornar ao escritório e colocando de lado a xícara já sem café, retoma a carta.

...

4 - o texto comentário deve ter exatamente quinhentas palavras, nenhuma a mais, nenhuma a menos

Observações,

- só contam palavras com no mínimo três letras.

- as duas, avó e neta, devem escrever a crítica sobre a mesma notícia

...

Terminada a parte da orientação de suas pupilas, ele passa a continuar contando sua singular história. Não sem antes, porém fazer uma observação:

...

Os tempos atuais são terríveis, estou aderindo também à escrita usando o computador. Embora, como já comentei, ache que a correspondência careça do calor humano que só a caligrafia proporcione, tenho que me render à praticidade. Mas, vou dar o braço a torcer, só um pouquinho, vou continuar enviando as cartas em envelopes com selos e carimbos pelo correio. Assim, um traço de elegância continua a viver. Vida. Vocês devem estar se perguntando, "o que havia no olhar da garota, que ele chama de *menina de estrelas no olhar*, de especial que até hoje, decorridos mais de cinquenta anos, Ronaldo ainda se sente encantado?". Bem, vamos retomar o fio da meada da história que deixei solto na última carta, onde a visão daquela menina tocou meu ser e fez algo despertar dentro de mim que até hoje, mais de cinquenta anos depois, está presente em cada pulsar de meu coração? Quanto já procurei entender? Perdi a conta. Então, na época tinha me afastado do colégio e depois dela voltei a frequentá-lo diariamente, levava as apostilas com as matérias do vestibular e ficava sentado estudando em um dos bancos da praça na saída. Na verdade, ficava esperando pela menina passar e eu poder abordá-la. Os dias passavam e ela não aparecia. Com a ansiedade me devorando, comecei a pensar se tudo não passara de uma visão, quando eis que a menina com estrelas no olhar passa se dirigindo para a saída. Estabanadamente juntei minhas coisas e corri atrás dela, mas só consegui vê-la quase entrando em um carro, que estava parado em frente ao portão do colégio. Com meio corpo já dentro do carro ela acenava, se despedindo das amigas. Um rapaz, que estava sentado na frente, no banco do passageiro, impaciente gritou, "vamos logo Katia, vou mandar o motorista te deixar e ir embora". Na hora pensei que ele era o namorado dela, grosso na minha avaliação. Como alguém podia tratar daquele jeito, uma garota como aquela? Depois fiquei sabendo que era seu irmão. Eu estava quase chegando no carro, faltavam apenas uns dois ou três passos, ela terminou de entrar no carro e se foi. Eu fiquei arrasado, mas no meio do caos que se aconchegou a meus pensamentos, não pude deixar de notar um pequenino ponto de luz pendurado no vazio instalado, seu nome era Katia! Katia! Ah! Katia. O ponto de luz que iluminava meu eu como um fio de luz começou a perder seu brilho e bruxuleante foi perdendo o vigor. Katia, está bom, mas, que Katia? No colégio deveria haver pelo menos uma dúzia ou mais de Katias. Acossado como um boxeador em um corner, achei uma reserva de forças e voltei para dentro da escola indo direto para a cantina pensando em tomar um café, com veneno, para desanuviar a cabeça. Na cantina ainda não serviam café envenenado, mas nem precisava, no copo que eles serviam vinha um café que apelidamos de quatro efes, "fraco, frio e com formiga no fundo do copo". No segundo gole, já mais recuperado, tive uma ideia, procurar por uma das meninas que Katia estava se despedindo e perguntar sobre ela. Encontrei uma delas no corredor, indo ver a lista dos aprovados naquele ano, fui junto.

Era uma loira bonitinha chamada Rosemilia, conversando falei da singularidade de seu nome, ela contou que ele surgiu de uma junção dos nomes de suas duas avós, Roseana e Emília e que ela ganhara um prêmio na maternidade por ter o nome mais diferente dentre as crianças que nasceram naquela semana. O prêmio foi ūma caixa com latas de leite em pó para preparação de mamadeiras durante um mês. Chegando ao quadro com as listas, ela começou a procurar seu nome em uma das listas do segundo ano. Fazendo cara de espanto, perguntei, "você está no segundo ano? Pensei que era no terceiro". Ela, sorrindo, disse que acabara de terminar o segundo ano e que tinha passado para o terceiro. Com curiosidade no olhar ela me perguntou como era o terceiro ano, se era mais difícil, se os professores que ela não conhecia eram legais ou não, se era preciso estudar muito, como se falava, para o vestibular. Eu respondia, ela perguntava, eu perguntava, ela respondia e assim estávamos conversando quando puxei o assunto das amizades e mencionei que achei de muita falta de educação o que aconteceu no portão do colégio com a morena de cabelos longos quando ela foi chamada rispidamente para ir embora pelo rapaz que estava dentro do carro. "Ah!". Rosemilia exclamou, "A Katia, era o irmão dela, ele é assim mesmo, meio nervoso". Estávamos sentados no parapeito do corredor em frente as listas conversando a respeito de como aproveitar melhor os últimos momentos antes do ano que se aproximava e que traria a responsabilidade do vestibular quando um rapaz veio até nós, era o namorado de Rosemilia, eles se abraçaram e se foram. Para falar a verdade eu já nem prestava muita atenção na conversa, só não queria ser indelicado com a menina e encerrar abruptamente a conversa para poder dar vazão à vontade que me corroía por dentro, ir procurar Katia nas listas. Em dois passos estava ante as listas do segundo ano. Havia somente cinco segundos anos no colégio, não deveria ser muito difícil localizar a menina de estrelas no olhar. Com o coração na boca, como se diz, e repetindo seu nome, Katia, Katia, Katia... percorri nome a nome as cinco listas e, em duas classes encontrei uma Katia, Katia Maria e Katia simplesmente. E agora? Perguntei para mim mesmo, qual das duas é a menina de estrelas no alhar? Como já disse antes, praticamente fiz do colégio minha casa. Chegava pouco antes de abrir o portão e só ia embora quando estavam para fechá-lo. Em vão. Katia não apareceu mais, as aulas para quem estava no segundo ano terminavam antes daqueles que estavam no terceiro ano se preparando para o vestibular. O sentimento que se apossou de mim, nunca entendi, perdi completamente o interesse por tudo, pensei até em esquecer o vestibular, pensei mesmo em não passar de propósito para oferecer a reprovação como sacrifício pelo amor de Katia. Fiquei inteiramente à mercê do anjo ou demônio da paixão, não sei... meu ser inteiro vivia Katia. Eu a via na luz do entardecer, imaginava ouvir sua voz no vento e, então, corria para encontrá-la, mas era apenas ilusão. Eu gostava muito de andar na beira da praia com água pelos joelhos e nesses momentos o tempo não tinha poderes sobre mim. Longe era um lugar que não existia.

O momento do dia que eu preferia era o entardecer. Andava, andava e quando cansava, sentava-me na areia e ficava apreciando o horizonte, a luz do dia se despedindo e as primeiras estrelas chegando. Geralmente voltava para casa quando a noite começava a se fazer presente. Certo dia, depois de uma das provas do vestibular, fui andar na praia como de costume e, pelo que me lembro, não era muito tarde quando já estava voltando. Imerso em pensamentos dedicados inteiramente para Katia, e se acreditasse em anjos, diria que um deles passou por mim e me fez olhar para as casas que ficavam no lado oposto da praia, na avenida que beirava a praia e, surpresa! .... Na entrada da garagem de uma delas estava estacionado um carro parecido com o que Katia entrara. Parei, cocei a cabeça e com o coração no maior baticum atravessei a avenida e fui de perto conferir. Dificilmente seria um engano, o carro era uma Chevrolet Veraneio azul celeste e quando vi no vidro de trás colado um adesivo plástico com o símbolo do colégio, meu coração se incendiou. Decorei o número da casa, voltei para a praia, tomei folego e corri para casa, quanto tempo corri, não faço ideia, só sei que quando dei por mim estava na sala de casa com a lista telefônica aberta sobre minhas pernas, procurando o nome do assinante que morava naquele endereço, Avenida da Praia, dois mil cento e um. O dedo corria a meia velocidade sobre a página, Avenida da Praia mil seiscentos e quinze; Avenida... mil, novecentos e cinco; Avenida... dois mil e sete; Avenida da Praia dois mil, cento e um! Eureka! Gritei a plenos pulmões como fez Arquimedes de Siracusa ao descobrir como saber o volume de ouro na coroa do rei Hierão. Meu pai, assustado, veio correndo pensando que algo havia acontecido, eu lhe disse que tinha descoberto a resposta para um tipo de problema que poderia cair no vestibular. Casa dois mil cento e um, da Avenida da Praia; nome, sobrenome e número do telefone! Para mim valia mais que todo o ouro do mundo. Peguei o fone, e no telefone imediatamente comecei a discar. Logo voltei para a realidade e desliguei, já era tarde para incomodar os outros com telefonemas. No dia seguinte, ofegante de ansiedade, não via o tempo passar e chegar em uma hora apropriada para ligar para Katia. O tão esperado momento chegou, peguei o telefone e comecei a discar, meu corpo inteiro tremia e dançava freneticamente acompanhando meu dedo que encontrava dificuldade para entrar no orifício do disco onde os números eram indicados. Parei, respirei fundo, mas pouco adiantou, eu estava como um garoto que ganha a primeira bicicleta e está esperando a loja entregá-la. Os pensamentos em redemoinho iam e vinham devastando tudo o que ensaiara para dizer para Katia. Você é um homem ou um rato? Veio à minha memória a voz de minha mãe, perguntando. A lembrança mexeu fundo comigo, afinal, por que eu estava timidamente amedrontado em ligar para uma garota? Com Flavia tinha sido diferente, fui calmo, sereno, forte, firme e audacioso. Por que isso agora? Fui para o quarto de meus pais, sentei-me em frente ao espelho da penteadeira e olhei direto e friamente em meus olhos, de repente não reconheci o que refletia no espelho. Era eu, mas havia

um que de fraco na imagem da pessoa que eu via. Nunca me vira assim. Não pode ser eu, falei para os botões de minha camisa que continuaram indiferentes. Nesse momento, olhei fixamente para a imagem de meu rosto no espelho e tocando com a ponta do dedo indicador em riste no meio dos olhos me recompus e decidido fui telefonar. Deu sinal de ocupado. Tanto rapapé para acertar um sinal de ocupado. Dei um pescoção na minha própria cabeça falando baixinho para mim mesmo, "seu idiota, viu o que dá ficar temendo dar um simples telefonema? Tonto". Como a hora de sair para fazer mais uma prova do vestibular estava perto, decidi deixar para ligar mais tarde, quando voltasse. Explico, especialmente para Mariana, já que Solange passou por isso, havia um intervalo entre as provas, se você fosse aprovado faria a seguinte, acontecia uma prova a cada três dias. Eu já tinha passado pelas provas de português, conhecimentos gerais e língua estrangeira. A prova do dia era de física. Me digam sinceramente, como sobrepor fórmulas e números ao sentir por Katia Maria? Querem saber minhas notas nas provas antes de descobrir o telefone de Katia Maria, lembrando sempre que não se podia tirar nota zero, por que ela era eliminatória? Aqui vão, português: nove e três décimos; conhecimentos gerais: nove e oito décimos; língua estrangeira: nove e meio. Aqui vão as posteriores à descoberta do número de Katia Maria, física: zero virgula seis; química: três e dois décimos; matemática: quatro e um décimo. Mesmo assim, com a média das notas fui habilitado a entrar na faculdade que coloquei em terceira opção, engenharia na Fundação... como era o desejo de minha família. A primeira opção não deu. Deixando de lado essa conversa chata, voltemos ao que interessa, depois da prova voltei para casa com o pensamento fixo em telefonar. Pulei o muro que não era muito alto, não podia perder tempo abrindo e fechando o portão, e corri para o telefone. O dedo gira o disco, solta, ele volta ao início...
sinal de chamada, agora sim!

— Alô!

— Boa tarde, gostaria de falar com Katia Maria,

— Quem deseja?

— Ronaldo, colega do colégio,

— Querido, ela foi passar as férias em Roma, volta para o natal...

— Está bem, quando ela voltar falo com ela, boa tarde.

Escutar aquilo foi como se tivessem jogado água em minha fogueira de São João, Natal? Acabou, simples assim. Natal, será muito tarde, estarei morando em outra cidade, uma longe daqui. Sentado estava, sentado fiquei, apenas a cabeça caiu e segura entre as mãos ficou. Sentindo a maré subir em meus olhos, chorei. Assumi meu papel de senhor da triste figura, como o personagem em Dom Quixote de La Mancha, romance de Miguel de Cervantes. No caminho para a nova cidade, resolvi, não quero mais saber de ter amigos, não quero mais gostar de ninguém, não quero que ninguém mais goste de mim. É melhor ser só do que ter que passar de novo pelo que estou passando. Meu passado deixa de existir. Que ele fique com todas as lembranças, até de Katia Maria. Assim está decidido, assim vai ser. Assim vai ser e, assim não foi. Chegamos, a família e eu na nova cidade, tudo era novo, nunca estivera lá, só a conhecia de nome. Eu saia de manhã para a faculdade e só voltava no fim da tarde depois de virar a cidade, como se diz quando se quer conhecer a fundo. Andando pelas ruas, becos e vielas, me deparei com uma loja de pôsteres, entrei e fiquei pasmado com a quantidade de imagens expostas nas paredes, havia de todas as imagens que se pode imaginar, paisagens, filmes, artistas, desenhos psicodélicos. Como todo bom rato de lojas não exatamente convencionais fui olhar os que estavam nas gondolas. Achei um de Peter Fonda e sua moto no filme "Sem Destino", separei. Continuando a garimpar cheguei a um de uma atriz que me lembrou Katia Maria, seu olhar, seu cabelo, sua expressão. Separei e comprei os dois. No dia seguinte, coloquei na parede o de Peter Fonda e, colei em cima de minha cama, no teto, como fazem os adolescentes, o de Katia Maria, na foto da atriz. O nome da atriz, nunca prestei atenção a ele e até hoje não sei quem ela era, só me interessava ver na foto Katia Maria. Todos os dias antes de adormecer era a última imagem que via, Katia Maria! E ao acordar, era a primeira, Katia Maria! O tempo relogiado passava deixando atrás de si semanas, meses, anos. O aniversário de dois anos de vida na nova cidade e na faculdade passou e como podem ver, Katia Maria e seus olhos de estrelas, continuava viva em minha memória. Vezes sem conta, quando a saudade dela se apossava de meu coração, eu saía a noite pelas ruas da cidade, como um andarilho vagando a esmo, sem rumo e não poucas vezes o sol vinha me buscar em algum beco e me acompanhava até em casa. As lágrimas que vertiam de meus olhos eram o retrato fiel da dor que me consumia. Meu peito parecia estar sendo comprimido por uma mão com o peso de toneladas, meu coração doía como devorado por mil abutres. Não desejo esse martírio a nenhum ser humano. No costume de andar à noite pela grande cidade, fui aprendendo a observar as nuances de um mundo onde luzes artificiais iluminam as ruas, onde o colorido dos cartazes em neon espalha brilhos que refletem os movimentos mais lentos da noturna fauna humana, pessoas ímpares, diferenciadas pelo falar, pelos trejeitos e pelo trajar. Onde os carros com faróis e lanternas acesas riscam o ar de branco e vermelho. Um mundo quase que totalmente divergente do mundo diurno. Mesmo fascinado pelo noturno, eu só andava e observava, não me comunicava com ninguém. De vez em quando ia ao cinema, sozinho. Em um de meus passeios minha atenção foi despertada por uma turma que estava na entrada de uma casa de show, o mínimo com que se pode definir aquele grupo é, bizarro. Me aproximei e fiquei andando de lá para cá só observando as pessoas. Quando a casa abriu, as portas e as pessoas foram entrando, curioso, entrei também. O ambiente à meia-luz, muitas luzes coloridas espocando por todos os cantos, o som bastante alto e distorcido de músicas tocadas por um conjunto que bem se poderia chamar "Os Paralelos do Ritmo", pois cada um dos componentes parecia tocar o que lhe vinha na cabeça e pouco se importava com o que os outros tocavam. Como duas linhas paralelas, eles não se encontrariam nem no infinito; a berraria do cantor, sim se pode enunciar como tendo o principal de seus atributos a ininteligibilidade e era muito provável que apenas ele soubesse a letra. Pelo que pude perceber, nenhum dos presentes estava interessado na mensagem poetizada que a banda passava. Tatuagens, piercings, maltrapilhagem, roupagem militar, dandismo, drogas, álcool e o que chamarei de violência amorosa. As pessoas se batiam, pulavam de peito umas contra as outras gritando. Pelos cantos havia sempre alguém vomitando, tomavam leite e depois mascavam pedaços de limão, assim era a receita para um vômito vigoroso, segundo soube mais tarde. Eu tinha entrado em um covil punk. Experiência dantesca. Nessa noite encontrei algo que poderia vir a dividir o espaço com as lembranças de Katia Maria. Voltei várias noites ao covil, mas nunca participei ativamente da violência, usei drogas ou tomei o 'elixir' para vomitar. Levava minha bootleg recheada de vodka, me faltava coragem para beber qualquer coisa servida no bar, mesmo água, e ficava só observando. Ah! Meu figurino, calça jeans surrada e rasgada, camisetas de cor verde oliva ou cáqui, que pintei como a que os prisioneiros nos campos de concentração durante as guerras, um grande P nas costas e um número na frente. Meu número era a minha data de nascimento. Também usava camisetas surradas pintadas com manchas de verde, amarelo, e azul, o branco vinha da própria camiseta. Desenhos de caveiras, suásticas, A de anarquia e outros símbolos usados no universo punk também faziam parte. Coturno e jaqueta militar que comprei em um brechó. No frio usava uma pelerine, envelhecida, de lã preta forrada de cetim vermelho. Acentuava as olheiras com maquiagem. Os cabelos loiros, muito claros, longos, pelo meio das costas. Logo minha figura se tornou conhecida e o apelido que ganhei foi Tenente Drácula. Uma garota, certa vez, chegou para mim e falou, "fico apavorada quando te vejo...", imaginem a minha figura! Agora, falando da ideia que me ocorreu, editar um jornalzinho punk divulgando os covis e eventos punks, trazer escritos de poetas e escritores punks, bem como reflexões a respeito da filosofia punk. Ter uma coluna "social" que falasse dos encontros e dos punks que se destacavam de um modo geral, como nas colunas sociais dos jornais e revistas do povo "certinho". A ideia tomou corpo e saiu do campo dos sonhos. Comecei a editar um folhetim com o nome de "Esqueleto" e seu bordão era: "Punk que é Punk encoxa a mãe no tanque", o seu símbolo era um cachorro caçador de jacarés no pantanal chamado Pirante, cruzamento de urso de pelúcia, garrafa de pinga e drogas. O folhetim era distribuído gratuitamente nos encontros. Logo o Tenente Drácula passou a fazer parte do grupo da gritaria, frequentando os palcos, com seus poemas de temática anarquista. Fiz sucesso. Garotas se ofereciam para mim. Alguns rapazes também. Dentro da anarquia que eu pregava, estava sempre presente Katia Maria, a menina das estrelas no olhar. Como assim? Ela representava para mim a sociedade opressiva, o amor irrealizado, a dor suprema, a vontade de não mais viver, o suicídio. Anarquia. Eu ia quase todas as noites para os covis punks. Eu não tinha um lugar de preferência específico, alternava as idas frequentando vários covis. Com o tempo, muito pouco por sinal, o movimento foi perdendo força e praticamente sucumbiu. O Tenente Drácula foi para a reserva e hoje é apenas uma lembrança divertida de tempos ácidos. Acredito que vocês estão curiosas para saber o que eu escrevia no folhetim, então aqui vai uma pequena amostra, um poema,

ESVOAÇANTE

uma moeda

e garfos tortos

enterrados no corpo

vou levando

não sei nem para onde

vento frio de morte

entra pelos trapos

que cobrem meu esqueleto

dilacerado

disfarçado pelo som torto

dos garfos que torturam a moeda

eu vou.

Um rápido conto,

DENTES AFIADOS

O nenê acorda em seu berço, fica em pé e vê o abajur aceso na mesinha a seu lado. Ele se estica e puxa o abajur que cai dentro do berço. O nenê começa a brincar com ele e vai roendo o fio com seus pequenos dentes afiados. ZZZZZZZZZZZZZZZZZ. Morre eletrocutado.

Vocês estão rindo ou chorando?

Depois desse breve passeio pelo punk, voltemos à faculdade, as aulas se revezavam entre manhã e tarde. Nos períodos em que eu não precisava estar presente às aulas, me enfiava na biblioteca atrás de temas que me interessavam. História da humanidade, Egito e civilizações antigas, contos de terror, ficção científica. Li muito. Fuçando aqui e ali nas prateleiras da biblioteca encontrei um livro dirigido para engenharia: *"Porsche 906 – um carro de competição"*, na capa havia uma foto do carro, foi paixão à primeira vista. Suas linhas, limpas, fluidas, essenciais, pareciam ter sido inspiradas nos corpos femininos, era um carro com exuberante sex appeal, charme e sensualidade a flor da carroceria. Neste livro, além da história do carro, vinham plantas detalhadas de sua construção. As estudei não deixando passar nenhum detalhe e admirado pelas resoluções que os engenheiros da Porsche, na época encontraram para que sua performance o tornasse imbatível, movido pela imaginação comecei a usar os conhecimentos que tinha adquirido e dei início ao projeto de um carro de corrida. Era apenas um passatempo sem maiores ambições. Um aluno, do curso de engenharia, perambulando certa ocasião entre as mesas da biblioteca procurando uma garota com quem marcara um encontro, viu de relance meu projeto, puxou conversa, mostrou-se interessado e, sentando-se ao meu lado, pediu que eu explicasse alguns detalhes. Esse foi meu primeiro amigo na nova cidade. Um dia, estávamos tomando uma cerveja em um bar perto da escola quando ele propôs, "vamos construir esse carro que você está projetando?". Embora tentado, disse que não tinha dinheiro para uma empreitada dessas, ao que ele respondeu, "eu tenho". Encurtando a história, construímos o carro, competimos com ele. Ariovaldo, esse era o nome de meu amigo, pilotando e eu chefe de equipe. Hoje não faço a mínima ideia de por onde anda meu amigo e o carro. Como eu entrara apenas com o projeto, combinamos que eu escolheria o nome e batizaria o bólido. Não precisei pensar muito, que nome escolhi e batizei o carro? Difícil adivinhar? "KM 1", quando respondíamos à pergunta sobre o nome do carro, as pessoas pensavam que apenas, em nossa curta imaginação, tínhamos invertido as letras que identificam o Jaguar MK 2, vocês sabem de que nome são as letras, não? E o número um? Da número um em meu coração. Minha vida, para quem olhasse de fora podia parecer efervescente, faculdade, baladas, carros, glamour. Mas, dentro de mim os sentimentos se aglomeravam, houve momentos em que me sentia perdido querendo só voltar para casa me deitar, puxar o cobertor e abandonar meu corpo. Nada, absolutamente nada conseguia me trazer prazer e alegria, embora estivesse sempre com um sorriso nos lábios. Tinha amigos, mas eles não tinham significado, não passavam de meros conhecidos. Algumas garotas chegaram a me interessar, nenhuma deu certo. Logo ficava entediado, o sentimento por Katia Maria era muito forte e presente. Tentei mudar meu posicionamento, começando a frequentar bailes nos clubes da cidade para conhecer novas pessoas e possivelmente encontrar uma garota que tomasse de assalto o lugar de Katia Maria em meu mundo avesso. Além de qualquer imaginação, espirituosidade e jovialidade, as garotas se fizeram ao largo. Podia vê-las se afastando de mim indo longe, já quase na linha do horizonte contornando a curva da terra. Abraçado à fugidia memória, a figura da menina de estrelas no olhar evanescia. Eu me tornava cada vez mais taciturno, não me conformava com a neblina que eu teimava em lutar contra. Neblina que empalidecia inexoravelmente a imagem de minha querida Katia Maria. Certo dia em um arroubo de ousadia para comigo mesmo, aceitei o convite de alguns colegas da faculdade para ir a um baile de formatura que aconteceria em um clube a beira rio, no outro lado da cidade. Antes de sairmos, fizemos um brinde à noite que nos receberia. Fomos de taxi para podermos ter mais liberdade e poder brindar com Baco. Conhecer novas garotas, dançar e se divertir era a ordem da noite. Chegamos no clube por volta das vinte e três horas, logo ao nos aproximarmos da entrada, nossos olhos foram ficando compridos para cima das formandas finamente adornadas e em vestidos que isentos de malícia, formavam um conjunto, inocentemente provocante. Eram visões que faziam nosso sangue ganhar velocidade pelas veias. A noite cálida, aberta, no céu milhares de estrelas brilhantes que nos faziam sussurrar nos ouvidos das garotas, enquanto deslizávamos abraçados pelo salão, são os olhos dos anjos que nos acompanham e zelam por nós... em resposta recebíamos suspiros. Era a motivação que esperávamos para sugerir a troca de telefones e pedirmos para, em um dia próximo, marcar um encontro. Findo o baile, com alguns números no bolso, voltávamos exultantes para casa. Era óbvio, não preciso dizer, que ligávamos primeiro para as mais bonitas, e via de regra, quase todos os números que nos eram dados não existiam. Ninguém ficava aborrecido por isso, era normal e motivo de riso. Depois do desfile em que os pais apresentaram à sociedade a filha, ou o filho formando, tinha início o baile. Algumas músicas tocaram e uma das garotas com quem eu tinha trocado alguns olhares se dirigiu para o bar, eu me encaminhei, também, para lá e, iniciei uma conversa. Ela se mostrou amável e, quando perguntei seu nome ela falou, "Simone Almeida", ao que emendei, "belo nome para uma bela garota". Ela riu e perguntou o meu, eu buscando aquela fleugma britânica em mim e arqueando as sobrancelhas, disse, "Horsha, Ronaldo Horsha". Ela desatou a rir e perguntou com um brilho maroto no olhar, "você é o primo pobre do James Bond?" Tim, tim, nossas taças se encontraram. "A senhorita me concede essa contradança?". Convidei, apresentando meu braço, ela gentilmente enlaçou-o com o seu e fomos para a pista. Enquanto dançávamos, conversávamos, ela contou que tinha se formado em direito, que vinha fazendo estágio em uma firma média e estava se esmerando para fazer a prova da Associação de Advogados, e ansiosa para ser efetivada. Eu falei que estava na faculdade de jornalismo e que tinha ainda um ano de estudos para terminar. Contei de minha aventura com o folhetim punk, certamente omiti alguns detalhes mais pesados. Ela questionou se eu não tivera medo de me envolver com essa turma, pois quando foi visitar sua irmã que mora em Londres, em um passeio pelo Hyde Park tiveram a atenção chamada por três rapazes e duas garotas punks estirados no gramado, o conselho que sua irmã preocupada deu foi de sequer olhar para eles, passar e fazer como se nada existisse ali além do gramado. Entre espantado e curioso perguntei o porquê. Simone, "eles são muito hostis, se pensarem que em seu olhar há desdém ou que você está achando graça, eles vêm lhe agredir de forma impiedosa". Respondi que os punks daqui eram mais tranquilos, que poucos eram agressivos e que quando você se mostra partilhar de sua filosofia, eles são amigos. Passado esse momento de apresentações, a conversa foi tomando um rumo mais romântico e nossos rostos, aos poucos foram colando um no outro e a maciez de sua pele e o calor que dela podia sentir atravessando minha pele, tocava meu coração. Ah, Simone Almeida! Tudo estava indo às mil maravilhas, a garota, eu, os sentimentos mútuos, o envolvimento, a noite, a música... uma incursão por tempos anteriores, canções de um tempo passado, mas que não envelhecem. Imagens invadem a memória, procurei apenas aquelas que trouxessem lembranças de momentos que traziam júbilo, praia, sol, amigos, alegria.... Agora uma música para os casais apaixonados, anuncia a cantora do conjunto que animava o baile. Simone e eu nos abraçamos mais forte. A música começou, Nights in White Satin do Moody Blues, nesse momento meu coração fraquejou. Ué, por quê? Vocês devem estar perguntando. Pois bem, a letra da música me trouxe as imagens das cartas que tinha enviado para Katia Maria. Como um arco-íris arqueando-se sobre meu horizonte, desponta a figura de Katia Maria, seus olhos graciosos, seus longos cabelos negros... me encerro dentro de meu próprio coração. Com a lembrança de alegrias que poderiam ter existido se origina grande amargor que afoga todas as minhas esperanças de um venturoso encontro. Terminada a música, dancei mais três ou quatro e polidamente disse para Simone que precisava ir ao toalete. Levei-a até a mesa onde estavam seus pais e irmãos, sentei-me por um breve momento, conversei, pedi licença e saí. A hora se aproximava das três e quinze. Encontrei-me com um dos amigos que tinham ido ao baile comigo e disse-lhe que não estava me sentindo bem e que estava indo embora, que ele e os outros não se preocupassem. Chegando ao portão do clube acenei para um taxi, mas no intervalo de tempo em que fiz o sinal e ele chegou, pensei e decidi ir para casa a pé. Atravessar a cidade àquela hora na madrugada de domingo, a pé, era no mínimo temeroso. Mas, o que poderia temer um coração cravado? A vida? Não seria a morte, melhor sorte? Pouco estava me importando naquele momento. Só queria andar, muito, e tentar deixar a lembrança de minha paixão, no mínimo infantil, largada, perdida pelo chão por onde iria passar. Andei e andei, minha cabeça não acompanhava meus passos, estava desconexa com minhas pernas. As estrelas antes olhos de velantes anjos, se tornaram em olhos de anjos das hostes de Hades, eu os sentia como as mil agulhas do sultão em meus pulsos. Já não sabia se vivia realidade ou sonho. Ao mesmo tempo que a razão comandava meu pensar para esquecer aquela garota, meu emocional dizia enfaticamente, não te esquecerei meu eterno amor. Katia Maria, Katia Maria! Que mensageiro entre Deus e os homens me desejou tal sortilégio de, em apenas um olhar, como um corisco, deixar entrar em meu coração aqueles olhos com estrelas e fazer deles meus grilhões? Não pense assim, a menina não tem culpa de você ter deixado ela entrar, era o pensamento que logo a vinha defendendo. Eu argumentava, mas nunca conseguia vencer meus sentimentos. Andando e brigando comigo mesmo fui por um bom pedaço do caminho. Cansado, me sentei no meio fio, olhei para os lados, minha cabeça pendeu para entre minhas mãos e chorei. Um casal de jovens passou e pude escutar ele falando para ela, "esse é daqueles que não sabem beber". Se soubessem... não sei por quanto tempo as lágrimas caíram de meus olhos. Por mais que caíssem não conseguiam levar com elas meu pesar. Como eu queria estar com Katia Maria. Mais alguns quarteirões e sentei-me de novo no colo de minha amiga guia de rua para dar vazão, outra vez, às lágrimas que teimavam em não cessar, quando senti uma mão bater em meu ombro, era um mendigo. Pensei que ele fosse me pedir um trocado, mas não, com voz embriagada perguntou, "o que se passa meu rapaz?.Precisa de ajuda?". Seria ele um anjo caído, um coração atado a uma garrafa? Secando meu rosto com as mãos, respondi, "um aroma especial, olhos escuros, longos cabelos negros, excitantes lábios rosados, um corpo... por um momento pensei estar imaginando aquela garota, mas não, ela existia e hoje nada faço a não ser trazê-la na mente como um sonho, eternamente". Por um tempo ele ficou me olhando em silencio e depois de um longo suspiro, falou ternamente, "meu garoto você é um poeta! Só o sofrimento produz uma resposta assim, tão cheia de amor. A tristeza escreve os mais belos poemas. Todos os grandes poetas carregam em si uma dor de amor incurável. A essa dor devemos os mais belos escritos da história do homem. O que será da lua se não anoitecer?". Ele, então, tirou do bolso do casaco uma garrafa e me oferecendo falou, "não há mal de amor que um gole de cachaça não cure". Como rejeitar tão gentil oferta daquele que dedicou alguns de seus minutos para socorrer alguém como eu? Peguei a garrafa, tirei a rolha, limpei o bocal na minha camisa e sorvi o maior gole que jamais bebera. Sem ele perceber, coloquei um dinheiro em seu bolso quando ele se levantou para se despedir e seguir seu caminho. É um personagem sem nome que passou em minha vida e que em tempo nenhum vou esquecer. Em meus pensamentos, ainda hoje, nunca deixo de desejar para que ele tenha encontrado o caminho que procurava para o seu paraíso. Cheguei em casa e mesmo com o sol batendo em minhas costas, minha noite não tinha fim. Quantas vezes pensei em tê-la junto a mim, sentir seu calor, abraçar seu corpo, beijar sua boca, correr meus dedos pelos seus cabelos, acariciá-la. Quantas vezes andei só pela vida pensando nela? Mil vezes jurei que já a esquecera, mas lá estava eu perguntando, procurando. Katia Maria, quantas vezes tentei me convencer de que ela não passava de um sonho, um sonho da cor do céu em um dia de sol, algo passageiro, uma ilusão. Um momento apenas, mas tudo em vão. Eterna você será, óh, Katia Maria. Quantas ruas, quantas avenidas andei em fria garoa, pensando estar ouvindo a voz de Katia Maria, vendo sua imagem fugidia. Vocês não têm como avaliar como é difícil olhar para um céu que, nunca, quem sabe, poderia alcançar. Eu continuava a andar à deriva naufragando pelos rios de asfalto. Melhor morrer a ter um viver assim, muitas vezes pensei. Sonhar dias inteiros com aqueles olhos, repetir a exaustão seu nome, desafiava qualquer espécie de imaginação, por mais ardente que fosse. A irritabilidade, por não tê-la, em certo momento, se fez tão presente que em um acesso incontrolável de ruína, a primeira atitude que tomei foi de arrancar o pôster da atriz que lembrava Katia Maria do teto pensando, "adeus menina de estrelas no olhar, fique em seu lugar no meu passado, a partir de agora serei apenas eu e uma garota que me fará feliz e sorrir". Com efeito, os dias que se seguiram não me viram voltar atrás em minha decisão, meu semblante se iluminou e não só me sentia mais leve como meu desejo de compartilhar meu amor ganhou nova vida. O que muito me ajudou nesse processo para um novo caminho foi uma garota que vi no jardim de uma casa quase vizinha a minha, vestida em um vestido rodado, vermelho, sentada no gramado em frente à sua casa, com o cabelo comprido e loiro resplandecendo ao sol. Aquela imagem composta pela garota e pelo colorido foi para mim como uma pintura renascentista, logo a impressão material se transformou em um sentimento de bem querer, maior do que uma simples amizade. Um dia estava saindo do dentista quando ela entrou. Passamos um pelo outro e nem nos cumprimentamos. Da vez seguinte que fui ao dentista, comentei com ele a respeito dela e perguntei quando seria seu retorno. Ele no começo relutou, mas depois de eu muito pedir e falando que era para ajudar em uma história de amor, ele acabou cedendo. Marquei minha próxima consulta para logo antes da dela. Terminado meu atendimento, saí e como quem não quer nada fiquei na porta do consultório esperando por ela. Quando ela saiu me apresentei a ela, falei que éramos praticamente vizinhos (ela sabia) e se eu poderia acompanhá-la até sua casa. Ela concordou e fomos caminhando e conversando. Quando chegamos ao portão de sua casa, voltei a ser aquele Ronaldo que há muito deixara de ser e a pedi em namoro. Ela me chamou de audacioso, conversamos e lhe pedi um tempo de namoro de experiência, se desse certo, continuaríamos, se não... ela aceitou e o nosso namoro começou. Foi uma página muito bonita em minha história. Luiza era seu nome. Como já ficou implícito, terminamos o namoro, nem mesmo sei bem o porquê. Mentira, sei sim e conto porquê, "não há noite sem sonho sonhado", disse em algum tempo um alguém poeta. O que quero dizer com isso? Sonhos são apenas sonhos, prefiro os pesadelos, são mais intensos. Certo dia acordei e o que lembrei do sonho daquela noite me fez sentir a velha pressão no peito e novas lágrimas surgiram seguindo o caminho deixado por tantas outras. Katia Maria esse era o nome do meu sonho. Sonhei que estávamos conversando de mãos dadas no portão de sua casa. O que porventura viria depois, jamais vou ficar sabendo pois acordei. Acordei e me dei conta, então, que a garota sonho ainda morava em meu coração e o sonho Luiza encontrara o seu fim. Ainda hoje vejo Luiza e seus longos cabelos loiros, vestida com seu vestido vermelho sentada no gramado, imagem digna de uma pintura de Van Gogh. Uma imagem inesquecível, uma pintura preciosa. Um sentir diferente, percebem o que quero dizer? Com a menina de estrelas no olhar ficou meu coração e quando a noite vinha todos os quereres por outras garotas evaporavam. Vezes sem conta acordei no meio da noite chamando por ela, Katia Maria, Katia Maria... bem, vou parando minha história por aqui, acho que já tomei muito de seu tempo falando de mim. Vamos às lições de hoje, pensem na sua história de vida e os acontecimentos que as trouxeram até o presente momento. Comparem seu viver anterior com o momento atual.

Um abraço a todos,

Ronaldo.

Ideias

Como sempre Katia Maria chamou todos que acompanhavam a história das cartas entre ela e Ronaldo. Desde que recebera a correspondência não tinha dado a ninguém conhecer o que escrevera Ronaldo. Devido ao conteúdo da carta, Katia Maria achou que seria interessante convidar sua amiga psicóloga Marcia Camila para que ela desse um parecer sobre o que Ronaldo contou nos seus últimos escritos. Todos acomodados confortavelmente. Uma atmosfera de vívida curiosidade perpassa o ambiente e não há quem consiga disfarçar o que sente, todos, uns mais, outros menos, esboçam a mesma feição de surpresa e questionamento, o que poderia haver registrado nas linhas e entrelinhas daquela carta guardada com tanto mistério? Por que Katia Maria tinha convidado sua amiga psicóloga para se juntar ao grupo aquela noite?

As folhas de papel, pelas mãos de Katia Maria, vão deixando o envelope. Ela, com um sorriso ambíguo como se não quisesse perturbar o silêncio da noite e ao mesmo tempo bradar a vontade que não morre, as desdobra e inicia a leitura. Pelos ouvidos, sons criam a imagem de um ser que em sua apaixonada devoção e em um capricho e fantasioso devaneio venera em um imaterial altar aquela que despertara o amor em seu coração. Terminada a leitura, todos em unanime concordância pedem a Katia Maria que passe a carta às mãos de Marcia Camila para que ela faça suas considerações.

Ela em suas primeiras palavras questiona o porquê de Ronaldo estar contando sua história com detalhes que o livro não traz justamente para *Solange Cristal de Azevedo Marques.*

— O que pode tê-lo sensibilizado ao ponto de confiar cegamente, por assim dizer, em uma mulher que conheceu *"en passant"*, que apenas elogiou seu romance e lhe pediu para orientá-la na arte de escrever? Bem, essa é a primeira coisa que tenho de dizer, outra coisa é a respeito do título, *Amor em Escarlate*, e da capa. Ela tem a imagem do sol espalhando sua luz dourada sobre uma praia paradisíaca, e o título está na cor escarlate, o que nos leva a pensar que o propósito é fazer com que o livro em uma livraria chame a atenção pela poesia impressa na capa. Com tantos livros romanceando amores, não há como ele passar desapercebido por quem gosta desse tipo de literatura. Ronaldo é inteligente, disso não tenho dúvidas, a ilustração da capa traz em si a ideia de uma paradisíaca paixão e o título reforça essa ideia. Em certo momento, no corpo do texto ele escreve: *"há um tênue fio de esperança, não mais espesso do que o usado pelas aranhas para tecer suas teias, de que Katia Maria possa vir a ler meu romance e ficar sabendo quem lhe enviou as cartas e que muito a quer".* Bem, a partir daí podemos começar a LER a carta, digo enfaticamente porque ela nos traz em seu bojo interessantes pontuações que nos permitem aquilatar uma parte do que aconteceu psicologicamente e que, possivelmente, levou Ronaldo a configurar essa sua história de vida. Ele nos conta que se dispôs a ficar no jardim do colégio dias seguidos, desde a abertura até o fechamento dos portões na esperança de reencontrar a menina de estrelas no olhar; ora, certamente ele foi atingido pela flecha de Cupido e se dispôs a sacrificar seu conforto e seu futuro, o vestibular, para ter a oportunidade de encontrar novamente aquela menina. Aqui ele mostra ser possuidor de uma capacidade de doação de si mesmo que rivaliza com qualquer santo. São poucos aqueles que abrem mão de perseguir seus triunfos para se dedicar a força do afeto que nutrem por alguém. É uma nobre conduta. E vejam, a alegria que explode em seu peito quando ele descobre o nome da menina, Katia, e que logo muda para um ardiloso pensar de como chegar a saber, realmente, quem é ela, em que ano está, se namora ou não, e o mais importante, como ter um encontro com ela. Esse sentir é perfeitamente normal quando nos sentimos atraídos por alguém, mesmo depois da adolescência. Vamos um pouco mais adiante, oferecer a reprovação no concurso vestibular em prova de seu amor por ela é como se auto mutilar, prática que os religiosos na idade média tinham para provar a grandeza de seu amor pelo Senhor. O auto sacrifício, segundo algumas correntes espiritualísticas, não tem o mesmo valor do sacrifício incondicional por outrem. Esse momento é aquele em que a paixão se sobrepõe mais forte do que qualquer realidade. O que então traz serenidade nesses momentos? Para ele era andar na praia, sentir a água do mar e acompanhar o sol poente. Nesse caminhar, absorto em seus pensamentos por Katia Maria, de repente, como se um ente invisível guiasse seu olhar, ele vê o carro azul celeste. O que ele sente nesse momento é algo que o deixa entorpecido. Recobrado ele então corre para casa e vai direto ao catálogo telefônico. Quem de nós no lugar dele não faria isso?

Katia Maria interrompe Marcia Camila e pergunta:

— Até aqui tudo bem, nada de anormal, mas como ele chegou a criar esse querer desmedido por mim? Depois que tomei conhecimento da existência de Ronaldo e de sua paixão por mim, muitas vezes tentei trazer à memória o que há muito tempo se passou e, como recordar se não consigo ao menos ter a lembrança remota que trouxesse o menor sinal que provasse a existência do encontro no jardim do colégio?

— Acredito, — fala Marcia Camila — que nesse ponto até Ronaldo não consiga trazer à memória presente sua figura claramente. Muito tempo se passou e com certeza as lembranças que ele tem de você são fugidias, apenas visões etéreas de um momento. Tanto que ele cola no teto, em cima de sua cama, o pôster de um artista que lembra você. É o ponto em que sua imagem começa a evanescer em sua memória. A moça do pôster se parece com você, não é você. Se fosse uma foto sua ele, provavelmente, não a tiraria como fez.

— Mas, ele não se mostra selvagem quando fala de sua vivência como punk? Podemos acreditar que aquele poema que fala das moedas e garfos, bem como a história do bebê e o abajur podem ser frutos da mesma mente que se diz ternamente apaixonada ao infinito? Não há uma contradição aí? — Propôs Carlos.

— São escritos tétricos, passam uma energia sádica, de um jeito tal que até passam a ideia de uma mente doentia.

É a observação de Carlos que continua:

— Depois dessa demonstração concreta dada por esse tal, em lamentável espetáculo onde expõe sua história de vida e que, sem sombra de dúvida, mostra um ser que tem repulsa pelo viver e quer que todos o vejam como um rebelde produto de um coração quebrado. Por mim, minha mãe acabaria com essa fábula maluca já, antes que isso tudo se torne o mais doentio pesadelo.

Marcia Camila retoma a palavra e delicadamente, como é seu modo, chama para a continuidade da apreciação do que conta Ronaldo.

— Vamos fazer o seguinte, vou continuar expressando minha opinião sobre o que lemos e depois que eu terminar todos vão poder dar seu parecer e então vamos dialogar. Lembrando sempre que dialogo não é discussão. Bem, partindo do ponto onde paramos, a participação no movimento punk foi apenas um "instante" de descoberta de sua força interior, podemos ver isso quando ele abandona o movimento por achar que ele estava perdendo espaço e suas fileiras definhavam. A volta para a faculdade, a construção do carro e o nome que o bólido recebeu, tudo aponta para uma pessoa que se reencontrou consigo mesmo, no melhor sentido. Em seu peito o amor não realizado fazia com que ele não se apegasse a nenhum amigo, e conscientemente ou não, não se permitia criar vínculos. Agora percebam, embora seu relacionamento fosse apenas superficial, ele aceita ir com os conhecidos a um baile de formatura. Como disse John Donne, *nenhum homem é uma ilha*. Nesse baile Ronaldo conhece uma moça e sua natureza dita o comportamento, seduzi-la. Seu coração está se despindo da capa com que foi envolto e começa a se abrir para uma nova aventura amorosa. Mas, ó destino cruel, uma música aviva a lembrança e a capa se fecha novamente. Ele, deixa o baile e como um peregrino penitente atravessa a cidade rumo a sua casa. *"Não há mal de amor que um gole de cachaça não cure"*. Anjo caído, coração atado a uma garrafa... é de uma sensibilidade ímpar, quem poderia dar uma alma poética, como ele fez, a uma pessoa presa de um vício degradante, um bêbado? Parece mesmo que um gole de cachaça cura um mal de amor. Ronaldo em seu estado de dormência fica irritado com sua história com Katia Maria e, ao chegar em casa arranca o pôster do teto como em um acesso de vingança. Por quê? Provavelmente, ele em nuvens de álcool tenha tido um momento onde vislumbrou a razão que o impede de conseguir se relacionar amorosamente com outra moça, iluminado por tênue raio de uma luz que em seu fraco brilhar, quase moribunda, penetra pelas suas retinas e iluminando as lembranças da menina de estrelas no olhar, o faz compreender toda a força de uma paixão incomum e de uma devoção não menor. Aqui temos outro ponto, talvez, não se pode afirmar com todas as letras, que embora a moça da foto lembrasse você Katia Maria, ela, ao mesmo tempo, minava sua imagem que atingia as raias da idolatria. Esperança e agonia, em nuas aparições o levam ao ato de preservá-la em um relicário transcendental dentro de seu coração. Em semelhança, ninguém mais. E com vontade vigorosa, ele empreende a caminhada por novos caminhos de vida. Encontra Luiza, aquela que o fez, em um tempo efêmero, encontrar o colorido de seus sonhos, até que em uma noite fatídica, se quisermos chamar assim, o sonhar trouxe em seu projetar, Katia Maria! Adeus Luiza. Vamos agora as opiniões.

A primeira a falar é Rose:

— Será que o semblante de minha sogra não lhe despertou alguma lembrança daquela Katia Maria que ele não consegue esquecer? A inesquecível garota de estrelas no olhar, a morena de longos cabelos negros? Afinal, os cabelos não são mais longos, mas seu semblante não mudou tanto assim depois desse tempo todo. E será que não foi por isso que ele confiou a ela a sua história em detalhes? Dela lhe lembrar mesmo que em figura arabesca e diáfana aquela da memória em seu coração?

Marcia Camila diz:

— Bem, quem nunca experimentou o emergir de uma figura há muito distanciada ou o lembrar de um acontecimento remoto ao se deparar com um objeto ou simplesmente presenciar nas multicoloridas ações reais, a volta viva à memória de eventos passados? Sim, com Ronaldo pode ter acontecido isso. Em um lampejo, a figura etérea de Katia Maria se faz presente, e ele sem perceber a associa à Solange, sem se dar conta de que ela é aquela, hoje, pálida imagem que ele guarda. A mente funciona assim. Logo, o que pode estar acontecendo é que ele confia em Solange, como uma aluna e amiga muito especial, por inconscientemente relacioná-la àquela com quem sonha, ainda depois de meio século. Como falei, a mente tem comportamentos que não pode nossa vã filosofia se portar como rígida figura.

Voltando-se para Katia Maria,

— Você não tem porque se preocupar em lembrar de Ronaldo na escola se, provavelmente, nunca o viu ou percebeu sua pessoa. Quem tem que saber o porquê dele ter esse apego por você é ele. Tranquilize-se, saber o que se passa dentro dele, para você não importa.

— Sim, — responde Katia Maria — sei que não importa, saber não vai mudar nada. Mas, o que me intriga é como alguém pode se entregar a apaixonadas recordações que, como ele mesmo nos conta, sempre se apresentavam como realidade nos momentos em que ele estava para transcender a só visível pálida cor de meu existir em sua memória. Seria ele possuído por uma forma branda de loucura impalpável? Isso, como já deixei claro, me intriga até os ossos...

— Loucura? Não acredito. — Sonia coloca ao iniciar sua visão. — Se ele portasse uma "forma branda de loucura", como você propõe Katia

Maria, ele a demonstraria em tudo que faz, provavelmente poderia ser um caminhante por uma estrada desordenada e não um jornalista, professor e romancista. Quem sabe, o amor dele por você não foi a motivação para ele ter escolhido essa vida? Penso ainda que ele, apesar do sofrer que ele diz consumi-lo, nunca teve o pensamento de ir para um mosteiro a exemplo de como faziam antigamente as moças que passavam por uma desilusão amorosa. O perfil dele é outro como bem podemos ver. Ele é, acredito como o gato, não importa o que aconteça, sempre cai em pé.

Mariana diz:

— Sonia gosto muito e me divirto com as figuras que pinta para as situações. As significações com que veste dos mais simples aos mais extravagantes acontecimentos. As histórias que você me contava e conta ainda hoje da sua terra são apaixonantes, e sempre você tem uma figura para uma situação, como essa do gato. Melodias imaginárias que dão o compasso para volteios de danças de vigorosa expressão. Creio que Ronaldo em sua personalidade se encaixa em algum dos contos ou lendas fascinantes que a memória de seus ancestrais guarda. Que história ou conto de amor, pode nos contar?

— No folclore de minha terra, sim, há um conto, não exatamente como a história de sua avó e Ronaldo. Eu, particularmente gosto muito desse conto, é a história de Karlos e Gerty. É uma história que vem sendo passada de geração a geração desde tempos imemoriais. Nas grandes cidades de hoje ela perdeu um pouco de sua magia por causa do progresso e, as pessoas que se importam com esse tipo de tradição são poucas, pesquisadores e amantes da história de nosso povo. Contos como esse estão vivos na memória do povo mais simples das pequenas cidades e aldeias do interior do país. Os anciões contam que a ouviram de seus pais e seus pais de seus pais e assim tem sido até hoje. O conto é de um acontecimento em uma aldeia ao norte. Certa vez, nasceram ao mesmo tempo, dia e na hora marcada pelo cantar dos pássaros do amanhecer, duas crianças. Uma menina e um menino, a menina recebeu o nome de Gertruda que era chamada carinhosamente pelo diminutivo Gerty, e o menino se chamou Karlos. O tempo passou e Gerty se tornou uma bela moça, todos os rapazes da aldeia queriam tê-la como namorada e casar com ela. Karlos também se tornou um belo rapaz, todas as moças da aldeia o queriam para namorado e casar com ele. Mas o destino tinha outros planos para os dois. Gerty e Karlos se apaixonaram e o bem querer de um pelo outro era como o que existe no coração entre um príncipe e uma princesa em um conto de fadas. Não havia aldeão, criança, adulto ou velho, que não admirasse no casal a beleza e o amor da mais pura luz que os envolvia. As jovens suspiravam e os jovens ficavam de olhos compridos, quando avistavam Gerty e Karlos passeando de mãos dadas entre as flores que coloriam os campos que rodeavam a aldeia. Eram o próprio amor personificado. O tempo foi passando e Gerty e Karlos se casaram e tiveram filhos. Como acontece para todos, a idade se fez presente e no momento em que ambos iam deixar essa vida, os anjos interviram e não permitiram que a dama de negro que viera buscá-los, os levasse. Os anjos, então, os transformaram em estrelas e os levaram ao alto nos céus. E, ainda hoje, acredita-se que ao olhar para o céu em noites sem lua se pode ver o brilho das estrelas em que se transformaram os dois apaixonados. No firmamento, as estrelas mais brilhantes. Para sempre juntas, uma ao lado da outra.

— Gosto de conhecer a história de outros povos pelos seus contos e lendas, são mais reais e fascinantes do que se pode aprender nos livros de história. Esse é um conto com sentimento e emoção, mas eu, Humberto, não consigo ver a relação entre o conto que você Sonia nos contou e o que Ronaldo traz em seu romance. No seu conto temos a relação biunívoca entre dois amantes e no romance de Ronaldo não existe essa relação.

— Sim, Seu Humberto, concordo consigo, mas trouxe esse conto justamente para ilustrar o que penso a respeito disso tudo. Com respeito, o que posso ver é que, embora sua esposa e Ronaldo não tenham tido a relação como Gerty e Karlos, penso que Ronaldo pode ter experimentado em um momento, peculiar afeto infinito. Assim, creio poder dizer que ele viu em sua esposa, Katia Maria, sua Gerty. Quem sabe?

— A psique humana se move em tantas direções, que não podemos apenas vê-la com espanto em suas ações. Sua expressão no viver humano assume formas e arquiteturas tão misteriosas que mesmo as mais proeminentes mentes que se embrenham no estudo das concepções mentais, encontram desfiladeiros em que o fundo se perde de vista. Com todo o meu estudo e experiência ainda sou surpreendida por situações imprevistas. Mas, esse aparente extremo e singular comportamento do 'escritor-desenhista', não tem o caráter de excitar a curiosidade quanto a uma possível patologia. Como comentei em outra ocasião, o amor em exaltação por Katia Maria pode ter sido o leitmotiv de seu viver. O que o trouxe até a arte de escrever.

— Para mim ficou um pouco estratosférica sua colocação Marcia Camila. Você poderia explicar um pouco mais?

— Sim Rose. Veja, todos nós precisamos ter um motivo que nos impulsione em nosso fazer no viver. Isso é o que chamamos de leitmotiv. Ronaldo teve seu leitmotiv no amor platônico por sua sogra. Foi a energia que o levou a abandonar a carreira definida pela família. A sua escolha pela carreira de jornalista, podemos pensar que teve um impulso inconsciente. Ao se tornar jornalista ele poderia ascender a um patamar em que seria reconhecido e aclamado, o que lhe possibilitaria se mostrar à sua sogra, mesmo que ela não o reconhecesse. Ele escolheu se especializar em economia, que setor dá mais visualização do que este? Que posição traz um retorno financeiro que permite uma segurança de vida como essa? Então, vendo por esse prisma, Katia Maria foi um "anjo" que lhe deu um sentido na vida. Por isso, quem pode saber, ele não a esquece? Espero ter tirado sua dúvida, querida.

— Acho que agora é um bom momento para tomarmos um cafezinho. — Aparta Carlos.

Com o café quente nas xícaras exalando aroma tentador, as conversas tomam outros rumos e, como se diz no interior, mudam de pato para ganso.

Estava acertado, disse Katia Maria, Ronaldo viria com Lúcia e as crianças passar um fim de semana com a família Souza. Humberto achou que o convite feito por Katia Maria tinha sido precipitado e até irresponsável. Como ela pensava em disfarçar de Ronaldo que Solange na realidade era Katia Maria? Ele, provavelmente, ainda se lembrava da figura da mansão e de seu endereço, na verdade bastaria um olhar, mesmo que de relance, para descobrir toda a trama. Isso faria ele, sem sombra de dúvida, se sentir enganado e o mais insignificante dos homens. Sua paixão se transformaria em um desprezo tal que seria como um raio desferido por Vulcano em seus dias de maior ira, queimando tudo, não deixando pedra sobre pedra.

Quanto mais se aproximava o dia em que a família Horsha chegaria, todos os assuntos e interesses cada vez mais se voltavam para a solução da situação que se avizinhava. Katia Maria revolvia seus pensamentos em todas as direções em busca de uma solução que fosse boa para Ronaldo, para ela e para todos. Estremecia só de pensar na situação que criara com sua necessidade incontrolável, até os ossos, de conhecer o autor das cartas. Seu querer impertinente preparara uma armadilha para ela própria. Ideias, ideias pareciam adormecidas. A imaginação elaborava planos que se iam como poeira ao vento. Parecia impossível qualquer solução. Só havia confusão agitando o tempo que passava célere. Uma névoa densa e pegajosa como visgo começava a baixar e a envolver Katia Maria. Ninguém tinha uma percepção positiva ou pelo menos definida para ajudá-la. O tempo veloz, simplesmente passava, não se importando com o que ocorria. Três dias para Ronaldo e sua família chegarem. O telefone toca, sem esperar, a solução impensada viera! O caseiro da casa na praia deserta estava ligando. Queria saber se poderia comprar alguns materiais para o conserto do telhado da churrasqueira quebrado por um galho de uma árvore que caíra. Foi a grande resolução do enigma que a tanto atormentava. Simples, como não foi pensado antes, logo de cara? Era só levarem Ronaldo e família para a casa da praia e se fazerem morando lá! Quanto ao caseiro, era apenas pedir a ele que abastecesse a dispensa e deixasse tudo em ordem para o fim de semana, e ele poderia tirar os dias do fim de semana de folga. Resolvido est.

Humberto ao ser posto a par da fantasiosa e luminosa ideia a que Katia Maria lhe contava, ficou aborrecido e com o semblante fechado, posição que não era frequente, questiona, "até onde você vai levar essa história? Acho que quem está precisando de terapia é você para deixar essa fixação infantil". Katia Maria replica:

— Puxa, você agora pegou pesado, estou só querendo saber um pouco mais a respeito de meu admirador...

Ela é interrompida pelo marido:

— Sim, mas todos que participam desse seu sonho começam a acreditar que você está passando dos limites e que precisa acabar com isso. Como agora Ronaldo já está quase a caminho, não podemos retirar o convite feito, mas acho que quando voltarmos da praia e a família Horsha retornar para casa, vou propor a Marcia Camila que venha para nos colocar sua visão e nos aconselhar como devemos proceder para lhe ajudar a não mais sucumbir à tentação de ter cada vez mais Ronaldo perto de você.

— Não quero ele cada vez mais perto de mim, como vocês estão pensando. Só quero desvendar o que vai em seu íntimo e o por que dele não ter me procurado, mesmo morando longe. Uma passagem de ônibus não deve ser muito cara, então, não, não sou maluca que precisa de terapia.

— Bem, vamos esperar como vai ser o desenrolar da visita de Ronaldo. — Fala Humberto, preocupado. — E tem mais, espero que essa seja a última cartada e a aposta final nesse jogo.

Katia Maria abaixa a cabeça e concordando com o marido, vai até ele e lhe dá um abraço, falando ao seu ouvido:

— Não se fixe em um pensar que lhe traga inquietação. Eu amo você, só você. Ninguém vai fazer meu coração deixar o seu. Ele é apaixonado e só tem baticum por você.

— Você sabe como me dobrar, sabe que não resisto a seu charme...

Assim a vida continua seu rumo, o tempo passando e logo, mais rápido do que os ponteiros do relógio, chega o momento em que Ronaldo e sua família estavam no saguão do aeroporto. Humberto, Katia Maria e Mariana os recebem. Na perua, seguindo para a casa de praia, Humberto, Katia Maria, Ronaldo e Lucia conversam sobre assuntos triviais de quem está tendo o primeiro contato. Mariana estava com Felipe e Gabriela, em outra perua, logo atrás, dirigida por Sonia.

A primeira visão da praia e da casa deixam os meninos boquiabertos. A primeira reação, "podemos ir na praia?". "Sim", responde o pai, "mas só depois de arrumarmos as coisas". Nunca se viu dois fedelhos tão prontamente deixarem tudo impecavelmente arrumado. Logo os pés estavam sentindo o arrepio causado pela areia molhada. As crianças corriam em direção às ondas e pulavam de alegria. Os dois casais olhando para a cena sorriam e comentavam, "que bom é ter a inocência da idade". Depois dessa primeira experiência, voltaram para casa onde o almoço preparado por Sonia os aguardava. spaghetti alle vongolle, vinho branco para os adultos e para os petizes, que porventura não quiserem o prato marinho, macarrão de letrinhas na manteiga com azeitonas e suco de uva. Nenhum dos presentes deixa de sucumbir à tentação e começar a escrever seu nome com as letrinhas. A brincadeira toma conta e faz a solene conversa de começo da amizade ceder e a brincadeira faz a alegria e o rir solto preenche o ar. São momentos que valem a pena a vida ser vivida. Humberto, que tinha uma certa reticência quanto a esse encontro, afrouxa seu sentir e participa da alegria que contagia o ambiente.

Na manhã seguinte na praia, embaixo do guarda sol, Mariana fala sobre a casa de praia:

— Dizem que ela está situada em uma terra que em tempos muito antigos era considerada sagrada pelos índios que habitavam o local. Muitos afirmam já terem visto fantasmas de índios andando pela praia.

E, pergunta a Ronaldo e Lúcia se eles acreditam em fantasmas. Adiantando-se aos pais, Gabriela diz que treme de medo só de pensar neles; Felipe fala que também tem medo, mas gostaria de encontrar algum e continua, "lá perto de casa tem uma casa onde mora um velho que dizem ser uma assombração, eu nunca vi, mas que ele existe, existe". Lucia, com um riso no rosto, olha para o filho e esclarece para todos:

— Ele fala do senhor José Carlos, viúvo, e que dificilmente sai de casa depois da passagem de sua esposa, dona Paloma. A casa carece de cuidados e está sempre às escuras com as cortinas sempre ocultando e impedindo que raios de sol entre pelas janelas. Depois que anoitece a meninada prefere atravessar e passar na calçada do outro lado da rua e bem rápido.

— É que a senhora nunca se encontrou com ele e sentiu aqueles olhos de demônio olhar para você. É de arrepiar da cabeça até o dedão do pé. Ainda dizem que ele tem em casa uma coleção de caveiras de vários animais e até humanas...

— Ora filho, isso é história só para assustar a criançada...

Rose convida:

— Vamos dar um mergulho?

Mariana pegando nas mãos das crianças sai correndo com elas, provocando, "vamos ver quem chega primeiro!". Os mais velhos saem correndo também, porém devagar fingindo que se esforçam para alcançar Mariana e os dois, que em sua ingenuidade acreditam de verdade na brincadeira. Depois de muita folia, Humberto anuncia:

— Hoje teremos luau!

Felipe emenda de bate- pronto:

— Vai ter fogueira? Adoro fogueira.

E sua irmã:

— Sem histórias de fantasma, né?

Katia Maria pergunta:

— E sabem quem vai contar histórias de arrepiar? Quem?

Gabriela e Felipe retornam a pergunta, com uma ressalva da menina:

— Se for de arrepiar de medo, prefiro ficar em casa vendo pópó, mas se for de arrepiar de emoção eu venho sim.

Ronaldo vira-se para a filha e pede que ela explique que programa é esse tal de pópó que ela falou. Ela gesticulando com a criancice toda:

— Ora, são os programas para crianças, tem a *Manuela e Micaela*, o *Sítio do Titio Victor*, e que eu mais gosto é *A Cozinha Mágica da Vovó Cris*, porque ela ensina como fazer comidinhas deliciosas. É, muitas receitas, bolo de chocolate, balinha de gelatina, torta de maçã, biscoitos... por que é pópó? Porque quando eu era pequena e não sabia falar direito, eu chamava de pópo. Falava assim, "mãe, põe pópó"...

— Ka..., Solange, nos diga agora de quem vamos escutar histórias essa noite... — Humberto percebe de imediato que por pouco, muito pouco mesmo entrega sua mulher e seu estratagema. Cutucando disfarçadamente o filho Carlos, Humberto diz quase inaudível, — rapaz, quase estrago tudo, por pouco não entrego o ouro...

— Quem vai ser a contadora de histórias hoje é, é, ... é a Sonia!

Com o anoitecer todos, depois de descansarem das brincadeiras na praia, voltam para as areias para recolher lenha para a fogueira da noite. Quem monta a fogueira é o apaixonado por fogo, Ronaldo. Na família de Lucia ele tem o apelido de *piromaníaco, que acende fogueira até debaixo de chuva.*

Anoitece.

Com o céu coalhado de estrelas e a lua cheia se apresentando com seu mais fulgurante manto, o luau tem início.

Marshmellow, salsichas, espetos, sucos, fogueira no ponto. Tudo pronto para o luau. Formando um círculo em volta da fogueira, sorrisos e olhares acompanham Gabriela e Felipe compenetrados como sacerdotes em um ritual de trazer à vida a fogueira. As chamas, a princípio tímidas, aos poucos se elevam e se desvelam em uma pirotecnia etérea como os passos de Maria Ângela Pereira, dançarina dos anos cinquenta. O círculo completo, o clima propício para as histórias de Sonia, para quem as atenções se voltam. Depois de fazer um certo suspense ela começa:

— Vou contar uma história que minha avó me contava quando eu era criança. É a história de um gato muito safado chamado Michilim. — Todos prestam atenção. Os marshmellows e salsichas pendem nos espetos das crianças que não param de comer.

A governanta que é vista por Gabriela e Felipe como uma fada, começa solenemente:

— Como todos sabem, eu nasci em uma aldeia em um país muito, muito distante. Eu vou contar a história que eu mais gostava que minha avó me contasse, desde criança até depois que cresci. Eu deitava com a cabeça no colo dela e ela contava, "Michilim era um gato muito, muito safado que gostava de namorar as gatinhas. Ele saía de noite e andava pelos telhados das casas miando e procurando por uma gatinha bonitinha para miar baixinho em seu ouvido poesias que só ele sabia inventar. As gatinhas da aldeia se derretiam quando Michilim chegava e as abraçava. A única que fazia Michilim ficar arrepiado de amor era Frufru, uma gatinha toda branca, que parecia um pompom. Quando ela olhava para ele e miava, ele se derretia. Depois de ganhar uns beijinhos da Frufru, ele voltava para casa pelo mesmo caminho sobre os telhados, contente e se sentindo o gato mais bonito e sapeca do mundo. Antes de chegar em casa, ele se encontrava com seu amigo Fedegoso, que era um gato de rua. Fedegoso dizia que preferia morar na rua porque gostava de ser livre e fazer o que lhe desse na cabeça. Não precisava dar satisfações a ninguém, como fazia Michilim para sua dona. Ele passava o dia inteiro passeando pelos becos, dormindo nos cantos e comendo aqui e ali. Ao contrário de Michilim que usava os perfumes de sua dona, Fedegoso não tomava banho e nem usava perfume. Por isso seu nome era Fedegoso. Quando Michilim, acompanhado de Fedegoso, de manhã, voltava para casa, eles iam direto para o degrau da porta dos fundos, onde a dona de Michilim sempre deixava dois pires com leite, um para cada um. Depois de tomar o leite, Fedegoso voltava para as ruas e Michilim cansado de passar a noite toda namorando, ia para sua caminha fofinha e quentinha dormir e sonhar com gatinhas bonitinhas e muitos beijinhos. Assim era Michilim...".

O sono começava a rondar e se aproxima da turma em volta da fogueira. As crianças vencidas pelo cansaço são levadas por Ronaldo e Humberto no colo de volta para a casa. Banho, nem pensar, direto para a cama apenas com uma espanada. Os adultos abrem um vinho e ainda ficam por um tempo conversando.

Crianças são crianças e acordam bem cedo, não podem perder a praia nem por um minuto. Felipe vai até seu pai dormindo e abrindo um de deus olhos com dois dedos pergunta:

— Pai, tá dormindo? Quem consegue dormir depois de ser despertado dessa maneira?

Na mesa do café, Gabriela fala:

— Hoje tive um sonho muito legal.

E é logo seguida por Felipe:

— Eu também.

A menina começa a contar o seu sonho e o menino arregalando os olhos fala:

— Eu também sonhei a mesma coisa!

Mariana, com seu olhar brincalhão deita os olhos nos dois:

— Como pode os dois terem sonhado a mesma coisa ao mesmo tempo? Será que estou sentindo um cheiro de combinação para levar a gente no bico?

Sonia vem em socorro dos dois:

— Foi um sonho com o Michilim, não foi?

Os dois colocam as mãos na cintura e com o cenho franzido, bravos, respondem:

— Por que os adultos nunca acreditam nas crianças? Eu não vou ser um adulto assim — fala Gabriela.

No que Felipe endossa:

— Eu também não, não vou ser um burro.

Os risos são contidos.

— Então, contem-nos seus sonhos, isto é, o sonho que tiveram juntos. — Pede Rose.

— Está bom! Mas se alguém rir não contamos mais e ponto final. — Quem começa é Felipe:

— A gente estava na praia fazendo uma fogueira;

Gabriela aparta:

— Só o Felipe e eu, os adultos estavam assistindo novela.

— Quando a fogueira ficou bem alta, — continua Felipe — vimos um homem que vinha andando em nossa direção, lógico que ficamos com medo...

Mas Gabriela cortando Felipe,

— Ele não parecia ser do mal e quando chegou perto, vimos que era um índio. Ele nos cumprimentou com um sorriso e perguntou se podia se sentar com a gente perto da fogueira. Olhamos um para o outro e deixamos ele se sentar. Ele ficou longe da gente.

— Está bom, o que aconteceu depois que o índio se sentou? Ele disse que seu nome era Acangacatú, que quer dizer cabeça boa. Acho quer dizer inteligente.

— E ele tinha cara de inteligente? — Pergunta sua mãe.

— Mãe, ele parecia o vovô com aquela cara de quem sabe tudo. — Foi a resposta de Felipe.

— E daí aí? — Pergunta Lucia.

— Daí aí, o pai morreu... — Rindo muito Mariana emenda.

Ronaldo, Lucia e as crianças se olham desnorteados e fazem uma cara de "não entendi". Então vem a explicação dada pela própria Mariana:

— Uma vez quando eu era pequena, nós fizemos uma roda de história, um começava e os outros iam continuando. Eu tinha quase três anos, e quando chegou minha vez continuei, "era uma vez uma menina, ela foi para a floresta e aí o pai morreu". E essa historinha ficou.

A família Horscha, "ah!". A história do sonho continua

— Acangatú agradeceu pela fogueira e disse que ela lhe lembrava de seu povo, quando a noite faziam uma fogueira e todos se reuniam em volta dela para ouvir dos mais velhos contos e lendas a respeito da criação do mundo, de como foram criados os homens, as plantas, árvores e os animais. Ele falou que, pelas histórias contadas, era que o conhecimento e a história do seu povo passavam dos mais velhos para os mais novos. Eu perguntei, — falou Gabriela — porque eles não escreviam as histórias como nós aprendemos na escola e ele falou que eles não tinham letras para escrever, então, o modo de passar o conhecimento de uma geração para a outra era assim.

— E querem saber? — Felipe fala compenetrado. — Ele perguntou se não queríamos ir com ele até a aldeia onde seu povo morava e escutar uma das histórias que seria contada essa noite ao pé do fogo.

— Eu juro que fiquei com um pouco de medo, — fala Gabriela — mas esse menino me convenceu que o índio era amigo e tudo era apenas um sonho. Lá fomos nós. Acangatú nos levou pela praia até um lugar onde tinha cabanas e índios e índias e crianças como eu e o Felipe. Pai, no meio das cabanas tinha uma fogueira igual a nossa! Os índios, quando nos viram chegando, nos deram boas-vindas.

Gabriela e Felipe param por um momento a narrativa quando veem Rose trazendo uma bandeja de mini churros e chocolate nas canecas. Katia Maria sugere que todos fossem para a praia, assim que terminassem o café da manhã, aproveitar o domingo de sol. A tarde, a família Horsha estaria de volta para sua cidade e tudo voltaria a seu ritmo normal. Mariana convida:

— Poderemos mergulhar.

— Precisamos terminar de contar nosso sonho, depois podemos ir.

Quando todos estão prestando atenção, Felipe fala para a irmã:

— Primeiro eu!

— Aí, pessoal, — Gabriela não deixou por menos — aí o pai morreu! E riu muito.

Continuando falou Felipe:

— Acangatú arrumou um lugar para nós dois sentarmos junto com os outros índios em volta da fogueira... ficamos entre as crianças.

Nesse momento, Gabriela toma a narrativa:

— Eles começaram a cantar e acenavam para nós dois cantarmos junto, mas era uma língua diferente e o que fizemos foi acompanhar fazendo sons parecidos. Depois, quando, a lenha da fogueira tinha queimado quase toda e só ficaram brasas, o índio mais velho da aldeia, chamado Moatirõ começou a contar um conto...

— Mãe, — atravessou Felipe — foi uma história muito legal, tão legal que Gabriela quase chorou.

— Seu menino bobo, não chorei não, foi só um pouco de fumaça que entrou no meu olho.

—É verdade. — Debochou o guri. E antes que a menina pudesse falar mais alguma coisa, ele mais que depressa, — foi a história de como a noite apareceu.

Carlos curioso perguntou:

— Ué, teve um tempo em que a noite não existia?

SIM! Foi a resposta enfática a duas vozes.

— Você pode contar a história irmãzinha.

Ela começou:

— No começo dos tempos não tinha noite, era sempre dia. A filha do cacique ia se casar e queria fogueiras para iluminar a festa. O cacique pai dela, então, mandou três índios buscarem a noite no fundo de um rio e falou para eles não abrirem o coco onde estava guardada a noite. Os índios que foram buscar a noite, curiosos, abriram o coco no meio do caminho e a noite escapou e os três índios pela desobediência foram transformados em macacos de cara preta.

— Puxa, nunca pensei em uma história assim, amei. — Diz Mariana. — Parece a história da dona Irquinha, aquela do cachorro louco que mordeu um abacateiro...

Lúcia olhando para ela com um ar curioso, pergunta:

— Cachorro louco que mordeu um abacateiro? E aí o que aconteceu?

Mariana sorrindo diz:

— Ela conta que foi na fazenda do seu pai e depois que o cachorro louco mordeu o abacateiro, ele passou a dar abacates, laranjas, jacas, amoras, bananas e todas as frutas que existem...

Os pequenos com os olhos arregalados:

— Imaginam como seria legal ter uma casinha na árvore, neste abacateiro.

Humberto dá corda nas crianças e lhes pede que continuem a contar o sonho.

— E daí, — Felipe segue — Acangatú nos levou até uma oca e dormimos em uma rede, como todos, até o nascer do sol. No dia seguinte... foi no dia seguinte, dentro do sonho, depois de comermos tapioca fomos levados para participar das atividades, eu fui para junto das meninas que aprendiam a fazer tigelas e potes de barro; os meninos aprendiam a fazer armadilhas e a caçar com arco e flecha.

— Que aventura! — Exclamou Ronaldo. E como continua o sonho? Tem mais?

— Ora pai, é lógico que tem mais; depois no fim da tarde nós fomos junto com todas as crianças tomar banho de rio e brincamos muito nadando, jogando água uns nos outros e nós meninos fazendo briga de galos... é seu Carlos, um menino sobe nas costas do outro e tenta derrubar seu galo adversário. As meninas? Ficavam torcendo e nadando em volta.

— Daí, no fim da tarde, depois de tudo isso, nosso amigo nos trouxe de volta e acordamos. — Finaliza a voz menina de Gabriela.

Katia Maria comenta:

— Uau! Que sonho! Uma aventura e tanto.

— Não duvido que tenha existido alguma tribo indígena por essas paragens em tempos passados. — Fala Ronaldo, seguido pelo comentário de Carlos:

— Sim, havia uma tribo de índios que habitavam essas praias.

— Em uma próxima visita que nos fizerem podemos programar para visitar o sítio arqueológico que fica aqui perto. — Convida Humberto.

Enquanto as crianças se divertem fazendo castelos de areia ou enterrando Lucia e Mariana na areia, o assunto volta à baila entre os homens que estão sentados em cadeiras dentro das ondas que quebram a seus pés. Quem puxa o assunto é Ronaldo:

— Quanto ao sítio que você falou Carlos, eu gostaria realmente de conhecê-lo, sou apaixonado pelas civilizações antigas, Grécia, Egito, Mesopotâmia... e pelos povos indígenas, em especial os brasileiros. Está no sangue, embora não pareça, nem de longe, tenho ancestrais indígenas por parte de minha avó, mãe de minha mãe.

Humberto diz:

— Jamais poderia imaginar, seus traços não mostram nem sombra.... Os índios que aqui habitavam eram os Akikos.

— Akikos? — Pergunta Ronaldo e fazendo expressão séria, — Não me lembro de ter ouvido falar neles.

— Sim, nós só ficamos sabendo da existência deles quando construímos nossa casa aqui. Nos fins do século dezoito, o naturalista austríaco Doutor Roland Grinpels, fazendo incursões pelas cavernas aqui da região encontrou dentro daquela que hoje tem o nome de Caverna da Caveira dos Mil Chifres, indícios da existência de um povo ancestral.

A mente antropológica de Ronaldo tem despertada sua curiosidade e mil e uma perguntas alinham-se,

— Em que época eles viveram? A que tronco eles pertenciam? Quais seus hábitos e costumes? Como era... — Ronaldo não consegue terminar a frase, pois, Carlos intervém,

— Calma homem, como já dito, vocês estão convidados para uma próxima visita, venham com mais tempo e então, iremos visitar o sítio e você poderá ter todas as respostas.

— Certo, pode ser em janeiro durante as férias escolares. Pelo menos me esclareçam apenas uma coisa, os Akikos não parecem pertencer a nenhuma linguagem que tem por base os troncos que conhecemos, vocês sabem algo a respeito?

Humberto responde:

— O que sabemos, lemos nos painéis no sítio, os Akikos viveram nestas paragens há muito tempo, são considerados ancestrais dos índios encontrados aqui na época do descobrimento.

— Sério? Então, quando eles viveram?

— Estima-se que eles são de uma etnia que viveu entre dez e seis milênios antes de Cristo. E pelos estudos e suposições do Doutor Grinpels, 'Akiko' quer dizer "aqueles que vieram das estrelas".

O coração de Ronaldo bate mais rápido. Seus pensamentos atingem a estratosfera. As crianças vêm correndo e um pouco mais atrás as mulheres, é hora do almoço-lanche da tarde.

Depois, todos vão para as redes na varanda relaxar antes das visitas fazerem as malas para voltarem para casa. Ronaldo vai para a praia caminhar como gostava de fazer quando era rapaz. Ele caminha por breve tempo e retorna. Senta-se na areia e fica admirando o mar. Lembranças de um passado que nunca se foi, estão a seu lado fazendo companhia. Gabriela e Felipe acompanhados de Katia Maria vão chamar Ronaldo para se aprontar que o tempo já se faz presente para o retorno. Ao se aproximarem, Felipe, em sua meninice faz sinal para que eles cheguem perto do pai em silêncio para surpreend-lo. Ao se aproximar, Katia Maria ouve ele cantando a meio tom, e com o semblante envolto em um ar tristonho. A letra música fala de um rapaz que melancólico pela falta da amada que partiu para outras paragens, pesaroso, ele tem esperança e acredita que eles vão se encontrar novamente, ele não sabe quando e nem onde, mas que será em um dia de sol e as nuvens escuras, então, vão desaparecer. Pela primeira vez ela sente compaixão por Ronaldo. Ela sabe que ele canta pensando nela. Ele, depois do susto, pregado pelas crianças volta com elas correndo e brincando para casa. Katia Maria vai mais atrás. Na memória fica a cena ainda fresca dele cantando e depois, vendo a correria dos três, não consegue deixar de sentir o marear em seus olhos.

No aeroporto, a despedida.

De volta à casa da Avenida da Praia dois mil cento e um.

Não é dado ao tempo, tempo, ainda, para que a vivencia na praia seja colocada em evidencia.

Os que acompanham a história de Katia Maria se reúnem com ela na pérgola no jardim em torno do café e pães de queijo. A natureza é representada nos aromas das flores e na brisa aquecida pelo sol que com sua luz deixa o colorido do meio ambiente com um ar que poderia dizer, divina.

— Muito bem, — Katia Maria puxa a conversa — o que acharam do nosso fim de semana?

Como de costume, Humberto, sendo o mais velho, é o primeiro a falar:

— Surpreendente. A figura que fiz de Ronaldo pelo que ele escreveu de sua vida para Katia Maria não tem nada a ver com aquele que ficamos conhecendo. Eu o imaginava baixinho, meio gordinho, cabelo preto escorrido repartido ao meio... um tanto macambuzio. Não é nada disso. Ele se mostrou um sujeito alegre, amoroso e amigo para com sua família, cordial com as pessoas. Gostei dele, de Lúcia sua esposa e de seus dois filhos, Gabriela e Felipe. Veem como nos enganamos, ao tirar conclusões precipitadas? Quando se tocou no assunto de seu amor por minha esposa, depois que seu romance foi elogiado, ele agradeceu e sua única reação foi dizer, "coisas da vida, um viver que se tornou um romance". Foi realmente uma surpresa. Para falar a verdade, senti uma ponta de tristeza por ele estar junto da mulher que mora em seu coração e não saber. Marcia Camila, chamada a opinar sobre o que Humberto falou, disse que preferia comentar depois que todos falassem de seu sentir sobre o encontro, assim na sequência de idade, Katia Maria foi falar ao que foi interrompida pela amiga psicóloga que achou melhor ela ser a última a dar seu parecer. A seguinte a falar foi Sonia:

— Eu esperava uma pessoa totalmente diferente do que ficamos conhecendo. Não acredito que ele tenha dissimulado sua verdadeira personalidade, era muito espontâneo em tudo que fazia. Chegou, no domingo, a ajudar a fazer o almoço. Era arroz de mateiro, que aprendera quando era escoteiro e passava as férias escolares acampando com os colegas. Contou que aprendeu sobre os pássaros, os animais da floresta, as estrelas e a cozinhar. Seu arroz de mateiro lembrou o arroz de carreteiro. Entre algumas diferenças, o uso de alguns temperos diferentes e o cozimento de forma especial lhe deu um sabor peculiar. Eu gostei e ele quando se despediu de mim ainda na casa da praia, me deu a receita com os ingredientes e todos os segredos de como preparar. Uma pessoa agradável, bem como sua esposa e as crianças educadinhas. Pelo menos foi a impressão que ele deixou após esse fim de semana.

Na sequência, foi Carlos que colocou seu ponto de vista:

— Eu concordo com meu pai e Sonia quanto a personalidade que nada se parece com o personagem do romance. Penso que, se o romance que ele escreveu for realmente verídico, ele tem a lembrança da garota sonho, como todos nós temos de nossa primeira paixão. Pude ver pelas nossas conversas seu interesse a respeito da história dos Akikos, índios que habitaram a praia da Caveira dos Mil Chifres em tempos passados. A forma com que ele comentava e os relacionava, seus *modus vivendi* com civilizações da mesma época me fez admirá-lo. Cultura não lhe falta, e querem saber? Fica difícil vê-lo como o punk autor aqueles escritos fúnebres. Também senti, como meu pai, uma ponta de remorso pelo que minha mãe está fazendo com ele.

Rose diz:

— Não se pode dizer que ele é exatamente um homem bonito, mas chama a atenção por onde passa. Magro, aparenta ser mais alto do que realmente é. Embora pensemos que uma pessoa bonachona é cheinha, ele nega esse conceito, pois mesmo magro ele tem um ar bonachão. Está sempre assobiando e cantando com as crianças músicas de seu tempo de escoteiro, minhoca, minhoca e banana com pão são as mais presentes.

— Amigos, — Marcia Camila chama a atenção — vocês perceberam que até agora só foram elencadas as boas qualidades de Ronaldo? Nenhum de vocês viu outras qualidades dele? Só recordando, qualidades são neutras, o que as faz boas ou más é como são usadas. Por exemplo, amor, ele é uma qualidade boa quando é acolhedor e construtivo; por outro lado, ele é uma má qualidade quando é possessivo, cerceador e doentio. Como disse, todos temos as qualidades, o rumo que elas tomam depende apenas de nós. Bastou para que todos fizessem um exame de consciência procurando algo que desabonasse Ronaldo.

A conversa volta-se para Humberto:

— Disse a verdade Marcia, ele foi tão espontâneo e amistoso que só vimos as qualidades boas e não prestamos atenção em possíveis qualidades más. Eu, particularmente, estou a lembrar de uma ocasião, que só agora vejo como possível deslize. Aconteceu em uma noite depois que as crianças foram postas para dormir e nós outros fomos para a varanda fechar o dia conversando. A noite ia alta, quando ele subitamente levantou-se da rede em que estava, despediu-se rispidamente, porém, de modo cordial, e foi para o quarto. Lúcia desculpou-se e foi ter com ele no quarto. Ficamos esperando que a conversa entre os dois terminasse e quando o silêncio se fez, fomos nos deitar. No dia seguinte agimos como se nada tivesse acontecido, embora não desse como não perceber que corria em surdina uma discussão que tomara conta do aposento. De vez em quando podia-se escutar uma ou outra palavra em voz mais alta. A última fala, antes do silenciar veio de Ronaldo, "está bem, agora apague a luz que quero dormir. Esse assunto está com uma pedra em cima".

A defesa veio na voz de Carlos:

— Quem nunca foi se deitar de sapatos, como dizia vovó Lilia? Ainda é muito cedo para conhecermos nosso amigo escritor. E, acredito ainda, que minha mãe deveria pôr um ponto final nessa história. Ela já sabe quem lhe escreveu, ou melhor, desenhou as cartas que recebeu. Já foi a uma palestra dele, aprendeu a escrever poemas e romances e compartilhou um fim de semana com ele e sua família. O que mais a senhora quer? Já não basta? Até onde vai com essa representação? O que a senhora está fazendo é vida real e não uma peça de teatro. Por favor, não o envolva mais do que já fez. Recolha sua teia.

— Eu, Mariana, concordo com o pai, essa história começou como uma curiosidade, mas agora está tomando contornos que eu não acho interessantes, eles podem levar a um fim desastroso. Na praia fiquei mais com os filhos dele. Eles são criaturinhas apaixonantes. São educadas, respeitam quando a gente fala e são muito carinhosas. As traquinagens são típicas da idade. Isso mostra bem como são educados pelos pais. Senti pena de Ronaldo ao vê-lo junto da mulher que norteou boa parte de sua vida, sem ele saber. Vó não seria melhor a senhora simplesmente sumir? Deixar de escrever? Aí ele vai pensar que a vida é assim, uns chegam, outros se vão...

— O que estão tentando fazer? Estão contra mim? Pelo que vocês estão falando, quem não me conhece vai pensar que sou uma bruxa sem alma... uma megera... — mostrando grande irritação Katia Maria faz menção der se retirar, então Humberto a chama para a realidade:

— Querida, não se aborreça, estamos apenas comentando o que está acontecendo. Você sabe, todos nós gostamos muito de você, e estamos incondicionalmente sempre a seu lado, por favor, fique. Mariana terminando, será sua vez de nos contar como sentiu esse fim de semana na praia.

— Vou ficar, mas só para ver o que Marcia Camila vai falar.

Mariana retoma o fio do que estava falando:

— Em alguns momentos, acho que pude notar um certo desligamento, acontecia quando Ronaldo estava meio afastado. Ele parecia perdido em pensamentos, olhando para o nada. Seus olhos, embora abertos, não se moviam, era como se ele estivesse sonhando acordado ou em vendo desenhos animados que passavam no ar. Agora, não vejo nada de anormal nesse comportamento, afinal, ele é repórter, escritor, professor... é isso que tenho a dizer. Há! Ia esquecendo, gostei muito de passar o fim de semana na praia, me senti criança brincando com Gabriela e Felipe. Foi muito bom. Vó, sua vez...

— Puxa, já estava pensando que eu só iria me colocar no próximo encontro. Vocês falam demais. Bem, convidar a família Horsha para um fim de semana, concordo que foi um pouco demais. Essa ousadia me fez passar por momentos em que pensei abrir o jogo, me apresentar e contar tudo para Ronaldo, mas vendo a alegria das crianças, o sorriso de Lúcia e o prazer dele em estar com a gente, que não tive coragem. Lembram-se quando acompanhei Gabi e Fê para chamar o pai, que estava na hora de fazer as malas e ele estava sentado na praia olhando o mar? Foi um dos momentos que mais me senti tocada no coração e até tive um certo remorso. Por quê? Ele estava com o olhar perdido no horizonte cantando baixinho uma música que, sem dúvida, estivera a cantar durante toda sua vida até agora e que irá cantá-la até o fim de seus tempos. Que música era essa? Era a canção em que o rapaz não perdia as esperanças de reencontrar a amada, não importando o tempo que levaria e, a única certeza, seria em um dia de sol. A imagem dele naquele momento, ainda continua viva em minha memória. E, não canso de me perguntar, por que eu tinha que revolver essa história e não conseguir parar? — Emocionada ela cobre o rosto com as mãos. Por pouco tempo. Descortinando a face, deixa entrever os olhos brilhantes pelas minúsculas lágrimas que não tiveram força suficiente para saltar e deslizar pelo seu rosto. Tocando o canto dos olhos com a ponta do lenço que seu marido lhe ofereceu, refeita da emoção que tomou conta de si, fala, ainda com um certo embargo na voz — Vou confessar, há horas em que não reconheço a Katia Maria em mim, aquela que sempre habitou as regiões de puro espírito cordial. E, vezes penso, em que momento me deixei distrair e tomar outro caminho? Teria eu perdido o juízo? Perguntas, perguntas.... respostas?... Vou lhes dizer, vou pensar em um meio de terminar isso tudo, de findar essa história de uma forma branda e delicada, de desfazer os vínculos que se construíram em laços de sincera amizade. Não ferir sentimentos é o que mais desejo, Ronaldo não merece. Prometo a vocês.

— Como amiga, — assim se inicia a fala de Marcia Camila — pelo que vi agora, ficou patente nos ditos de todos, Ronaldo não é o maluco e nem de longe a figura que vinha sendo pintada. Um ponto se torna evidente, ele é tão humano quanto qualquer um de nós. Todos tomaram por indicação a respeito do espírito dele as cartas com os desenhos. Que garoto nunca aprontou uma dessas? Meu irmão, certa vez conheceu uma garota e a convidou para sair, ela aceitou. Era o primeiro encontro. Parecia que tudo corria bem, mas ele foi buscá-la em seu carro que era bem espartano. Para quem não sabe, espartano vem da cidade de Esparta, onde tudo era reduzido à expressão máxima de viver uma educação férrea, tendo como base o mínimo possível para a sobrevivência. Então, já podem imaginar como era seu carro.

Com toda curiosidade de sua idade, Mariana pergunta:

— O carro não tinha nada, nem ar-condicionado, nem bluetooth, nem bancos em couro? Estava mesmo mais para uma carroça?

— Sim, — disse Marcia Camila — estava mais para um carro de corrida, era muito potente e parecia saído de um time de protótipos que correm em Le Mans.

— E como acabou esse encontro? — Perguntou com vivo interesse Sonia.

— O que aconteceu foi o seguinte, era noite e eles estavam indo para uma sorveteria, quando a menina começou a falar, "esse seu carro não é muito confortável, você nunca pensou em trocá-lo por um mais moderno com acessórios como ar-condicionado, bancos de couro? Ficaria muito melhor". O que vocês fariam no lugar dele ao escutar a garota? Difícil tomar uma decisão, não? Pois bem, o que ele fez foi o seguinte, quando pararam em um semáforo, ele fez sinal para um táxi que parou ao lado deles, e botando umas notas de dinheiro na mão da menina, falou, "pronto, seu carro de luxo chegou, pode ir nele" e dispensou a menina. Estão rindo, não é? Verdade. Então Ronaldo ao escrever as cartas com aqueles desenhos não fez nada diferente do que um garoto de sua idade, sadio, não faria. O que ele lhe endereçou, Katia Maria, pode se pensar como um provável prenúncio de sua vivência punk. Digo isso porque em se tratando do psíquico não se pode ter certeza absoluta como em matemática, onde um mais um são dois. Agora falando como psicóloga e amiga, eu já, de um tempo para cá, estou ficando preocupada com o rumo que o enredo dessa história vem tomando. Até a um tempo atrás eu pensava pelo que observava, que tudo não passava de um capricho. Mas, chegando onde você, Katia Maria, está, começo a rever essa minha opinião, chego a pensar que o vigor presente em suas ações faz parecer que você está possuída pelo espírito das cartas que recebeu na sua adolescência. Seu comportamento em alguns momentos toma ares misteriosos. Algumas vezes você apresenta condutas que são sinalizações típicas de quem vive uma aventura da qual, você não nos deu a conhecer os pormenores. É natural que aconteça assim. Mas, para quem vê de fora, o que parece é que você se apaixonou pelo móvel de sua intenção. Desta feita, Humberto seu marido, pode começar a ser visto como um homem que em sua gentil aceitação, permite que um homem que fez parte da juventude de sua esposa há cinquenta anos, seja cortejado por ela. Pode parecer ainda, que Humberto é um varunga. Já sei, Mariana e Sonia vão perguntar o que é ser um varunga. É um homem submisso à mulher, namorada ou esposa não fazendo nada sem antes consultá-la e o que ela fala é incontestável. Bem, como estava falando, se essa necessidade de saber a fundo a vida de Ronaldo tem tomado grande parte do seu tempo, se seu processo mental se concentra nas ideias que tem em Ronaldo a figura principal e é imperioso que continue sua busca até o fim, até o fundo da toca e dar de cara com o lobo, até sentir seu hálito, seu bafo quente em seu rosto, como costumamos dizer, e que não importam os valores a serem pagos na busca do conhecimento da psique deste homem; na minha opinião, veja, é minha visão do que está se desenrolando, você, minha amiga, Katia Maria, pode estar constelando algo com demasiado desejo de ver, de saber, e que pode em seu sentir, ser algo proibido de tratar abertamente. Você, eu conheço desde os tempos de colégio, lembra-se que paquerávamos, que curtíamos as mesmas coisas e trocávamos confidencias? Penso que você está passando por um momento onde não é a realização de um desejo enigmático e muito menos o universal gosto impulsivo pela sedução que a move. Nesse particular, sei muito bem que minha amiga é incapaz de ações em fantasias que se alimentam das venenosas chamas da contemplação do amado vulto humano que se quer encerrar no frio e sombrio vale do nada.

O silêncio só é percebido quando dissipado pelo sublime movimento pendular das folhas dos coqueiros. As atenções são todas para Marcia Camila. Continuando na apreciação da energia de vida da amiga, segue:

— Katia Maria desde jovem traz consigo a mais alegre inocência. Assim, não acredito que ela esteja a tramar o tecer de uma teia em torno de Ronaldo. Minha sincera opinião é que ela se deixou levar por uma ingênua e intensa força, que arrebata e faz bater acelerado o coração. Imaginem-se no lugar dela, descobrir o autor das cartas que tanto lhe intrigaram, quem não sentiria o mesmo? Quem não iria querer conhecer o admirador, admiradora ou quem engendrou uma brincadeira, cuja fantástica imaginação produziu semelhantes missivas?

Carlos quebrando o silêncio, contesta:

— Fantástica imaginação? Você não acha que está exagerando? Você não acha vulgar e de péssimo gosto mandar cartas daquelas para uma garota como ele fez?

— Todos aqui, menos eu, conheceram Ronaldo pessoalmente. Pergunto, qual é a imagem que ele passa? De uma pessoa normal? De alguém que se diferencia pela conduta na multidão? Então, pensem comigo, primeiro, o que é ser normal? Segundo, em que consiste a diferença entre o gênio e o maluco? Não é o mundo em que cada um vive, simplesmente? Não há duas pessoas iguais no planeta. Cada um é o resultado da somatória dos estímulos que recebe desde que está no ventre da mãe. A peculiaridade que cada espírito traz consigo é o que diferencia um humano de outro. Proponho que façamos um pequeno exercício, cerrem os olhos, procurem limpar a mente de tudo o que pensamos e conversamos até esse momento. Procurem manter a mente livre. Agora, visualizem um rapaz sentado em uma escrivaninha com papel à sua frente e lápis na mão escrevendo e desenhando cartas que serão endereçadas para uma garota. Que emoções tomam conta do rapaz? O que ele escreve? O que ele desenha? Ele escreve mais do que desenha ou desenha mais do que escreve? Que mensagem ele quer passar para a garota? Já podem abrir os olhos; quem vai ser o primeiro a compartilhar o que viu?

Mariana prontamente começa a falar:

— Interessante, quando você falou para visualizar um rapaz, no começo vi vários e depois a imagem de um deles foi ficando clara e o vi, como você falou, compondo suas cartas, e ele mais escrevia do que desenhava. Ele escrevia um poema de amor e fez um desenho de flores que eram corações. Acho que ele estava fazendo uma declaração de amor para a sua namorada.

— O rapaz que eu vi sentado na escrivaninha foi Carlos, ele escrevia uma declaração de amor para mim e desenho mesmo, só um coração e uma margarida. — Rindo Rose fala da sua experiência.

Humberto e Carlos tem falas semelhantes:

— Não viram nada.

Katia Maria diz que viu Ronaldo escrevendo para ela e que achou engraçado vê-lo adolescente. O que ele queria com aquelas cartas era brincar com ela. Não viu nada de romântico nelas.

Sonia não gostou do exercício porque ela lembrou de um namoradinho que teve quando adolescente e ficou triste de nunca mais vê-lo depois que veio para esse país.

— Sim, sim ... — é a voz de Marcia Camila ecoando — cada um de vocês concebeu uma imagem mental e a contemplou. Pai e filho disseram não terem chegado a uma cena, é natural, há pessoas que só conseguem chegar a uma visão nítida depois de algumas experiências. Compreendam, o que vocês viram nesse exercício que não foi espontâneo como um sonho, mas que foi dirigido e por isso trouxe para cada um o momento temporal marcante. Foi apenas um pequenino mergulho no inconsciente.

No calor da conversa ninguém percebeu o passar do tempo e, acompanhada de longe pelo planeta Marte, a lua refletindo a luz do sol aparece. Uma garrafa de cabernet, pão preto em quadradinhos cobertos de patês variados fecharam o dia.

Dias depois, após muito refletir nos ditos na última conversa, Marcia Camila percebeu, em um relance, um possível emergir de provável tendência a um estado de espírito não vindo do intelecto, mas sim do emocional em sua amiga Katia Maria. A psicóloga passa, então, a se dedicar a um exame de maior profundidade a respeito da natureza dos impulsos primordiais de sua amiga. O que ela encontra nas folhas de seus alfarrábios são estudos e relatos de casos feitos por psicólogos e psiquiatras renomados, que apontam em uma direção que pode levar a patologias. Não, mil vezes não! Nunca! Não posso nem de longe imaginar que minha querida amiga Katia Maria abriga, em si, um sentimento radical, irredutível, primitivo. Mas, acreditando ou não, só se sabe a verdade quando uma disfunção ou uma síndrome vem à tona e se mostra presente. E, ainda mais, ninguém está livre desse tipo de sorte.

Assim conjecturando, traz esse ponto à luz e pensa em conversar com a família. À noite deitada em sua cama, os pensamentos não deixam sua mente descansar, Marcia Camila continua refletindo na situação e o que mais a incomoda é que, agora, ela tem uma responsabilidade para com a amiga. Se optar por levar o resultado de suas pesquisas e mostrá-los para a família pode provocar um estado de pânico entre aqueles que a estimam como esposa, mãe e avó. Se aceitar a outra opção, de guardar para si o resultado de suas pesquisas, ela sabe que não se perdoará se algo muito sério vier a acontecer. Tendo nas mãos um problema que parece insolúvel, Marcia Camila recorre a uma outra amiga, psicanalista, e expõe a situação que a faz desconfortável. Em resumo, após longo tempo de conversa e análise, a amiga psicanalista pede que Marcia Camila tenha um pouco de paciência, pois esse caso não é algo simples como uma briga de namorados e pede a ela que lhe forneça mais material pois precisa estudar melhor o contexto do que está acontecendo. Que enquanto isso, precisa com todas as forças, ajudar a amiga nesse tempo... Marcia Camila concorda. Em sua experiência ela sabe que esse fazer é o mais acertado e o mais seguro para uma resolução quando se trata de uma situação como a que Katia Maria está passando.

Um mês se passa.

— Marcia, estudei o caso que você me trouxe e tomei a liberdade de consultar outros colegas. Todos foram unânimes em afirmar que apesar do comportamento, ela nesse momento, não apresenta sinais denunciando qualquer tipo de ruptura com a realidade. A delicadeza das circunstancias pelas quais sua amiga está passando, pode vir levá-la a romper seus laços com o saudável. Não estou querendo lhe alarmar, mas teoricamente existe a possibilidade de que haja uma evolução no quadro que se apresenta e sob sua influência, ela passar a agir sem objetivo compreensível.

— Sim, o que me alertou para essa situação foi o fato dela engendrar toda uma encenação para receber e ficar conhecendo mais do homem de quem recebera cartas com desenhos tétricos e sem assinatura.

— Veja bem, se ela já chegou ao ponto de não se apresentar como realmente é, a esse homem, se ela armou um palco para recebê-lo e fez com que todos a tratassem como a personagem que criou, é mais que chegada a hora de pôr um fim em tudo isso. Você está certa quando fala que não quer, por enquanto, envolver a família, então o que penso é que você pode chamá-la e conversar a sós com ela, colocando-a a par do rumo que pode vir a seguir sua história com o homem das cartas. Há no conto *O Demônio da Perversidade*, de Edgar Allan Poe, uma frase que gosto muito, *"o impulso converte-se em desejo, o desejo em vontade, a vontade em uma ânsia incontrolável que precisa ser satisfeita a qualquer preço"*. Acredito que essa frase resume de modo impecável o terreno em que sua amiga está pisando.

Marcia Camila a caminho de casa, refletindo no que disse sua amiga psicanalista começa a pensar em como conversar com Katia Maria, de modo que ela se sinta acolhida e não ameaçada. Ao mesmo tempo entremeando suas conjecturas vem um nome, Edgar Allan Poe. Edgar Allan Poe, quantas pessoas conheço que o tem como autor de cabeceira? Não vejo por que dão tanto valor aos seus escritos. Eu não consigo ver nenhum atrativo em temas como terror, mistério ou morte. Mas, tiro o chapéu para alguém que como ele deixou um legado literário que apontou novos horizontes para a humanidade, no que se refere à literatura.

Uma vozinha de Grilo Falante chega aos ouvidos de Marcia Camila, "deixe de ser turrona, dona Marcia Camila, afinal, alguém que escreve uma frase como aquela não pode ser tão vulgar e sanguinário assim.... eu sei, você nunca se interessou em conhecer sua obra. Não, não faça como pessoas que sequer provam um bolo e de antemão já dizem que não gostam dele. Por que não se dá uma chance de conhecer o trabalho dele? Você pode começar pelas poesias...".

— Quem sabe um dia desses eu ainda compre um livro dele... — reflete Marcia Camila.

As duas amigas, Katia Maria e Marcia Camila, se encontram na Jasmim Encantado. Chá de roséola para uma, de hortelã para outra. Biscoitos amanteigados para as duas. A conversa girou, girou e como não poderia deixar de ser, voltou-se para o fim de semana na praia da Caverna da Caveira dos Mil Chifres. Katia Maria comenta com a amiga que concorda quando todos dizem que ela precisa pôr um fim na história de Ronaldo. Só não sabe como. Ela quer, mas não abruptamente para não magoá-lo. Marcia Camila questiona:

— Como assim, não magoá-lo? Não entendi. Pelo que sei a amizade entre vocês é muito recente, não acredito que seja tão forte ao ponto de haver mágoas se ela não continuar. Se assim for, posso até pensar que há algo mais nessa amizade do que está desvelado.

Katia Maria ensaia uma cara de brava desaprovando o que a amiga falara. Marcia Camila ri e balançando a cabeça olha para a amiga e diz:

— Sua boba, eu sei que você jamais se envolveria com quer que seja. — E emenda — Você me conhece de longa data e sabe que sou curiosa e estou me mordendo de vontade de saber mais do fim de semana com visitas. Na sua casa a conversa não deu nem pra cova do dente, como dizia Silvéria, minha falecida amiga.

Katia Maria começa a falar, mas é interrompida por Marcia Camila:

— Amiga, não quero ser desmancha prazeres, acho que já deu a nossa hora.

— Nossa! — Katia Maria colocando a mão na cabeça — hoje é o dia da noite do pijama que Mariana vai fazer e eu fiquei de pegar Marta e Gustavo.

Beijinho, beijinho e cada uma das amigas toma seu caminho.

As crianças inquietas como se tivessem bicho carpinteiro, de mala em punho não veem a hora da vovó Katia Maria, como a chamam, chegar. Elas poderiam ir com os pais, mas obedecendo as regras que elas mesmas fizeram, faz parte da noite irem com a vovó. O carro mal passa o portão e as crianças ao avistarem Mariana que as espera, entram em um estado de agitação tal que Katia Maria precisa parar o carro a meio caminho da garagem para Marta e Gustavo descerem e irem correndo abraçar a prima.

Pijamas.

Todos arrumam seus colchonetes, lençóis e travesseiros na grande sala. Vovô Humberto e titio Carlos trazem a lenha e montam a fogueira perto da porta. Gustavo vem correndo com a lanterna na mão. Lanterna que vai ser usada para ser colocada entre as folhas de papel celofane vermelho e amarelo que estão amassadas no meio das lenhas. Sua luz passando pelos papéis coloridos vai criar a impressão de fogo. Pequenas travessas trazem salsichas e marshmellow; cantis estão cheios de água e sucos. Cada um pega sua varinha e se senta ao redor da fogueira de fantasia. A noite vai começar. Salsichas e bolinhos de marshmellow nas varinhas, todas esticadas sobre a fogueira e lá vem, como não podia deixar de ser, a primeira história de assombração, quem conta é Gustavo:

— Em uma noite escura e sem lua, o único som era o da chuva e o das corujas. Na casa no meio do mato, alguém bate na porta, o menino vai ver quem é, e quando abre a porta...

Nesse ponto a narrativa é interrompida por Marta, que começa a ter a imaginação excitada e tremendo cobre a cabeça com o lençol. O irmão continua:

— Uma velha de cabelos brancos compridos e despenteados, com olhos grandes e esbugalhados e quando sorri, só dá para ver um dente na sua boca. "Você me chamou?". Pergunta a velha. O menino, com a porta aberta, treme de medo e responde que não, mas a velha fala, "me chamou e agora vou te pegar e fazer uma bela torta com você". O menino corre para o quarto e se esconde embaixo da cama. Já era meia noite e o menino sai de seu quarto e vai, escondido, pé ante pé, ver o barulho que vinha da cozinha. Era a velha com uma faca na mão...

Marta grita de medo embaixo do lençol. Gustavo termina a história:

— A velha com uma faca na mão... passava manteiga no pão.

Marta sai de baixo do lençol e chama o irmão de bobo, que ri a não poder mais. Assim a noite do pijama vai acontecendo, até dona Irquinha se fazer presente na fala de Mariana:

— Lá na fazenda começaram a acontecer coisas estranhas, toda manhã aparecia um animal com esquisitice, as vacas piavam, as galinhas cavavam como se fossem tatus, os passarinhos latiam até os cavalos pensavam que tinham asas e ficavam pulando querendo voar. Então foram falar com dona Cotinha, a anciã, e ela falou que só podia ser coisa do demo. Aí ninguém mais saia de casa a noite. Um dia um boiadeiro que tinha ido visitar a namorada e esqueceu do tempo, ao chegar, disse ter visto uma sombra rondando o matagal. Pronto logo estava eleito o lobisomem como o "fazedor" de tudo. Uma noite, começou um bater e arranhar na porta da cozinha, enquanto se ouvia os uivos da criatura. As crianças foram colocadas em um quarto cheio de cabeças de alho, as mulheres rezavam o terço e os homens se aprontaram com as espingardas com balas de sal grosso. O barulho de repente parou e um tempo depois só se ouviu um grande uivar e depois tudo ficou em silencio. Os homens só criaram coragem para sair com o nascer do sol e foram procurando devagarzinho e encontraram um cachorro emaranhado e preso em uma cerca de arame. Era um cachorro esquisito que aparecera naquelas paragens. Chamaram dona Cotinha e ela conversou com o cachorro, amansando ele. Soltaram o bicho que ficou muito dócil e amigo de todos. Deram o nome de Azanga Sabão a ele, o Azanguinha.

Marta, que quando Mariana começou a contar a história do lobisomem encolheu-se com medo, no fim dela estava mais dormindo que acordada. Era o sinal de que o momento de dormir havia chegado. O pai de Marta a coloca em seu colchonete entre os lençóis. Os colchonetes, lençóis e travesseiros acolhem os fraternos irmãos da noite do pijama.

Domingo de sol.

Acordar mais tarde.

Ir para a praia.

Almoço às quatro. Risoto de tinta de lula. Fim de semana perfeito!

Segunda-feira, terça-feira, quarta-feira... carta de Ronaldo.

Amigos, estou escrevendo em nome da família Horsha para agradecer mais uma vez a acolhida que nos foi proporcionada pela família Souza. Lúcia gostou muito de vocês, disse que o carinho com que fomos recebidos foi aconchegante e sentiu-se à vontade como se nos conhecêssemos há muito tempo. Ela quer escrever pessoalmente para agradecer a vocês, e as crianças também, em especial para Mariana e Sonia. Para mim, foi um fim de semana muito agradável, tive a oportunidade de conhecer a família de minhas alunas Solange e Mariana e criar novos vínculos, novos amigos. Conversar ao vivo com minhas alunas e agora, mais que nunca, amigas, bem como todos os Souza, foi fantástico. A praia em que vocês moram, além de muito tranquila tem uma história que me deixou fascinado. Gosto muito de história. As civilizações antigas têm uma aura que me arrebata, como comentei. E, vocês têm aí, no seu colo, uma fonte inestimável de história e cultura. Pesquisei sobre o Doutor Roland Grinpels e sabem da maior? Por aqui só temos parcas referências ao seu trabalho, só consegui algo realmente consistente na Biblioteca Nacional da Áustria, seu país natal. Olhem, adoro meu país, mas nessa questão ele é praticamente um zero à esquerda. Tive que ficar nas pesquisas aqui nas américas pois não falo alemão, apenas inglês. Imaginem, um povo que está nas origens de nossa raça, ser conhecido por aqui só por historiadores e antropólogos. Bem, voltando à vaca fria, segundo Doutor Grinpels e outros que estudaram e estudam, ainda hoje, o povo Akiko, até esse momento, não encontraram sinais que podem realmente ligá-lo a esse planeta. Não até agora. Essa questão *vindos das estrelas*, ou se de uma *parte remota aqui mesmo da terra*, fica em aberto. Os estudiosos até esse momento têm opiniões que divergem sobre o fato de que eles, em seu viver, não se pautavam por uma religião específica, porém praticavam rituais onde a lembrança da estrela-mãe de onde diziam ter vindo, era exaltada. Pelo que se levantou a partir das pesquisas até esse momento realizadas, seu modo de vida era simples. Sua alimentação tinha como principais alimentos peixes, seguido da mandioca, milho e frutas. Como o clima nessas paragens não conhece o frio, suas habitações eram simples, construídas a partir de estruturas de madeira cobertas por folhas de coqueiro. Em seu interior havia redes e bancos com efigies de animais típicos da fauna local, sapos, lagartos, pássaros... seu dia a dia era bastante simples, as tarefas eram divididas entre masculino e feminino, colher, cozinhar, fazer potes, tecer, cuidar das crianças - feminino; pescar, plantar, prover - masculino. Usavam pinturas específicas para rituais de passagem e festas de mudança de estações. As tintas eram tiradas da natureza, terras dos mais variados matizes e cores, urucum, jenipapo, carvão, cinzas... no dia a dia eles não usavam pinturas ou enfeites especiais, apenas adereços simples como brincos, pulseiras e colares, tanto as mulheres como os homens. Há estudiosos que defendem a ideia de que as populações indígenas de nossa terra são descendentes do povo Akiko. Como tudo tem começo, meio e fim, a civilização Akiko chegou a termo. Não se sabe se eles se espalharam pelas florestas ou se voltaram para a sua estrela-mãe. Eu quero, em uma futura visita a vocês, passar uns dias a mais para poder visitar os sambaquis e conversar com os pesquisadores. Acho que já falei antes, além de jornalismo, fiz antropologia, arqueologia, história e história da arte. Hoje quando volto minhas memórias para minha juventude, vejo um rapaz que nunca, jamais imaginou ser o que é hoje. Uma grande lembrança desse tempo é, como está no meu romance e já contei para vocês, uma garota por quem me apaixonei perdidamente, mesmo tendo visto ela apenas duas ou três vezes. Sequer sei o som de sua voz, pois nunca falei com ela. O tempo descoloriu sua imagem em minhas reminiscências e hoje apenas o que tenho como lembrança dela é o brilho das estrelas no seu olhar e seu nome... bem, vou terminando por aqui e deixando os escritos a cargo de Lúcia, que está com aquele olhar, um pouquinho atravessado, querendo dizer que eu já escrevi demais.

Oi todo mundo! Como estão todos? Agora só vou falar por mim porque as crianças já me advertiram para eu não falar por elas. Cada uma quer escrever como foi e sentiu a "aventura" nos mares do Norte. Bem, eu gostei muito, foi muito alegre e divertido. Solange foi uma anfitriã mais que perfeita, sempre ao nosso lado. Gabriela e Felipe brincando com Mariana pareciam estar no sétimo céu. Vendo Mariana brincar junto com as crianças, lembrou-me de meus anos de menina quando a família ia para a praia e eu brincava com os irmãos e primos. Ronaldo se entrosou com os rapazes de uma forma que eu nunca havia percebido com outros, sabem, ele é reservado e não é muito de se abrir mesmo com os nossos poucos amigos próximos. Me surpreendi do modo como ele se soltou e sentiu-se à vontade com Humberto e Carlos. Ele gostou muito de todos. Um grande abraço a todos, transmita minhas lembranças a Sonia, impecável em tudo que nos atendeu, especialmente nas refeições deliciosas com que nos recebeu. Tenho um convite para fazer a vocês, Ronaldo e eu faremos vinte anos de casados e queremos que vocês venham para festa. Não vai ser nada chique, apenas um jantar com a família e com os padrinhos de casamento. Será no dia quinze do mês que vem. Temos aqui em nossa cidade dois ótimos restaurantes, que gostamos muito, o FêNêMê Trava de Bafo, marca e apelido de um caminhão dos anos mil novecentos e sessenta, de comida estradeira, ele fica em uma rodovia a uns cinquenta quilômetros daqui de casa, e o Pandorga que é uma churrascaria gaúcha que fica na região dos restaurantes. Há, entre nós, discordância em qual dos dois iremos comemorar. As crianças querem o FêNêMÊ, Ronaldo e eu, o Pandorga. Vamos ter que tirar o restaurante que iremos no par ou ímpar. Com muito carinho.

Oi, tio e tia e Mariana. Como estão? Gostei de visitar vocês, foi muito legal brincar com a Mariana na praia. O luau também foi muito legal. Sonhar que Angatú nos levava para conhecer sua aldeia e os índios foi o maior barato. Vocês vêm para a festa né? Tô com saudades da Mariana.

Nesse momento Lúcia entra no meio e fala para Felipe, "e os outros? Eles vão ficar chateados por você só ter saudades da Mariana. Escreva que sente saudades de todos". E o menino escreve...

... tios não fiquem chateados sinto saudades de vocês todos também. Venham para a festa sim, vai ser a pampa. Um milhão de abraços. Tchau.

Oiii, sou eu a Gabi, gostei muito, muito mesmo de visitar vocês. Nunca na minha vida vou esquecer a viagem que fizemos. A praia e o mar estavam divinos, gostei muito de brincar com Mariana, ela é super. Tia Solange, tio Humberto, tio Carlos, tia Rose e tia Sonia, todo mundo é super. Já estou escolhendo um maillot para quando eu for aí de novo. Estou fazendo um presente especial para Mariana, não conto o que é para a surpresa não perder a graça. Sabem, meu irmão não quis contar, mas eu vou, vocês se lembram do sonho que eu e o Felipe tivemos ao mesmo tempo lá na praia? Então, a gente já sonhou várias vezes juntos com o nosso amigo Angatú. Ele nos leva para pescar, para ficarmos na fogueira do conselho onde ouvimos histórias e cantamos antes de irmos dormir. Só que quando acordamos, estamos em casa bem nas nossas camas. Os sonhos parecem realidade. Fiquei muito encafifada quando o chefe Moatirõ disse que eles vieram das estrelas. Ele percebeu nosso olhar de espanto e naquela noite contou que eles eram descendentes de um povo de um planeta muito distante chamado, em nossa língua, Homa. Como nós nos chamamos de Humanos, seus habitantes se denominam, em nossa língua, Akikos. Achei muito bacana essa história. Quero muito que vocês venham para a festa. Purfa. Um beijo. Tchau.

Ah! Quase esqueci, meu pai falou para eu escrever que ele me ajudou a escrever a história dos Akikos.

Ronaldo finaliza a carta reiterando o convite para a comemoração das bodas...

... caros amigos, reservem suas gratas ordens para nos acompanharem em tão importante momento.

Abraços da família Horsha.

O Aniversário de Casamento

— Pai, é aquele avião?

— Tomara que sim, logo vão mostrar no painel quando o avião deles vai pousar...

As crianças ansiosas passam a língua pelas bolas de sorvetes de modo automático como robôs.

O avião pousa.

— Olha eles lá... — com brilho no olhar elas gritam...

A menina e o irmão correm para eles e, como não podia deixar de ser, primeiro abraçam Mariana. O sentimento é de estar com uma estrela de cinema. Na van de Ronaldo, enquanto ele leva os amigos para o hostel onde irão ficar, a conversa é comandada pelas crianças que, curiosos, querem saber de tudo, ao mesmo tempo que contam a respeito das atividades que preencheram seus dias... e o principal, ir ao restaurante para almoçar e escolher os pratos que seriam sugeridos para o jantar de aniversário de casamento. O restaurante? Escolhido pelos meninos que ganharam no par ou ímpar, o FêNêMê.

— Mariana, tem comida pra caramba. — Disse Felipe com um sorriso de orelha a orelha.

— Nem conseguimos jantar aquele dia de tanto que comemos. — Lucia rindo — Experimentamos vários pratos do cardápio, comida gaúcha tchê! Foi difícil escolher.

Ronaldo completa:

— Pelas crianças teríamos todo o cardápio.

Humberto, Katia Maria e Mariana ficaram no pequeno hostel, o "Ninho do Pardal", familiar, simpático e muito agradável, situado não muito longe da Casa Horsha. Lá estavam hospedados os convidados que não moravam na cidade. À tardinha Ronaldo recebeu os convidados para uma prosa. Sentados no quintal em volta de uma grande mesa de grossas pranchas de madeira, tomando aperitivos, relembravam tempos de aventuras, namoros, paixões e travessuras. A casa propriamente dita não é grande, mas o quintal tem um bom tamanho. Ronaldo e Lucia dão mais valor a um espaço onde podem ter muitas plantas, um belo gramado e Bernardo, um cão vira-latas que tem o apelido de Zás-Traz por estar sempre correndo para lá e para cá. Um forno de pizza e um aquecedor a lenha próximo à mesa, completam o espaço. Mariana, Gabriela e Felipe prestavam atenção todo olhos e todo ouvidos, sequer podiam perder uma palavra do que era dito, as histórias, muito divertidas, traziam fatos que para Gabriela, Felipe e Mariana eram novidades. Ronaldo era quem, dentre todos, para as crianças, foi o mais aventureiro na juventude. Era, de longe, o maior herói da conversa para Gabi e Bibipe como indicava o sorriso de vitória ostentado em seus rostos.

Subitamente um arrepio corre o corpo dos convivas. O vento invernal trazendo um ar gelado, faz todos esfregarem as mãos. É chegada a hora de acender o aquecedor, esquentar o forno de pizza e começar a função na cozinha. Os homens se dividem, uns em atear fogo na lenha já ajeitada e pronta dentro do forno e acender o aquecedor, outros em preparar os ingredientes para as pizzas; as mulheres fazem a massa, as crianças experimentam os recheios e Bernardo fica no pensamento positivo para que alguma guloseima caia de cima da bancada da cozinha para ele, em um bote certeiro, se deliciar...

Atmosfera, seu nome é alegria.

Flutuantes, podemos dizer, estavam todos...

A casa da família Horsha era nesse momento um palácio de encantamentos.

O aquecedor como mestre de cerimonias oferecia a todos seu calor e, as pizzas chegando à mesa como discos voadores logo encontravam campos de pouso nos pratos.

O encontro adentrou a noite, a hora já se fazia alta e os primeiros a adormecer no sofá da sala foram as crianças. Não muito depois, os convidados rumaram para o hostel e Ronaldo e Lucia depois de colocarem as crianças nas camas, renderam-se aos travesseiros e edredons.

Um galpão.

O caminho até ele é de cascalho serpenteando por entre árvores. Em frente a ele, em uma praça toda holofotes, está um caminhão tão brilhante como no dia em que foi construído, um FNM! Duas grandes e altas portas dão passagem para o interior do galpão. No hall, a iluminação feita por lampiões mostra poltronas feitas com bancos de caminhões. Fotos de época de caminhões antigos e modernos, bem como de seus motoristas e ajudantes enfeitam as paredes. Uma lojinha em uma sala ao lado vende fotos, miniaturas e toda sorte de lembranças relacionados a caminhões. Do outro lado, em frente à lojinha fica um bar, onde se pode, enquanto se aguarda amigos, tomar aperitivos, além de bebidas e saborear petiscos típicos do sul do país. Vencido o espaço do hall, entra-se no grande salão, também iluminado por lampiões. Mesas de madeira cobertas por toalhas de padronagem xadrez vermelho e branco, ostentam sobre si pequenos vasos com flores. Ao fundo, um palco onde acontecem apresentações de artistas de tradições da terra dos churrascos, músicas e danças. Um imenso buffet de saladas, salta aos olhos. Ele fica situado de forma a permitir que todos nas mesas apreciem as apresentações no palco.

Jatir, conhecido por todos como Jatirão, é um homem de grande estatura, rechonchudo, bochechas encarnadas e olhos vivos e alegres; com ar bonachão, vestido a caráter, vem recepcioná-los. É o proprietário do Restaurante FNM. Gabriela e Felipe tomam Mariana pelas mãos e se adiantando vão em direção a uma grande mesa redonda toda engalanada. Ronaldo e Lucia riem. As crianças sentadas à mesa estranham quando veem todos passarem por eles e se dirigirem a uma grande porta dupla com flores entalhadas, encimada por uma placa onde se pode ler "ESTACIONAMENTO". Quando os convidados passam pela porta, se entreolham. Interrogação na cabeça de todos, o que estarão fazendo naquele espaço, uma extraordinária praça, réplica de um posto de combustíveis de beira de estrada, onde estão estacionados caminhões e carretas de várias épocas e tamanhos. Carros antigos também fazem parte do cenário. Todos da coleção de Jatirão. O destaque é para cinco Papa-filas. Jatirão os conduz até um deles. A grande surpresa que o casal Horsha mantinha no mais profundo segredo era simplesmente essa, o jantar se daria dentro de um Papa-filas, transformado em simples e confortável salão de comemorações. Para preservar o espírito do estilo "Papa-filas", foi tomado cuidado ímpar. A iluminação era a original, telas de Led tomaram o lugar dos vidros traseiros. As janelas ostentavam cortinas bipartidas e cada parte era amarrada com um laço no respectivo batente. Uma mesa oval, comprida tinha seu lugar ao centro, sofás e poltronas de couro vermelho, como nos ônibus que faziam o trajeto da cidade de Ronaldo a outras. Aparadores completavam a decoração. Não houve convidado que ficasse com os olhos impassíveis, todos brilharam e após breve momento de silêncio, o ar foi cortado por "óhs!". Para Gabriela e Felipe, que já conheciam e brincaram nos Papa-filas em almoços domingueiros, a surpresa foi muito maior do que para os convidados, e de tal tamanho foi, que em sua admiração perderam por instantes a respiração. Para o dia a dia apenas um dos Papa-filas, conservado em sua originalidade ficava aberto para visitação. As crianças conheciam apenas esse um por dentro. Por isso tamanha surpresa.

O cordão que percorre as laterais do teto acima das janelas indo da entrada até o fundo, agora serve para solicitar um serviço. Basta puxá-lo e uma campainha toca na cozinha avisando que há um pedido. Quando os Papa-filas estavam em serviço, esse cordão servia para que os passageiros solicitassem parada para descer.

Nas telas de Leds a atração eram fotos e filmes do casal aniversariante em produção feita por um dos padrinhos de casamento.

Cada um dos presentes toma assento. Jatirão faz as honras apresentando a carta de bebidas. Momentos depois entra seu José Rock'n Roll, liderando dois garçons que vão anotando os pedidos. José Rock'n Roll, por ser muito querido pelas duas crianças foi, a pedido delas, escolhido para atender à comemoração. José é seu nome, o apelido Rock'n Roll vem do bordão que ele usa quando serve a meninada e fazendo o sinal de positivo para elas, brada: "é Rock'n Roll".

Todos em pé, taças nas mãos, contendo o mais puro champagne, erguidas no ar anunciam o momento dos brindes. Votos de felicidade e alegria ecoam. Tomando a palavra, Ronaldo emocionado fala da esposa companheira, amiga e do amor incondicional que os une e, exalta o amor pelos filhos Gabriela e Felipe. Agradecendo pelos tempos felizes e pelos filhos maravilhosos que ela lhe proporcionou, com os olhos mareados abraça os filhos e Lucia a quem beija apaixonadamente na bochecha. Não há conviva que fique em silêncio:

— Viva!... beija na boca... Ronaldo, Ronaldo, Lucia, Lucia... Gabriela, Felipe... — palmas e assobios...

Enquanto no salão o serviço é de rodízio, nos Papa-filas é a la carte, então Felipe e Gabriela, juntos, puxam o cordão avisando que já podem trazer o cardápio, escolhido a dedo pelos aniversariantes e suas crianças.

FNM TRAVA DE BAFO

CHURRASCARIA SULISTA

CARDÁPIO ESPECIAL PARA COMEMORAÇÃO
DOS VINTE ANOS DE BODAS
DE RONALDO E LUCIA HORSHA

ENTRADA
STUDBAKER
Salada mista à moda da casa

PRATOS
FNM
Arroz de carreteiro
SCANIA VABIS
Costela bovina na brasa com crosta de parmesão
MAGIRUS
Paleta de cordeiro assada
CHEVROLET
Bolo de batata com costela desfiada e legumes
MERCEDES-BENZ
Feijão tropeiro

SOBREMESAS
L312 Mercedes
Sagu de vinho com creme de baunilha
Scania Jacaré
Torta de frutas vermelhas
Volvo Titã
Sorvete
Chevrole D 60

Strudel de maçã
Ford F Max
Doce de pinhão
Internacional NV 184
Mouse de chocolate
Peterbild 386
Ambrosia

BEBIDAS
Karman Guia
Água sem gás
Interlagos
Água com gás
Galaxie
Refrigerantes
Maveric
Cervejas

APERITIVOS
TRAVA DE BAFO
Caipirinha de pinga
1111
Gin tônica
F 1
Meia de seda
MARTA ROCHA
Paraíso
Brasil
Gafanhoto

Os convidados se entreolham e sorriem ao ver os nomes dos pratos no cardápio. Mas concordam que em um restaurante peculiar como esse, os nomes não poderiam ser diferentes.

Chegam os aperitivos. Os homens após o primeiro gole começam a mostrar seus conhecimentos automotivos discutindo os modelos e a que marca eles pertencem. É Ford, não é Chevrolet... Mercedes, Mercedes; eu tive uma dessa... acho lindo esse... queria ter um desses, mas estão tão caros... já imaginou eu desfilando com um desses... e a esposa: comigo junto, não é? A esposa direta, ou vocês acham que eu vou deixar ele ficar dando bombadas por aí numa caranga dessas, sozinho?

Risadas a larga...

Studbakers apontam na porta, duas grandes travessas com saladas compostas por alface lisa, alface americana, tomate caqui, palmito, rúcula, agrião, berinjela de antepasto, torradas de pão de alho, e uma menor com salada de maionese. O tempo das saladas finda e os pratos vão surgindo. Desfilam flutuando levados pelas mãos dos garçons. A apresentação e o aroma dos pratos se fazem presentes de tal forma que cessam, por breve momento, as conversas. Olhares e exclamações, logo são todas voltadas para eles. As falas acalmam, seu tom diminuindo e o tinir dos talheres aumentando sugere uma sinfonia surrealista tocada a quinze bocas e a trinta mãos. Os pratos vão ficando vazios, sorrisos despontam nos rostos. Mais uma vez as taças com vinho, fazendo lembrar prismas, lançam réstias de luz púrpura pelo ambiente. Um brinde ecoa. Enquanto as taças se encontram, cortam o ar saudações pelo aniversário de casamento. Chega o momento das sobremesas. As marcas de caminhões que dão nome às sobremesas são conhecidas, mas os modelos não. São de uma época em que todos ali eram crianças. Os homens, então, fazem uma verdadeira corrida aos celulares para pesquisar como são os modelos de caminhões que dão nome às sobremesas. As mulheres dão risadas deles que parecem crianças trocando figurinhas. Elas, por seu lado, conversam a respeito dos pratos e das receitas da noite, dos dotes culinários de seus maridos; alguns só sabem fritar ovos e fazer salada de tomate, tem um que, destacadamente é o colher de lata, a esposa conta o feito, mas se reserva a falar o nome do marido, seu arroz quando tirado da panela é um bloco mais parecendo um queijo. Outros sabem cozinhar um pouco; dois ou três dentre eles sabem fazer pratos sofisticados, mas o marido ó concour da noite é Victor, marido de Bruna e pai de dois meninos gêmeos, que pela peraltice tem o apelido de Faísca e Fumaça, os pratos que ele prepara, faz parecer que ele tem o diploma do "Cordon Bleu" francês. Todas as mulheres riem a bandeiras despregadas, desopilando o fígado. Vendo as fotos antigas que enfeitam as laterais do papa-filas, relembram as modas que foram passando e, exclamam rindo: "não sei como eu tinha coragem de me vestir assim". Os maridos entram na conversa. Peraltices de adolescentes e namoricos estão presentes. O Ronnie, fala sua esposa, quando adolescente, parecia um palito engomado, alto e magro, só pele e osso, na verdade, mais osso do que pele. Ela ri... Era o sonho e o desejo de todos os cachorros. Uma risada em uníssono explode. Ronnie complementa, "Cris, você era cheinha, tanto que nosso apelido na faculdade era "casal Oi"'. Com a deixa e com as cabeças flutuando ao sabor dos vapores vinhólicos, histórias divertidas vão se sucedendo. Cada prato de sobremesa que vai sendo colocado na mesa à frente dos convidados, chama a atenção de cada um e assim a conversa amaina e todos passam a se dedicar ao saborear as iguarias doces. As crianças não perdem a sobremesa e rapidamente terminam para ter mais tempo para brincar nos caminhões. São sete seguindo com Gabriela, Felipe e Mariana. Dez pares de olhos brilham e as pernas se apressam, papa filas e caminhões que estão na praça os esperam de portas abertas, como braços prontos para um grande abraço. Os caminhões se tornam naves espaciais, submarinos e aviões, na imaginação da meninada. Para uns, são apenas caminhões.

A noite adentra.

Aos poucos as crianças vão voltando e as menores vão se aconchegando nos colos dos pais e adormecem. Esse é o sinal de que o jantar está chegando ao fim. Ronaldo puxa o cordão da campainha e pede a seu José Rock'n Roll que venha ao papa filas e traga Jatirão e os garçons que serviram o jantar. Quando eles entram no papa filas, olham para os amigos de comemoração, estavam todos em pé ao redor da mesa com vinho nas taças; os lugares na cabeceira perto da porta estavam reservados para eles. Para cada um havia uma taça com vinho... eles se entreolham questionando com o olhar, "o que seria...?". Assim como Ronaldo, alguns de seus amigos presentes foram escoteiros, então, de comum acordo decidiram fazer uma pequena surpresa em reconhecimento à atenção e ao serviço impecável recebido: entoar a canção escoteira da despedida. "Não é mais que um até logo, não é mais que um breve adeus", nesse momento estavam todos de mãos entrelaçadas em uma grande corrente em volta da mesa, balançando o corpo acompanhando o ritmo da canção.

Assim encerrada é a noite.

Cartas

O tempo a tudo permeia.

A correspondência entre Katia Maria e Ronaldo diminui. Tendo desenvolvido estilo próprio ela já não precisa de uma assistência tão presente como quando começou a escrever. Todos os poemas que ela escreve, faz questão de enviar para Ronaldo. Ele se sente lisonjeado, os lê e comenta sempre a estimulando a continuar. Sugere que ela prepare uma coletânea e lance um livro. Ele tem a firme convicção de que ela será bem recebida tanto no meio literário como pelo público. Ela, depois de muito pensar, em uma noite no jantar, diz que está disposta a aceitar a sugestão de Ronaldo para editar um livro de poemas.

A primeira a se manifestar; atravessando a todos é Mariana:

— Puxa vó, muito legal essa sugestão do Ronaldo, uauuu, um livro todinho seu! Se a senhora quiser, posso ajudar a organizar os poemas. Tive uma ideia!!! Podemos colocá-los em uma sequência que forme uma história; o que acham?

Todos concordam. Katia Maria sorri e agradece à menina e convida a todos para darem ideias para o projeto "Livro da Vovó".

Humberto diz:

— Acredito que é uma oportunidade muito boa. Mas, é muito difícil editar um livro nesse país, onde as editoras não assumem o investimento em um livro de um escritor novo. Escreva seu livro que eu custeio tudo, a noite de autógrafos também. Fico muito orgulhoso de você minha Katia Maria.

A notícia do livro que Katia Maria vai lançar corre como fogo em rastilho de pólvora. Não há quem não a apoie e incentive. Ela inicia a concretização de seu projeto. Passa a maior parte do dia no escritório revendo os poemas e escrevendo novos, para fazer como Mariana sugeriu, criar uma história. A menina sempre reserva algumas horas para ter seu momento sentada ao lado da avó, ajudando, dando conselhos e revisando seus escritos. Katia Maria quando espreguiça para relaxar e pôr os pensamentos em ordem, conversa com seus botões, "essa menina é um tesouro, fico muito contente quando penso que ela poderia estar fazendo outras coisas e, não, ela está aqui comigo ajudando, tão empolgada quanto eu".

Está tudo quase pronto, poemas, sequência deles no livro, só falta um nome e a dedicatória.

Domingo de sol.

Todos estão na praia.

A conversa gira em torno do nome do livro. Vários surgem, "Primeiros Poemas"; "Poemas Singelos"; "Poemas em Cor"; "Arco-íris de Versos"; ... o irmão de Katia Maria chama a atenção:

— Caramba pessoal, vamos parar de viajar, estamos pensando em um nome, não para um animalzinho, é apenas para um livro...

Replicando, Ester, esposa de Adolfo, tem acesa a lâmpada das ideias e na fala do marido encontra a solução:

— Se o nome é apenas para um livro, por que não, "Poemas Apenas"?

Um momento de silêncio se faz, todos se entreolham e alguém diz:

— Aí está, um título simples que diz tudo. Parabéns, Ester — Adolfo dá um monte de beijinhos nela.

Todos em unanime opinião bradam a uma só voz: ela merece...

Em casa, Mariana menciona:

— Agora só falta a dedicatória. Penso que deve ser para Ronaldo, afinal foi ele que guiou a vó no escrever e a chegar até aqui...

Não há quem discorde.

Papel sobre a escrivaninha, caneta na mão, imaginação a todo vapor, assim é o momento de Katia Maria que anda de um lado para outro no escritório, buscando inspiração para escrever a perfeita dedicatória, algo simples e significativo. O escrito, depois de muitos rascunhos tem como resultado:

"Dedico estes poemas para aquele que me guiou pelo caminho das letras.

Meu querido amigo e professor, Ronaldo Horsha.

Com carinho,

Katia Maria"

Ela mostra para todos e, Humberto depois de ler, comenta:

— A dedicatória, no meu pensar, é um tanto insinuante quanto ao relacionamento entre você, Katia Maria e Ronaldo. Ela pode passar a ideia de que algo mais, além das aulas de escrita, aconteceu entre vocês. Não vou deixar você colocá-la no livro. Pense em outra, por favor.

Sorrindo e balançando a cabeça vai para o escritório. De volta para a escrivaninha, ela senta-se tendo a dedicatória que escreveu na sua frente, e pensa, "esta é tão boa, não sei como alguém possa pensar como meu marido...". E, depois de um momento de reflexão, escreve a nova dedicatória:

"Estes versos dedico ao amigo que me guiou pelo mundo das letras,

Ronaldo Horsha, dileto Professor.

Com carinho

Katia Maria"

E foi assim que saiu no livro.

Noite de autógrafos.

Todos os descendentes de Aparecida e José Inácio e amigos se fazem presentes nessa noite de gala, homens enfatiotados, mulheres de longo, crianças a rigor. Ronaldo e família, muito elegantes, comparecem. Ronaldo sobe ao palco e tece elogios apresentando Katia Maria. Ela sob as luzes faz a leitura de alguns poemas de seu livro. Enquanto ela autografa exemplares de seu "Poemas Apenas", um coquetel é servido. Felipe e Gabriela ficam juntos de Mariana, que acompanhada de um amigo, o apresenta:

— Boromir, um amigo do colégio. — Os irmãos se olham e desatam a rir.

— Boromir? De onde saiu esse nome?

Ele explica:

— É russo, meus pais são russos, meu nome completo é Boromir Romanov. Os quatro ficam juntos, comendo canapés e andando pela livraria do senhor Simão, vendo livros, até a noite de autógrafos terminar. Para os irmãos, Boromir, de pele muito alva e de cabelos ruivos, cor de fogo, lembra um ser Elemental, como os das histórias de seu livro de duendes.

Mariana olhando para as crianças, diz:

— Vocês querem saber o apelido do Boromir? — Não precisou esperar duas vezes pelo sim. — O apelido dele é Fogão.

Gabriela pergunta:

— Fogão? Aquele da cozinha?

Mariana então explica:

— Não é onde se faz comida — e sorri. — É por causa do cabelo que é muito vermelho e parece que ele tem uma fogueira na cabeça. Esse cara... — as crianças riem e riem...

A correspondência entre Felipe, Gabriela e Mariana continua como se fosse a primeira vez que trocam cartas. Ronaldo não permite que os filhos usem o computador para escrever as cartas, diz que o manuscrito melhora a caligrafia, o pensamento, a memória e a imaginação. O que não acontece com os meios eletrônicos. Os irmãos escrevem a respeito do cotidiano, escola, brincadeiras, passeios e de Zás Trás, o cachorro e suas aprontações. Mandam fotos deles cozinhando, dentro de barracas armadas no quarto, em brincadeiras com água, de passeios com os pais e da arte, desenhos e pinturas, que fazem na escola e em casa. Não é raro Mariana aparecer nas artes e ser sempre lembrada nas brincadeiras. Em uma longa carta contam a novidade...

> ... nós dois entramos em uma escola de música, Felipe aprende a tocar violão e eu aprendo flauta. Queremos formar uma dupla, não sertaneja, mas como aquelas que nós vemos nos vídeos da época em que nosso pai era adolescente. Gostamos muito de uma dupla, uma formada por irmãos, uma moça e um rapaz, Michele e Ângelo. As músicas que eles cantam, como diz o pai, tem melodia, letras mais românticas. Sabe Mariana, praticamente todas as duplas tem o nome dos dois músicos que a compõe, nós não queremos ser como todo mundo. Estamos quebrando a cabeça para achar um nome para a nossa dupla. Já pensamos em vários, tipo, "Estrela Cadente"; "Zás Tráz", em homenagem a Bernardo; ou a mistura de violão e flauta, os "Violautas"... mas ainda não chegamos em um que gostemos e que achemos que combine com a gente. Mariana, você pode nos ajudar com o nome? Estamos com saudades e não vemos a hora das férias chegarem para irmos passar uns dias aí com você. Te amamos muito! Te amamos muito! Te amamos muito!
>
> Te amamos muito! Te amamos muito! Te amamos muito!

Mariana por sua vez escreve:

Estou estudando muito, quero ser médica e entrar na faculdade de medicina é muito difícil. Estou namorando com o Fogão Boromir. Estou super apaixonada. Ele é muito legal, carinhoso, divertido e estudioso. Gosto muito das histórias que ele conta do país dos pais dele. Vou contar, é tão gostoso sentir o coração batendo forte sempre que penso nele e quando estamos juntos, bate mais forte ainda. Quando vocês crescerem e encontrarem alguém que se apaixone por vocês e por quem vocês vão estar apaixonados, quando os dois passearem e andarem um ao ladinho do outro, quando no cinema ficarem de rostinhos colados, e mesmo em casa, ficarem só mãos dadas é muito bom. Vocês vão sentir o mesmo que estou sentindo. O coração fica quentinho... Estou ansiosa para escutar a dupla tocando e cantando. Vou ajudá-los pensando em alguns nomes. Vocês podem sim, ficar uns dias aqui em casa quando as férias chegarem, vai ser muito legal nos encontrarmos. Iremos à praia, faremos muitos passeios. Ah! Deixa eu contar uma novidade que vocês vão adorar, abriu uma sorveteria no calçadão que tem sorvetes fantásticos, tem sabores aqui da região e de outros lugares. Cada lambida é um sonho... Que tal as fotos, desenhos e os diferentes chocolates que mandei? Me escrevam contando a respeito. Estou muito curiosa. Amo vocês.

Não chove.

Não faz frio.

É calor e o sol brilha.

Os pássaros cantam.

As nuvens no céu,

Passam simplesmente.

Os dias se vão.

Nada muda seu rumo.

Tudo sem alteração.

O dia anoiteceu.

Depois do jantar, pai, mãe e as crianças estão na sala assistindo a um programa de calouros. No dia seguinte na universidade, Ronaldo, no intervalo entre as aulas, ouve um uivo de lobo, é o som para chamadas que chegam, anunciando que no celular, alguém chama. Ele olha e vê que é Mariana:

— Oi tio Ronaldo, bom dia! Vovó está pensando no projeto de um novo livro, aquele com as histórias do colégio, lembra-se? Ela não ligou porque teve um resfriado e ficou afônica. Estou ligando agora porque estou no recreio aqui na escola. Ela tinha me pedido para ligar ontem de noite, mas esqueci... espero não estar atrapalhando...

Ronaldo diz que não, mas que logo vai ter que voltar a dar aula.

— Então, vovó me pediu para lhe dizer que gostaria de vê-lo. Ela quer falar de um novo livro que ela está pensando em escrever, aquele sobre seus tempos de escola, lembra-se que ela uma vez comentou? Ela quer falar com você pessoalmente e trocar ideias. Como ela diz, é um projeto bastante ambicioso, bem diferente do "Poemas Apenas". Por isso ela não quer conversar por cartas ou telefone. Ela prefere conversar pessoalmente.

Ronaldo responde:

— Em primeiro lugar desejo as melhoras de Solange e estou ao mesmo tempo surpreso e curioso a respeito desse novo projeto. Não poderei ir agora como gostaria para me encontrar com ela, pois aqui na Universidade estamos na semana de Ouro, onde os alunos de cada semestre apresentam trabalhos para toda Universidade. Essa semana acontece uma vez por ano. É um grande evento. Irei sim, sem falta, e no próximo fim de semana estarei com vocês. Desculpe, mas agora preciso ir, as aulas já vão começar...

Mariana antes de desligar, reforça o convite e pergunta se ele pode estar lá no sábado, como Katia Maria pediu, dizendo que eles teriam o fim de semana e mais tempo para discutir detalhes do novo livro. Ronaldo diz que sim, mas que iria sozinho, porque Lucia, advogada que era, estava trabalhando em um processo cível um tanto cheio de detalhes e difícil. Ele e Mariana se despedem.

Ronaldo, ao chegar em casa fala para Lucia do telefonema de Mariana. Os dois concordam que é uma pena Ronaldo ir sozinho, ela gostaria de ir junto e as crianças iriam adorar um fim de semana na praia com Mariana.

O sol traz o dia de sábado.

Ronaldo de maleta na mão chega ao aeroporto e embarca. No destino, ele é recebido por Humberto e Mariana. A neta de Katia Maria comenta:

— Você caiu da cama? Veio bem cedo...

Humberto — Solange não passou bem essa noite, o resfriado não a deixou dormir, então achamos melhor levá-la para o hospital para um exame e ser medicada como manda o figurino.

— Espero que não seja nada além de um simples resfriado. — Ronaldo fala preocupado.

Mariana se adianta ao avô:

— Nós acreditamos que não deve ser nada demais. Vamos passar no hospital e ver se ela já recebeu alta...

— Posso vir em um outro dia, quando ela estiver melhor, não tem problema...

— Chegamos.

Humberto entrega o carro para o manobrista.

Eles vão direto para o quarto onde se encontra Solange.

Ao que Humberto começa a abrir a porta do quarto, Ronaldo vislumbra pessoas da família de Solange. Um mau pressentimento corre por sua sensibilidade como um raio. Não podia ser apenas um simples resfriado que acometia Solange. Ele balança a cabeça, de um lado para o outro, para tirar aquela impressão de seu pensamento. Adentrando o quarto, vê Solange deitada na cama. Ela estava pálida, branca como uma folha de papel virgem. Ronaldo sente suas forças se esvaírem. O que estava acontecendo? Ele começa a desfalecer e se apoia em uma poltrona não acreditando no que vê, aquela mulher ali deitada não era pálida sombra de Solange. Não podia, mas era Solange. Com o brilho de fugidia chama no olhar, ela olha para Ronaldo, e a tremer com o esforço, estende-lhe a mão. Ele pega a mão dela entre as suas e ela em derradeiro suspiro fecha os olhos.

Nesse momento de pesar, enquanto todos abaixam a cabeça e rezam, Mariana abre a bolsa, tira dela duas cartas e as entrega para Ronaldo.

APÊNDICE

BEBIDAS

Gin tônica

Em uma taça bojuda colocar no fundo duas ou três estrelas de anis; gelo até quase metade; colocar três rodelas de limão-taiti encostadas nas paredes da taça usando o gelo que está na taça para prender; colocar cinquenta ml de gin; dar uma misturada; completar com gelo até a borda da taça; colocar água tônica; dar leve mexida. Servir.

Meia de seda

Em uma coqueteleira colocar dez ml de conhaque, 100 ml de licor de cacau, 100 ml de leite condensado, cinquenta ml de creme de leite, colocar gelo; agitar a coqueteleira. Servir na taça; colocar duas pitadas de chocolate ralado por cima.

Gafanhoto

Decorar a boca da taça com chocolate; em uma coqueteleira colocar cinquenta ml de creme de leite, cinquenta ml de menta, trinta ml de licor de cacau; colocar gelo. Agitar e servir.

Para decorar a taça, colocar em um prato raso um pouco de licor de cacau. Emborcar a taça no licor; em outro prato colocar chocolate em pó. Depois de emborcar a taça no licor, emborcá-la no chocolate em pó.

Marta Rocha

Em um copo alto colocar quinze ml de granadim, colocar um pouco de gelo devagar e com cuidado para não sujar o copo; misturar à parte quarenta e cinco ml de suco de laranja, quarenta e cinco ml de suco de abacaxi, trinta ml de malibu; colocar no copo com cuidado para não sujar e não misturar com o granadine; encher o copo com gelo com cuidado para não sujar;

pegar quinze ml de rum, quinze ml de curaçao misturar e colocar no copo bem devagar. Servir.

Caipirinha

Cortar em quatro três limões-taiti, tirar o miolo, deixar as cascas; cortar as quatro partes ao meio; colocá-las no copo com açúcar e socar; colocar cachaça; mexer; colocar gelo até a boca do copo. Servir.

PRATOS

Arroz de carreteiro

Ingredientes

Charque cozido e desfiado – 300g; fatias de bacon – 4 unidades; paio – 1 unidade; linguiça de churrasco – 2 unidades; cebola – 1 unidade; arroz branco – 1 xícara; alho – 3 dentes; alho poró – 1 unidade; limão siciliano – 1 unidade.

Preparo

Começar e terminar a receita na mesma assadeira, de preferência, de ferro.

Colocar na assadeira, juntos, mas separados, o charque, as fatias de bacon, paio em pequenos pedaços, linguiça de churrasco em fatias; colocar a assadeira em um forno a lenha, sem misturar os ingredientes; de vez em quando dar uma chacoalhada na assadeira; com todos os ingredientes crocantes, juntar a cebola picadinha, os 3 dentes de alho picados, mexer; deixar refogar por um instante; juntar o alho poró cortado em pedaços pequenos; mexer; juntar o arroz branco cozido; misturar. Servir.

Bolo de batata com costela desfiada e legumes

Ingredientes

1 xícara de aipo; 1 cenoura; 3 cebolas roxas; 3 batatas inglesas, 3 batatas Asterix; 4 batatas bolinha; 6 fatias de bacon; 2 xícaras de cogumelo paris; 1 xícara de manteiga; queijo ralado; molho de tomate defumado; 500g de costela cozida; 1 ramo de alecrim.

Preparo

Assar as batatas embrulhadas em papel alumínio, desembrulhar e deixar ao lado da churrasqueira; cortar a cenoura em pedaços; cortar as cebolas em 4, picar o aipo e colocar em uma travessa de metal vazado para churrasqueira;

temperar com sal e azeite a gosto; colocar na brasa; fatiar os cogumelos; colocar em uma grelha separada e colocar na brasa; deixar os legumes e o cogumelo caramelizarem; desfiar a costela em pedaços grandes; em uma panela, colocar 2 xícaras de molho de tomate defumado e aquecer; tostar na chapa as 6 fatias de bacon; amassar a batata com sal a gosto e 1 xícara de manteiga; em uma frigideira colocar 2 xícaras de molho de tomate, espalhar; por cima os legumes tostados e os cogumelos sem misturar; espalhar a costela por cima; entremear com fatias de bacon; cobrir com a batata; colocar por cima 1 xícara de queijo ralado; levar ao forno; queimar o alecrim e colocar sobre o bolo de batata. Servir.

Molho de tomate defumado

Em uma panela sobre a brasa, colocar uma peneira e colocar nela 3 latas de tomate pelado; escorrida a água, a peneira vai para a brasa; quando baixar o fogo, queimar levemente 2 ramos de tomilho e 1 de alecrim; pegar e colocar na panela com a água do tomate; voltar os tomates para a panela; colocar 1 colher de sopa de açúcar; 1 pitada de sal; adicionar azeite extra virgem; misturar.

Paleta de cordeiro assada

Ingredientes

1 paleta de cordeiro; cominho em pó – 1 colher de sopa; canela em pó – 4 colheres de sopa; canela em pau – 3 unidades grandes; azeite; batata – 2 unidades; manteiga – 60g; limão siciliano – 2 unidades; sal grosso; alecrim – 6 ramos grandes

Preparo

Passar o cominho e a canela em pó sobre os dois lados da paleta; adicionar sal grosso a vontade; forrar uma assadeira com alecrim e a canela em pau; colocar azeite a gosto; deitar em uma assadeira e colocar azeite por cima; levar ao fogo para tostar; cortar as duas batatas em rodelas; misturar com azeite, manteiga e alecrim; arrumar em uma outra assadeira; regar com azeite; sal a gosto; deitar o cordeiro sobre a assadeira; colocar alecrim por cima; cortar em 4 os limões sicilianos; colocar cada metade em um canto da assadeira; assar. Servir.

Costela bovina na brasa

Ingredientes

Costela bovina – 800g; sal grosso; alho – 1 cabeça; azeite; limão taiti – 1 unidade.

Preparo

Passar bastante sal grosso na costela; colocar na brasa com as ripas para baixo; ir virando a costela; subir a costela e deixar cozinhar lentamente; amassar a cabeça de alho; untar a costela; regar com azeite; levar ao forno; esperar terminar de assar; banhar com o caldo do limão taiti. Servir.

Feijão tropeiro

Ingredientes

Linguiça calabresa – 600g; panceta – 1kg; banha de porco – 1 colher de sopa; cebola – 1; alho – 5 dentes; pimenta dedo de moça – 1; bacon – 300g; feijão vermelho – 300g; farinha de milho – 200g; sal; azeite – 1 xícara; cheiro verde; couve – 200g.

Preparo

Picar a panceta em fatias finas; levar ao braseiro junto com as linguiças; quando quase assadas, separar; colocar banha na panela e juntar a cebola picada, o alho picado, a pimenta dedo de moça, o bacon picado, azeite; mexer; adicionar um pouco de feijão já cozido, um pouco de farinha de milho, um pouco de couve; cortar a panceta e a linguiça em cubos; colocar uma camada; misturar; repetir as camadas; colocar sal a gosto; picar o cheiro verde e colocar por cima; misturar.

Faísca e Fumaça – nomes tirados do desenho animado da Terrytoons Inc.

Ilustrações – Ghost of the Red Baron – Monogran Hobby Kits